욕망의 고삐를 늦추다

욕망의 고삐를 늦추다

초판발행일 | 2014년 10월 31일

지은이 | 양균원
펴낸곳 | 도서출판 황금알
펴낸이 | 金永馥

주간 | 김영탁
편집실장 | 조경숙
인쇄제작 | 칼라박스
주 소 | 110-510 서울시 종로구 동숭동 201-14 청기와빌라2차 104호
물류센타(직송 · 반품) | 100-272 서울시 중구 필동2가 124-6 1F
전 화 | 02) 2275-9171
팩 스 | 02) 2275-9172
이메일 | tibet21@hanmail.net
홈페이지 | http://goldegg21.com
출판등록 | 2003년 03월 26일 (제300-2003-230호)

값은 뒤표지에 있습니다.

ISBN 978-89-97318-81-0-93840

욕망의 고삐를 늦추다

풀리처상 수상 시인들에 관한 에세이

양균원 지음

황금알

책머리에

이 책은 현재 활동 중인 퓰리처상 수상 시인 열두 명을 다룬다. 그들 중 셋은 1990년대에, 여섯은 2000년대에, 그리고 나머지 셋은 2010년 대에 수상했다.

이 책에 실린 글은 우리와 동일한 시대를 살아가는 미문화권의 시인들이 어떻게 세상을 대하고 어떻게 언어를 사용하는지에 대한 궁금증에서 출발한다. 오늘날 활동 중인 미국 시인이 워낙 많고, 시의 경향 또한 무리를 지어 나누기 어려울 만큼 다양하게 진행되고 있어서, 그들 가운데 누군가를 선정하고 평가하는 일은 주관적이고 임의적일 위험이 크다. 이러한 어려움을 간단하게 해결하려는 방편으로 퓰리처상 수상 시인에게 눈길을 돌린다.

1990년대 수상자 열 명에 대해서는 졸저 『1990년대 미국시의 경향』 (동인, 2011)을 통해 이미 접근한 바 있는데 그중 일부에 대해 계속 연구하였고 2000년대 수상자에 대해서는 시간과 지면이 허락하는 대로 그리고 2010년 이후로는 수상자를 해당 연도에 매해 국내에 소개해오고 있다. 이렇게 진행해온 미국시 읽기와 연구의 결과를 문예지와 학술지를 통해 독자와 공유하다 보니 어느덧 두 번째 책의 분량에 달하게 되었다.

이 책의 구성은 열두 명의 시인을 한 주제로 꿰지 않는다는 약점이자 강점을 지닌다. 한곳에 모아놓고 보니 그들은 각자의 방식으로 다양한 언어를 추구하면서도 하나같이 생에 대한 견실한 개방성을 어떻게든 실현하고 있다. 시는 삶에 대한 여러 갈래 질문과 의혹의 강렬성에서 역동성을 지니게 된다. 열두 시인들이 서로 다른 시를 구현하는 가운데 모호하게나마 연결되고 있다면, 굳이 하나의 끈을 제시하고 그로써 묶지 않아도 서로 이어지고 있다면, 그것이야말로 시가 역동적으로 존재할 수 있는 고유한 방식이 될 것이다. 그들은 새 현실을 받아들이려는 실험성과 보다 가치 있다고 여겨지는 것을 유지하려는 정통성의 추구에서 서로 충돌하거나 섞이면서 다양한 모습을 연출한다.

이 책의 프롤로그 「중심에서 와중으로」는 『시와 문화』 2011년 봄 호에 실린 「21세기 미국시의 전망」을 고쳐 쓴 것이다. 에필로그 「감각은 열려 있다」는 『시와문화』 2013년 여름 호에 발표한 「내다봄을 위한 돌아봄 혹은 둘러봄—젊은 시의 감각에 대한 일곱 가지 비망록」을 수정한 것이다. 시인 열둘을 하나씩 다룬 각 장은 아래의 내용으로 발표된 바 있는데 마지막 작년의 수상자에 대해서는 두 장을 할애하였다. 수상 년도 순서에 따라 각 장을 배치하였다. 다시 정독하고 필요한 경우 수정하고 보충한다.

- 「통합의 장을 꿈꾸다—조리 그레이엄」, 『현대영미시연구』(2012)
- 「암청색 우울—찰스라이트의 시」, 『문학청춘』(2010).
- 「한 눈 뜨고 잠들다—마크 스트랜드」, 『시와세계』(2010).
- 「장행에 세상을 담다—C. K. 윌리엄스」, 『문학청춘』(2012).
- 「욕망의 고삐를 늦추다—스티븐 던의 모호한 도덕성」, 『문학청춘』(2012).
- 「쓸모 있는 신을 찾아서—칼 데니스」, 『문학청춘』(2012).
- 「서정시의 역사성—폴 멀둔의 "흑마의 표지, 1999년 9월"」, 『문학청춘』 (2013)
- 「잔인한 사진가—나타샤 트레써웨이」, 『문학청춘』(2011).
- 「기억과 자연—W. S. 머윈의 『시리우스의 그림자』」, 『현대영미시연구』 (2011).

- 「서정시의 실험성 혹은 실험시의 서정성―레이 아먼트라웃」, 『시와세계』 (2010).
- 「작은 시가 맵다―캐이 라이언」, 『문학청춘』(2011).
- 「몸의 질문에 답하다―트레이시 K. 스미스의 "글자 Y로서의 자아의 초상"」, 『문학청춘』(2012).
- 「"아이쿠, 온통 별이에요"―트레이시 K. 스미스의 우주」, 『문학청춘』 (2013)

    열두 시인을 한자리에서 둘러보니 스티븐 던의 시 몇 편에 대해 "욕망의 고삐를 늦추다" 제하의 글을 써낼 때의 기억이 새롭다. 남의 시를 읽는 일은 사실 그것을 통해 나를 읽어내는 일이기도 하다. 던은 열두 시인 가운데 가장 뛰어난 시인이 아닐 것 같고 가장 심오한 시인은 더욱 아닐 것 같다. 그런데 어떤 때는 가장 뛰어나거나 심오한 것보다 누구나 할 수 있는 것을 아름답다고 여기고 행하는 것이 더 중요할 수 있다. 자기를 있는 그대로 받아들이고 그 안에서 일어나는 욕망에게 적절하게 통로를 열어주며 사는 것이 자연에 가까울 수 있다. 보통의 우리는 욕망을 성 해방론자처럼 부추기지도 도덕군자처럼 억압하지도 않는다. 던은 그의 시에서 욕망을 조임과 풀어줌의 중간지대에서 유지하는 늦춤의 균형을 말한다. 내게는 그렇게 읽혔다. 그는 어머니가 앞섶을 직접 풀어헤쳐 보여준 젖가슴에서 억눌리지 않으면서도 탐닉에 빠지지 않는 욕망을 배웠노라고, 이후 많은 여성을 "쉽게" 사랑하는 법을 가르쳐준 어머니에게 감사한다고, 말한다. 내게 왜 그렇게 그 시 그 부분이 꽂히듯 다가왔는지, 내 안의 무엇이 그의 시구에 절로 반응했는지 묻고, 이 책의 제목으로 뽑는다.

    번역을 통해 외국시를 소개하는 일은 기교를 요한다. 더러는 창조적 오역이나 적극적 의역을 선호하기도 하지만 필자로서는 문화의 차이에 따르는 불통과 오해를 감내하면서 원문에 충실해야 할 이유가 더 분명하다고 여긴다. 외국시에 대한 접근에서 필요한 것은 우리의 감수성에 맞는 것을 선택하거나 그렇게 만들어가는 요령이 아니라 우리와 다른 것에 대한 체험을 통해 우리를 다시 이해하려는 자세라고 생각한다. 또한 해석자의 논지를 위해 시를 전체로 대하지 않고 부분을 이용하는 일이 시와 독자 모두에게 해로울 따름이라고 생각한다. 이 책에서 다루는 시들은 짧든 길든 전체를 다루고 번역과 원문을 함께 싣는 것을 원칙으로 하고 있다. 글쓰기는 번역의 경우에도 해석이 따르고 그 과정에서 의미가 충만해지는 것이 사실이지만 외국시의 소개에서 해석이나 이론이 번역을 지나치게 앞지르는 것은 실없다고 생각한다. 평론에 앞서 번역에 충실하려는 것이 필자의 욕심이지만 무능력은 번역에서 더 자주 발휘되는 것 같다. 이 책은 최신의 비평 이론에 의지해 시를 잣대질하기보다는 각 시인의 독특한 목소리를 시 자체의 감수를 통해 드러내려는 쪽에 힘을 쏟고 있다.

전문가의 입장에서 보면 주관 비평에 머문다고 탓할 법하고 일반 독자의 입장에서 보면 학술 논문 같다고 외면할 수 있겠다. 둘 사이에서 그나마 이만큼이라도 내 글의 형식을 조금씩 발전시켜갈 수 있도록 지면을 애써 마련해준 『시와문화』 박몽구 주간 선생과 『문학청춘』 김영탁 주간 선생께 감사드린다.

2014년 9월 1일
양균원

차 례

프롤로그
— 중심에서 와중으로

Ⅰ

미국시에는 상충하는 입장들이 대립하는듯하면서도 서로에게서 뭔가를 배우고 변해가는 양상이 존재한다. 시인들은 각자를 주장하면서도 최소한 서로를 엿듣는 개방성을 유지함으로써 미국시에 전통과 변혁의 역학을 부여한다. 1960년대 이후 미국시는 전통적 시의 기준에 근본적으로 의문을 제기하는 다양한 시도들을 활발하게 전개해왔다. 지난 세기 변두리에 머물던 여러 실험적 시인들이 오늘날 주류로 분류되는 사화집이나 운동에 어떤 형태로든 침투하여 존재하는 경우가 어렵지 않게 목격된다. 전통시와 실험시가 영향을 주고받는 상황은 미국시를 건강하게 해주는 토양을 이룬다. 당대 미국의 시인들은 뭔가 이어지면서 뭔가 변해가는 방식으로 목소리를 낼 것을 요구받고 있다.

미국시의 주류는 모더니즘에 뿌리를 내리고 있다. 모더니즘의 시학에서 좋은 시는 무엇보다 자율성을 요구받는다. 자율성은 1940년대 꽃을 피운 신비평의 금과옥조로서 시 안에 시가 전해야할 모든 것이 들어있는 상태를 뜻한다. 그것은 시 안에 궁극적인 의미가 존재한다는 것을 전제한다. 이러한 전제는 굳이 초월적 의미의 현존을 부정하는 후기구조주의의 관점을 도입하지 않더라도 모순을 안고 있다. 시 안에 최종의 의미가 함축되어 있더라도 그것에 이르는 과정과 결과는 다르게 나타날 수밖에 없다. 시는 모더니즘의 언어관에 입각해서보더라도 애매성과 역설에 의존하는 언어로 구조화되기 때문이다. 후기구조주의가 언어의 지시성과 초월적 의미의 현존 자체에 대해 의문을 제기한지 수십 년이 지났다. 이제 어떤 시인이나 비평가도 언어와 세상을 대하는 후기구조주의적 인식의 방식에서 더 이상 자유로울 수 없다. 다문화주의와 여성주의가 공을 들인 정체성에 대한 연구는 모더니즘의 시학에서 중심을 이루는 시적 화자의 권위를 무너뜨리는 계기를 마련했다. 독자반응비평이 말하는 작가의 죽음은 시인의 죽음과 다르지 않다. 이렇게 여러 분야에서 동시다발적으로 진행되어온 지적 움직임들 속에서 미국시는 전통의 시학에서 벗어나려는 다양한 모색들의 도전을 받아왔다. 이 와중에서 주류와 비주류 사이에 일어난 상호접촉이 21세기에 이르러 어떤 방식으론가 방향을 잡아가는 인상을 준다.

전통의 시학은 낭만주의에서 모더니즘에로 변화를 꾀하는 가운데서도 시인의 고귀한 위상을 포기하지 않았다. 시인은 기본적으로 세상을 통찰하여 숨은 진리를 드러내는 자였다. 세상과 거리를 유지하면서 관찰자의 위치로 전락한 때에도 시인은 여전히 자아의 중심을 유지하고 있었다. 그러나 20세기 말 그리고 21세기 초에서 시인은 세상의 중심에서 세상의 와중으로 떠밀려나가는 인상을 주는 경우가 많다. 그것도 종종 의식적인 선택에 의해서 말이다. 어쩌면 그의 선택은 역설적으로 진리를 되찾기 위한 것일 수 있다. 시인이 세상을 움직이는 주체가 아니라는 인식은 그로 하여금 세상을 더 폭넓게 바라보게 할 수 있기 때문이다.

시인이 명명자로서의 지위를 포기한 처지에서 자신의 언어를 어떤 방향으로 발전시킬 수 있는지는 아무도 단언할 수 없다. 아무래도 그 영역이야말로 시의 새 개척지일 가능성이 높다. 21세기 미국시의 새 방향성은 피할 수 없는 문명의 변화와 그러한 변화의 패러다임을 이해하려는 지적 움직임들 가운데서 시인이 새로운 상황을 어떤 언어로 대처하는가에서 관찰될 수 있을 것이다.

II

오늘날 미국의 젊은 시인은 누구라도 20세기 후반의 여러 시 운동이나 학파의 영향에서 자유롭지 못하다. 그들이 새로운 시를 추구하는 경우에도 그것은 완전한 단절을 뜻하기보다 과거의 것을 변형하여 발전시키거나 그것에 대항하는 방식으로 이뤄진다. 21세기 미국시의 새 흐름은 그룹을 지어 명명하거나 정의할 수 없을 정도로 다양하게 전개되고 있어서 그 누구도 아는 척 하기 어려운 상황이지만 새 방향을 모색했던 20세기 후반의 시도들에 빚을 지고 있다는 것은 분명해 보인다. 새 세기의 시는 1960년대 이후에 발생했던 시의 변혁들에서 출현하고 있는 것이다. 변화는 전통에 대한 아방가르드 예술의 공격에서 시작한다. 변화의 정도는 아방가르드 예술의 새로운 시도가 주류의 방식에 어느 정도 어떻게 영향을 끼치느냐에 따라 달라질 수 있다. 변혁의 시도가 변방의 목소리에 머무는 한 미국시의 흐름이 바뀐다고까지 말할 수 없다. 미국시의 변화를 읽으려면 새로운 목소리가 한 시대를 대표하는 시들 가운데 어느 정도 침투하는지를 살필 필요가 있다.

사화집은 한 시대의 대표시가 수록되는 공간이다. 사화집에 실릴 시를 위해 문학정전을 정하는 일은 새로운 시의 등장에 주목하고 그것에 의미를 부여함으로써 부정이든 긍정이든 주류의 관심을 이끌어내는 데 중요한 역할을 한다. 20세기 후반에서 21세기 초에 걸쳐 미국시에 새 방향성을 제시하려한 사화집들이 있어왔다. 이 사화집들은 전통의 정전에 따르는 것들과 대별되면서 그들 서로 간에 "또 하나의 전통"을 형성하고 목소리를 키우면서 미국시의 흐름에 변화를 일으켜왔다.

퍼롭(Marjorie Perloff)은 「누구의 시가 새로운 미국시인가? 1990년대 사화집 엮기」("Whose New American Poetry? Anthologizing in the Nineties")에서 전후 아방가르드 예술이 비평계와 출판계에 수용되는 정도가 점진적으로 확대되는 과정을 추적한다. 그녀는 새로운 종류의 시를 사화집에 편입하여 한 시대의 시에 대한 지평을 넓힌 기념비적 작품으로 1960년에 출판된 애런(Donald M. Allen)의 『새로운 미국시』(New American Poetry: 1945-1960)를 꼽는다. 애런이 기존의 시의 정전에 "또 다른 전통"을 수용하는 방식은 "향후 모든 사화집 편찬자들이 미국의 근본주의적 시학의 원천으로 인정하는" 모범이 되었다고 한다. 그런데 애런은 새로운 시의 등장을 전통시에 대한 양자택일 혹은 대안으로 간주하지 않고 "앞선 두 세대의 후계자로서" "강력한 제3세대"라고 소개한다. 여기서 제3세대는 단지 시대적 순서를 뜻하는데 그치지 않고 "제3세계"처럼 "무시된 타자"와 같은 어떤 것을 뜻한다. 애런은 새로운 경향에 대한 소개가 이미 존재해 왔으나 주목받지 못했던 부분에게 시선을 돌리는 것이라고 겸손하게 설명하고 있다. 비평가 퍼롭 또한 실험시를 대함에 있어서 전통시를 "대체하는" 어떤 근본주의의 소산으로 다루지 않는다. 그녀는 양자가 "서로 엇갈리는" 것으로 접근한다(Perloff 104-05). 두 비평가가 전통시와 실험시를 근본적 대체의 관계로 다루지 않는 것은 의미심장하다.

애런의 사화집을 구성하는 45명의 시인들은 당시에 대체로 알려지지 않은 채로 뉴욕과 샌 프란시스코에 거주하고 있었다. 퍼롭은 상대적으로 조그마한 분량의 이 사화집이 문학사적으로 큰 사건이 되는 이유에 대해 언급한다. 우선적인 이유로서 이 사화집은 1960년대 초기에 20세기 초기 모더니즘의 시적 담론과 전혀 다른 담론을 제공하고 있다. 당시까지만 해도 시에 대해 통일성과 일관성 그리고 자율성의 가치가 마땅히 요구되고 있었다. 시는 아이러니와 이미저리 그리고 상징성과 구조적 간결성 등의 기교를 효과적으로 활용해 모호한 진실이나 역설 혹은 어떤 통찰을 제시해야 한다고 여겨졌다. 이 풍토에서 애런이 제시한 사화집의 시는 전혀 예상치 못한 목소리를 들려줬다고 할 수 있다. 1960년대 초기에 드러나는 전통시와 실험시 사이의 차이는 1990년대 혹은 2000년대에서 발견되는 것보다 훨씬 극명하고 큰 것이었다(Perloff 107).

1970년대 후반에 애런은 새로운 미국 시인들을 최신으로 경신해줄 것을 요구받고 올슨(Charles Olson) 학자인 버터릭(George F. Butterick)과 함께 1982년에 『근대후기인들: 새로운 미국시 개정판』(*Postmoderns: The New American Poetry Revised*)을 출판했다. 60년대에 혁신적으로 보였던 것들이 80년대에 들어서서는 더 이상 충격파를 일으키지 못했다. 60년대에서 잘 알려지지 않았던 크리리(Robert Creeley)와 딘컨(Robert Duncan) 그리고 스나이더(Gary Snyder)는 80년대에 이미 존경받는 시인의 반열에 올라있었다. 여전히 주류 사화집에서 제외되는 시인들도 있었지만 애쉬베리(John Ashbery)와 같은 시인은 기존 체제하의 각종 상을 획득하였다. 실험시와 전통시 양진영 사이의 경계가 상당히 무너져 60년대 아방가르드시의 통렬함이 사라진 상태였던 것이다. 올슨의 기치하에 실험시의 표어가 되었던 현장의 시, 움직임의 시, 즉흥주의, 혹은 순간주의 등은 전통시의 범주 안에서도 적절한 시적 기교로서 다뤄지고 있었다.

이런 변화의 와중에 "언어시"(Language poetry)가 실험시에 새 동력을 제공하기 시작했다. 잡지 『언=어=시』(*L=A=N=G=U=A=G=E*)가 1978년에서 1981년까지 13호에 걸쳐 번스틴(George Berstein)과 앤드류스(Bruce Andrews)의 편집으로 출판되었다. 이 잡지는 그 영향력이 막강하여 소위 '언어파 시인들'(Language poets)로 불리는 일군의 작가들의 산실로서 종종 언급된다. 언어시의 형성에 영향을 준 또 하나의 잡지는 그레니어(Robert Grenier)가 1971년에 와튼(Barrett Watten)과 함께 창간한 『이것』(This)이다. 언어파 시인의 대표격인 시리먼(Ron Silliman)은 자신의 저서 『미국의 나무』(In the American Tree)의 「서문」에서 그레니어가 「이것」의 첫 호에서 했던 말, "나는 언어를 증오한다"(I HATE SPEECH)를 상기시킨다. 이 외침은 오늘날 언어에 대한 새롭고 유익한 관점을 제시하지만 당시로서는 "하나의 갈라섬, 미국의 글쓰기에서의 새로운 순간"을 선언하고 있었다(IAT xv). 언어파 시인들은 언어가 의미를 이끌지 그 반대가 아니라고 생각한다. 언어의 지시적 의미보다는 그 자체의 물리적 속성들로서 소리와 리듬 등에 더 관심을 갖는다. 또한 의미의 형성에 독자의 참여를 유도하고 독자가 텍스트에 접근할 새 방식을 찾을 것을 요구한다. 언어파 시인 헤지니언(Lyn Hejinian)은 2000년에 발표한 평론 모음집 『탐구의 언어』(Language of Inquiry)의 서문에서 "언어는 의미들에 불과하고 의미들은 유동하는 문맥들에 불과하다. 그와 같은 문맥들이 연합하여 이미지를 이루거나 협정에 달하는 일은 거의 없다. 그것들은 변천하고 변형하는 것들로서 끊임없이 외연을 확산하여 관계를 맺어갈 따름이다"고 말하고 있다. 21세기의 젊은 시인들은 이와 같은 언어관에 직면하여 부정이든 긍정이든 반응하는 가운데 스스로의 길을 모색하지 않을 수 없다.

언어시 계열에 속하는 시인 메설리(Douglas Messerli)는 1987년 『언어시: 사화집』('Language' Poetries: An Anthology)의 서문에서 여러 평자들이 시의 죽음에 대한 예견과 우려 속에 미국시의 독자가 급격하게 줄어드는 것을 지켜보는 가운데서도 다른 한편에서 언어시와 관련된 출판물과 독자층이 "거의 유성과 같은 상승"을 보였고 이에 대한 비평계의 관심도 상승하였다고 적고 있다. 그는 1978년 이래 서문을 쓴 당시 1987

년에 이르기까지 언어시와 이런 저런 방식으로 관련된 시집과 비평집이 150권이 넘게 출판되었는데 이것은 사회적 견지에서뿐만 아니라 심미적 관점에서도 시의 성격에 관한 다시 생각하기가 활발하게 진행되고 있다는 것을 보여준다고 지적했다.

1993년에 출판된 와인버거(Eliot Weinberger)의 『1950년 이후의 미국시』(American Poetry since 1950: Innovators and Outsiders)와 1994년에 출판된 후버(Paul Hoover)의 『근대후기 미국시』(Postmodern American Poetry) 그리고 메설리의 『세기의 저쪽』(From the Other Side of the Century: A New American Poetry 1960–1990)은 애런이 1960년대에 추구했던 것을 90년대에 구현하려는 시도를 드러낸다. 그렇지만 와인버거와 후버의 사화집은 새로운 시의 기준을 올슨의 투사시(Projective Verse)에서 찾고 있다는 점에서 다소 문제점을 지니고 있다. 왜냐하면 투사시의 선언성이 갖는 충격이 30년이 지난 시점에서 처음과 같을 수 없기 때문이다. 투사시의 시적 방식은 추종자들에게는 더 이상의 논의를 불러일으키지 않은 채 규범적인 것으로 받아들여진 상태에 있다. 그러면서도 올슨의 현장의 글쓰기가 새 사화집의 척도로서 재차 제시되는 것은 그것이 올슨 추종자들의 진영이 아닌 보다 더 넓은 문학의 세계에서는 여전히 인기를 얻고 있지 못하였기 때문일 것이다. 후버의 사화집은 "미국 아방가르드 시 운동을 완전하게 대변하는 것"을 목표로 내세우면서 비트 시인, 투사 시인, 언어파 시인 등 다양한 실험적 시인들을 포함하였고 메설리의 사화집은 주제에 따라 문화 · 신화적 시인, 도시 시인, 언어파 시인 그리고 행위 시인으로 크게 넷으로 대별하여 81명을 조명하였다. 와인버거의 사화집은 1950년 이후에 첫 시집을 낸 시인들 중에서 35명에 달하는 "혁신자들과 국외자들"을 선정하고 있는데 2차세계대전 이후 탄생한 시인은 포함시키지 않고 있다. 이상의 세 사화집들은 애런이 30여 년 전에 제시한 목소리를 다시 강화하면서 실험적 시인들에게 힘을 실어줌으로써 미국시의 새 방향성이 보다 분명해지게 하는 데 기여하는 것으로 보인다.

배론(Dennis Barone)과 개닉(Peter Ganick)이 편집한 1994년의 사화집 『실천의 기술: 당대 시인 45인』(*The Art of Practice: 45 Contemporary Poets*)은 시리먼이 『미국의 나무』에서 그리고 메설리가 『언어시』에서 시작했던 계획을 지속하고 있는데 아방가르드 혹은 후기언어시로 간주되는 시들을 담고 있다. 대부분의 시인들은 30대 혹은 40대에 속해 있다.

여기에 덧붙여 20세기 말에서 21세계 초에 걸쳐 진행되고 있는 거대 사화집이 있다. 로쎈버그(Jerome Rothenberg)와 조리스(Pierre Joris)가 편집한 『새천년을 위한 시』(*Poems for the Millennium*)는 전 세계의 시와 시론을 다루면서 1995에 제1권, 1998년에 제2권, 2009년에 제3권을 출판했다. 미국은 물론 유럽 및 동양의 근대 및 근대후기 그리고 당대를 취급하면서 특히 제3권에서는 19세기 낭만주의를 아방가르드의 관점에서 재조명함으로써 양 세기의 연속성을 확인하고 있다.

이상에서 열거한 1960년대 이후 사화집들에서 실험시는 그 나름의 전통을 형성하고 주류의 전통과 뒤섞임으로써 미국시의 새 흐름에 영향을 끼치고 있다. 21세기 미국시의 흐름은 전통과 아방가르드 양진영의 대치가 약화되고 경계가 무너지고 있는 혼조의 양상 속에서 형성되고 있다. 와인버거는 『1950년 이후의 미국시』에서 전통시와 실험시 사이의 불균형을 지적하였다. "한편에는 지배적 집단이 존재하지 않는다고 주장하는 지배적 집단이 있다 … 하지만 그것은 그 외부에 있는 사람들의 마음속에 분명하게 존재하는 집단이다. 외부에 있는 사람들은 그 집단을 '전통적인, 기성의, 공적인, 학구적인'과 같은 형용사로 조롱하면서 그 만연하는 단조로움에 대한 대안으로서 그들 자신의 시학을 드높여왔다. 또 다른 한편에는 국외자의 입지를 여전히 강렬하게 의식하고 있으면서도 한때 함께 추구했던 그 기치들에 이제 점차 불만족을 느끼기 시작하는 반대 집단이 있다. 그들이 추구했던 기치들은 '아방가르드적, 실험적, 비학구적, 근본주의적'인 것들이었다." 와인버거는 우선 양진영 사이의 구분이 흐려져서 아방가르드의 기치들이 더 이상 예전의 효과를 내지 못한다는 데 주목한다. 실험시의 기치가 주류시에 반영되어 미국시의 흐름을 어느 정도 바꿔놓은 결과라고 할 수 있다. 그렇지만 이런 변화에도 불구하고 여전히 양진영 사이에 "불균형들이 진짜 존재해 왔"고 "오늘날 시인의 인구폭발"에도 불구하고 그 불균형들이 "어느 때보다 커져 있다"고 여긴다(Weinberger xi). 실험시가 그 나름의 목소리를 키운 것은 사실이지만 주류시의 그것에 비해 여전히 미약하다고 본 것이다. 그가 사화집 편찬을 통해 올슨의 시적 방식을 내세우는 것은 실험시에 힘을 보태서 미국시의 흐름에서 양진영의 균형을 잡으려는 시도였다고 할 수 있다.

양진영 사이의 역학구도에 대해 다양한 의견이 존재할 수 있지만 당대 미국시에서 실험시와 전통시 사이의 거리가 점차 좁혀지고 있는 것은 분명해 보인다. 양진영은 상대를 배격하는듯하면서도 서로의 도구와 기교를 받아들이기 시작했다. 실험적인 것으로서 변방으로 밀려났던 여러 방식들 예컨대, 초현실주의, 언어의 불확정성, 언어에 작용하는 사회 및 정치의 압력에 대한 의식, 장르 간 융합, 파편화 등이 이제 당연하게 받아들여지는 상태에 이르렀다. 이 상태에서 미국시를 전통시와 실험시로 양분하는 것은 지극히 작위적이다. 각 진영 내에서도 무수한 편차가 작용하고 있고 양진영의 기교가 한 시인 안에 혼재하는 경우도 다반사이다. 이러한 혼재의 양상은 21세기의 상황이 양진영의 대립을 분명하게 제시할 수 있었던 1960년과는 사뭇 다르게 진행되고 있다는 것을 말해준다. 우리는 이제 "바로 그 새로운 미국시"는 말할 것도 없고 "어느 분명한 새 미국시"로 구성된 사화집조차도 독자에게 제시하는 일이 더 이상 가능하지 않은 시대에 살고 있는 것이다(Perloff 118). 바로 이런 상황이 역설적으로 새 사화집을 엮는 일을 의미 있게 하는지 모른다. 21세기의 시인은 전통과 변혁의 역학 속에서 새 목소리를 찾아갈 것을 요구받는다.

　2010년 시부문 퓰리처상이 여성 시인 레이 아먼트라웃(Rae Armantrout)에게 주어진 것은 매우 의미심장하다. 그녀는 제2차세계대전 이후 태생으로 현재 미국 샌디에이고 소재 캘리포니아대에서 시와 시학 교수직을 맡고 있다. 그간 일반적으로 언어시 계열에 속하는 것으로 알려진 그녀가 저명대학의 시학 교수직을 맡고 있다는 것은 실험시의 위상이 변방에 머물지 않는다는 것을 반증한다. 또한 아먼트라웃의 수상은 그녀의 시가 언어시의 실험에 그치지 않고 주류시의 설득력을 잃지 않고 있다는 반증이기도 하다. 그녀는 1970년대 무렵부터 미국 서부해안 시인들을 중심으로 추구되었던 언어시의 실험적 목소리가 주류의 경계선 안으로 편입될 가능성을 보여주고 있는 것이다.

III

　오늘날 시가 사양길에 들어섰다거나 하나의 장르로서 더 이상 중요한 역할을 수행하지 못한다는 비탄을 듣게 되는 일이 드물지 않다. 미국에서 제기된 시의 위기에 대한 한탄은 시의 위엄과 기준 그리고 그것을 받쳐주던 시인의 주체성과 권위가 몰락해 가는 데서 비롯된다. 그렇지만 그 권위의 허구성을 자각하는 시인은 주류시가 위기라고 여기는 곳에서 새 돌파구를 찾고 있다고 할 수 있다. 언어시와 같은 실험시가 그 정치적 구호에서 효과를 거두는 데 그치지 않고 어떤 방식으론가 주류시의 언어에 변형되어 흡수되는 양상은 시가 문화의 변천에 따라 생장하고 있다는 것을 반증한다. 시의 생장은 닥치는 환경에 맞춰 다른 종으로 진화하는 것까지도 포함할 수 있다. 오늘날 시의 위기는 한 종의 몰락과 새 종의 탄생을 예고하는 것일 수 있는 것이다. 그렇다고 우리가 피부로 느끼는 시의 위기가 감소될 수 없는 것은 진화에는 숱한 시행착오와 도태가 수반되기 때문이다. 새로운 시대를 반영한다는 종류의 숱한 시들이 과연 진화인지는 자신 있게 말할 수 없다. 광고세대의 번득이는 상상력과 재치 그리고 한 순간의 감각에 의존하는 다양한 이미지들이 구조와 통일성이라는 옛 미덕을 간과한 채 투사되는 경우들이 많다. 창작 프로그램을 통해 양산되는 비슷한 유형의 시들이 대체로 이런 경향을 띠고 있고 주요 출판사의 시집 시리즈가 내세우는 시 또한 이와 크게 다르지 않다는 것은 우리 시의 심미적 척도에 일정한 유행성이 작용하고 있다는 것을 알게 한다. 유행하는 척도는 그 자체로서 의미가 있다고 해도 하나에 의해 다른 모든 것을 압도하는 흐름을 주도한다는 점에서 다양성과 복잡성 그리고 개방성에 기초하는 예술의 정신에 해로울 수 있다. 모두가 유행 속에 있을 때 그 척도는 유일하고 항구적인 것으로 느껴질 수 있기 때문이다.

시의 위기는 독서하지 않는 대중의 변심 탓으로 돌려지는 경우가 있다. 하지만 위기는 독자층의 엷은 두께에서만 초래되는 것이 아니다. 오늘날 많은 시가 이제까지 시에 전통적으로 요구되어 왔던 기쁨과 지혜로부터 멀어지고 있는 데도 큰 원인이 있다. 시인은 뛰어난 감수성과 언어감각으로 기쁨을 주고 생각하는 사람으로서 성찰의 계기를 마련해주는 것이 요구된다. 그렇지만 오늘날과 같이 진리와 언어에 대한 태도가 근본적으로 바뀐 처지에서 시인은 이러한 요구에 부응하기 위해 새로운 시를 시도해야하는 어려움에 빠져들고 있다.

21세기의 시인은 과거 세대의 노력의 결과로서 세상을 보다 폭넓고 다채롭게 접근할 수 있는 관점들을 허용 받고 있다. 이제 시인은 시적 화자의 주체성과 언어의 기능에 대한 회의를 거쳐서 그리고 이제껏 보편적인 것으로 수용했던 것들에서 그 초월성을 걷어내는 해체의 과정을 통해서 세상을 다르게 대하는 계기를 갖는다. 이 계기에 시가 진화하려면 해체된 언어로써 새 언어를 구축해내는 역설을 의미 있게 수행하지 않으면 안 된다. 주체가 없어진 목소리가 다중으로 떠돌고 실체를 드러내지 못하는 감각의 순간들만 빛나더라도 그 언어를 통해 시인은 기쁨 속에 지혜를 줄 수 있어야 한다. 시인은 설령 그 궁극을 보여주지 못한다고 해도 세상에 대한 더 깊은 이해에로 나아가면서 최소한 그 방향을 가리킬 수 있어야 한다. 새 천년에 열리는 시의 새 영역은 신용하기 어려운 언어에 의존하여 어떤 방식으론가 의미를 구현해내야 하는 분투의 장이 될 것으로 보인다.

01
통합의 장(場)을 꿈꾸다
― 조리 그레이엄

　그레이엄(Jorie Graham)은 1980년의 첫 시집 『식물잡종과 유령잡종』 (Hybrids of Plants and of Ghosts)에서부터 만물이 서로간의 혼종에 의해 작동한다고 보았다. 그녀의 시는 존재의 방식에 대한 지속적 의문에서 1983년의 『부식(腐蝕)』(Erosion) 이후에 더욱 사색적으로 바뀌었고 1991년의 『이질성의 지역』(Region of Unlikeness)과 1993년의 『물질주의』 (Materialism)에서 근대후기의 여러 문화연구에서 다루었을 법한 철학적 제재들을 계속 시 속에 들여왔다. 인본주의에 대한 확신을 상실한 상태에서 인간의 의식은 초월적 기의를 거세당한 세상의 사물들과 어떻게 조우할 것인가? 이제까지의 시적 경력을 아우르는 1995년의 첫 시선집 『통합 장(場)의 꿈』(The Dream of the Unified Field)에서 그녀는 동질성의 전망이 허용되지 않는 사물들 사이에서 어떤 통합의 가능성을 탐문하고 있다.

I

이 글은 『물질주의』에 실린 시 「자아의 실재에 관한 비망록」("Notes on the Reality of the Self")을 통해 자아의 활동방식에 대한 그레이엄의 생각에 접근해보고 이를 바탕으로 『이질성의 지역』 이후 그녀가 행해온 존재의 근거에 대한 탐색을 시 「통합장의 꿈」("THE DREAM OF THE UNITED FIELD")을 통해 살피려한다.

그레이엄의 시는 독자에게 요구하는 게 많지만 주의 깊은 독자에게 보상하는 것 또한 크다. 스피겔만(Willard Spiegelman)은 그레이엄에 대해 "그 모든 강렬성에도 불구하고 … 그녀를 알게 되기가 어렵다. 그녀의 시가 말 그대로 무엇에 관한 것인지조차 알기 어려운 때가 있다"고 하면서 그녀의 어려움이 "세상을 보는 방식" 그리고 "시에서 전망을 일궈내는 방식"과 밀접히 관련된다고 지적한다(174). 그는 그레이엄의 "새 방식의 바라보기"를 설명하기 위해 스티븐스(Wallace Stevens)의 경구적 시행을 인용한다. "보이는 것이 보이지 않는 것이 된다. / … / 묘사는 공기나 물처럼 하나의 요소이다"(*Opus Posthumous* 193, 196). 여기서 스티븐스는 "묘사"를 흙이나 불의 원소가 아니라 투명하고 눈에 띄지 않는 특성을 지닌 공기나 물의 원소에 비유함으로써 "교묘하게" 선택하는 재치를 부리고 있다(174). 스피겔만의 설명에서 그레이엄의 묘사는 세상을 구성하는 기본원소들 중의 하나로서 존재의 구현에 핵심적이다. 그녀의 묘사는 세상에 대한 감각적 관찰에 의존하면서도 잘 잡히지 않고 보이지 않는 어떤 것을 드러내려한다. 이러한 종류의 묘사는 존재의 근거에 대한 탐색을 가시적인 것에 국한하지 않고 비가시적인 것에게까지 확장하게 되는데 그것에 궁극적으로 도달하지 못하는 실패에 직면하여 종종 "어두운 매개체"(174)가 된다. 그녀의 시가 어렵게 다가오는 일차적 이유가 여기에 있다.

그레이엄의 시에는 자아의 제재가 자주 등장한다. 『부식』에는 「그것들 사이의 몸짓으로서의 자화상」("Self-Portrait as the Gesture between Them"), 「아폴로와 다프네로서의 자화상」("Self-Portrait as Apollo and Daphne") 그리고 「촉박과 지연으로서의 자화상」("Self-Portrait as Hurry and Delay")이 실려 있다. 『물질주의』에는 「자아의 실재에 관한 비망록」이 동일한 이름으로 두 편이나 제시된다. 이렇게 다수의 제목들에서 시사되는 바대로 그레이엄은 자신의 시가 자아의 문제에 직접적으로 연결되어 있다는 것을 감추지 않는다. 사실 모든 시는 자아와 관계가 없을 수 없다. 그렇지만 그레이엄의 경우에 자아의 남다른 존재방식 혹은 활동양상이 그녀의 세상에 대한 인식과 그것의 언어적 등가물의 구현에 핵심적 역할을 수행한다. 그녀의 시적 자아는 처음부터 동일성의 근거를 상실하고 있다. 그것은 "그것들 사이의 몸짓으로서" 중간에 처해 있고 이성의 신과 감성의 신 모두를 포용하고 있으면서 한편으로 서두르고 다른 한편으로 느긋한 복합적 특성을 띤다. 「자아의 실재에 관한 비망록」에서 화자의 자아는 세상에 대한 관습적 인식을 철저히 배제하고 있다. 화자는 강물에 대해 그 흐름에 그대로 휘둘리면서 그 결에 따라 저절로 반응하는 기민성을 보인다. 자아는 대상에 씌울 어떤 틀로서가 아니라 대상에 대한 감응에서 휘저어져 일어나 뒤섞이는 방식으로 작용한다.

> 보고 있다. 부풀어 오른 갈색
> 강물 한 줌이 다음 한 줌에게 넘치는 것을. 수막(水膜)에 씹힌
> 떡갈나무 사지(四肢)들, 들춰지고, 또 들춰지고, 이 무(無)발견의 춤 속에서
> 종일 겹치고 있는 것들. 모든 것이
> 가능하다. 작년의 낙엽들, 연안에서 떨어져 나와
> 다시 갑자기 환상으로 일렁이는 것들
> 옮겨지고, 휘돌고, 기름지게 다시 빛나는 것들

향하는 곳은 또 하나 임시 결론의 재빠른 고통들
깐닥깐닥 움직여대면서, 작은 흡인들에 끌려 선회하면서, 그들의 완강한
존재가
수면에 압도한다. 어떤 것도 실제적이지 않다.

Watching the river, each handful of it closing over the next,
brown and swollen. Oaklimbs,
gnawed at by waterfilm, lifted, relifted, lapped-at all day in
this dance of non-discovery. All things are
possible. Last year's leaves, coming unstuck from shore,
rippling suddenly again with the illusion,
and carried, twirling, shiny again and fat,
towards the quick throes of another tentative
conclusion, bobbing, circling in little suctions their stiff
presence
on the surface compels. Nothing is virtual. (*Dream* 159)

화자가 강물을 지켜보고 있다. 강물의 작은 부분들이 서로 엉키고 밀치
면서 형성하는 수면의 막을 응시하고 있다. 통나무 조각들이 탁한 물살
에 씹히면서 서로 부딪쳐 들춰지고 겹치는 강 표면은 어떤 발견도 허용
하지 않는다. 그렇지만 그것은 종일 쉬지 않고 추어대는 춤사위를 품고
있다. 이 "부풀어 오른 갈색"의 야만은 "모든 것이 가능하다"는 느낌마
저 준다. 작년의 낙엽은 떨어진 곳에 묻히지 않고 "다시 갑자기 환상으
로" 물살을 따라 움직이면서 빛을 발한다. 하지만 화자는 생기를 되찾
은 과거의 잎들이 영원한 답을 제공받지 못하리라는 것을 알고 있다. 그
래도 좋다. 임시적 결론은 예전에도 있었고 앞으로도 있을 것이다. 환
상과 각성의 반복에서 그 결과를 익히 아는 탓에 재빠르게 고통이 찾아
온다고 해도 오늘 화자는 강물 앞에서 환상에 자신을 맡긴다. 화자는 모

든 것들이 물살의 흡인력에 끌려 선회하고 움직여대는 가운데서 그들의 "완강한 존재"가 압도적인 힘으로 수면에 퍼지는 것을 느낀다.

화자가 느끼는 "완강한 존재"의 힘은 뒤엉키는 물살의 춤과 그 속에서 과거의 파편들이 쉴 새 없이 엉키고 부딪치면서 형성하는 무엇에서 발원하고 있다. 그 세계는 눈에 비치는 것이 전부가 아니다. "어떤 것도 실제적이지 않다."

그레이엄의 시는 독자의 접근을 쉽게 허용하지 않는다. 강물에 대한 관찰이 어떤 영적 전망에 이르지 않는다. 이 시가 어떤 면에선가 독자에게 기쁨을 줄 수는 있지만 가르침의 요소를 품고 있지는 않다. 이 시는 이미 존재하는 진리에 도달하거나 그것을 전달하는 데 목표가 있지 않다. 그런 가운데 진리라고 확신할 수 없지만 그것에 유사한 어떤 것에 대한 갈망이 화자의 의식을 이끌고 있다. 그녀의 자아는 대상에 대해 기존의 관념을 통해서가 아니라 그것과의 직접적 만남을 통해 새롭게 다가가려는 노력을 보인다.

강의 기다란 갈색 목구멍이 어느 먼 용해에서 빨아올리는 것.
표현을 쏟아내지만 모든 내용에 의미가 없다.
강의 힘과 강의 사물다움은 동일하다.
힘이 무게와 철썩거림과 에워싸인 것을 능가하는 곳에서
내뱉어지고, 핥음을 당하고, 낚아채진다.
대지를 관통하는 긴 한숨, 한 번의 날숨.
나는 이 쭉 뻗은 땅에 개를 풀어놓는다. 젖어
독기를 뿜어내는 잎들 틈에서 크로커스가 나타난다.
땅에서 올라오는 숱한 독기들, 썩은 독기들
그것들을 흡입한다, 한 번에 들이쉬고
다시 내보낸다
향기어린 비(非)물질 위로.

The long brown throat of it sucking up from some faraway melt.
Expression pouring forth, all content no meaning.
The force of it and the thingness of it identical.
Spit forth, licked up, snapped where the force
exceeds the weight, clickings, pockets.
A long sigh through the land, an exhalation.
I let the dog loose in this stretch. Crocus
appear in the gassy dank leaves. Many
earth gasses, rot gasses.
I take them in, breath at a time, I put my
breath back out
onto the scented immaterial. (*Dream* 159)

강이 흘러가는 저쪽 어구는 "갈색 목구멍"을 이룬다. 그곳은 물이 흘러가 사라지는 곳이 아니다. 그곳은 모든 것이 용해되고 다시 빨아올려지는 곳이다. 그렇다고 그렇게 표현된 것들이 지시적 의미를 지니는 것은 아니다. 규정할 수 없는 어떤 것들이 분출될 따름이다. 이것이 강의 힘이다. 화자가 강에게서 느끼는 강인함은 사물다움, 다시 말해 규정할 수 없는 사물 그 자체의 속성에서 기인한다. 화자는 인간의 의식에 의해 점령당하지 않은 강의 야성에 매료된다. 이러한 강은 고요한 침잠과는 거리가 먼 것이어서 힘센 가운데서도 씹혔다 뱉어지고 먹잇감인양 핥음을 당하며 사냥감처럼 낚아채지는 고통 속에 있다.

화자의 한숨이 대지를 가로지른다. 그가 풀어놓은 한 마리 개가 강변을 질주한다. 강변 땅에 썩어가는 잎들에서 독기가 피어오른다. 그는 그 독기들마저 들이쉬기를 주저하지 않는다. 화자에게 중요한 것은 강과 강변의 사물이 유지하는 사물다움의 힘이기 때문이다. 화자가 맞이하는 아름다움은 추하고 아름다운 것 사이의 선택에서 느껴지는 종류의 것이 아니다. 그것은 그 자체로 존재하는 것에 대한 존중에서 감지되는 어떤 것이다. 독기마저 받아들이는 화자의 호흡을 통해서 안과 밖은 이어진다.

자아와 세상의 조응에서 물질과 비(非)물질의 경계가 허물어진다. 물질과 비물질이 하나가 된 세상에서 썩은 잎들 사이로 크로커스가 자란다.

⋯ 비가시적인 것이 얼마나
마음을 어지럽히는지. 나는 이곳과 그때의 관점에서 그것을 본다.
이곳의 관점에서 그것을 본다. 포용하는 것들과 작은 올가미들─불가피한
것들, 개연적인 것들─저것들을 새롭게 바라볼 방식이 있을까?
그것이 퍼덕거리고 찰싹 친다. 이 몸이 내가 나라고 알고 있는 것일까?
이 단어들은 얼마나 개인적인가? 이것들은 또한? 당신은 그것의 냄새를
맡을 수 있나요? 부패물 갈라진 틈에서 작은 거품들을 내며 갈색을 띠는 그것
이럭저럭 하다가 다시 이럭저럭 하다가 그것들이 그때 푹 젖는 중에
잎─물질이 어느 패턴, 어느 법칙 주변에 생겨나오는 곳에서
불안정하게, 조금씩 벗겨지는, 꽃실(花絲)들
잽싸게 튀어 오르는 것들, 갑자기 물이 오른 날랜 것들
마음이 선의 속성을 내쉰다
내가 내 자신을 본다. 나는 [무언가]의 넓어지는 각도이다
그럼에도 불구하고 이러한 실행은 급속도로─
각 지점에 그리고 다음의 올바른 지점에 못을 치고, 서로 잠그면서
교정하고, 다시 교정하여, 각각의 올바름이 찰깍 헐거워지더니
떠다니다, 허공에 걸렸다가, 소용돌이치다가, 드디어 씨─내리기
재빠르다─이제부터는 가시적인 것의 증거가─이제부터는, 헐거워짐이─

⋯ How the invisible
roils. I see it from here and then
I see it from here. Is there a new way of looking—
valences and little hooks—inevitabilities, proba-

bilities? It flaps and slaps. Is this body the one
I know as me? How private these words? And these? Can you
smell it, brown with little froths at the rot's lips,
meanwhiles and meanwhiles thawing them growing soggy then
the filaments where leaf—matter accrued round a
pattern, a law, slipping off, precariously, bit by bit,
and flicks, and swiftnesses suddenly more water than not.
The nature of goodness the mind exhales.
I see myself. I am a widening angle of
and nevertheless and this performance has rapidly—
nailing each point and then each next right point, inter-
locking, correct, correct again, each rightness snapping loose,
floating, hook in the air, swirling, seed—down,
quick—the evidence of the visual henceforth—and henceforth,
   loosening— (*Dream* 159–60)

화자는 "이곳과 그때의 관점에서" 사물을 본다. 이 관점에서는 서로 감응하여 끌어안는 "포용하는 것들"과 서로를 잡아매는 "작은 올가미들"이 제대로 작동한다. 이러한 새 방식의 바라보기에서는 눈에 비치지 않는 것으로서 개연적인 것들과 불가피한 것들이 어쩐지 새처럼 "퍼덕거리고" 게으른 사색가를 책망하듯 등짝을 "찰싹 친다." 이 분위기에서 화자는 "이곳과 그때"의 여건에 조응하는 몸이 있어 자신이 존재한다는 것을 깨닫는다. 이와 같은 존재의 양상을 구현하는 언어는 "개인적"일 수밖에 없다. 그레이엄이 시에서 추구하는 언어는 의미의 전달과 공유에 기여하는 공적 언어가 아니다. 그것은 그녀에게 독특한 종류의 시적 자아(특히 몸의 감수성에 의존하는 종류의 자아)와 세상 사이의 개별적 만남의 결과를 표현한다.

화자는 청자에게 그것의 냄새를 맡아보라고 청한다. 그것은 가시적인 것들 사이에서 얼핏 그 존재를 드러내는 비가시적인 것 혹은 그 힘을 지시하는 것으로 보인다. "어느 패턴"이나 "어느 법칙"은 썩어가는 것의 벌어진 틈에서 싹이 튼다. 그것은 독기를 내뿜는 것들 사이에서 어느 사이 흠뻑 물이 올라 자라다가 꽃을 피운다. 꽃잎이 열리고 꽃실이 튀어 오르고 날쌔게 움직인다. [그것의] 아름다움은 갑작스럽고 잽싸게 드러 난다. 이 단계에서 화자는 더욱 의식적으로 마음의 활동방식에 대해 고 려한다. 마음이 선의 속성을 세상에 내쉬는 상태에서 시적 자아의 각도 는 갈수록 포괄적으로 커진다. 시적 자아는 세상 곳곳의 올바른 지점에 못을 치고 그것들을 "서로 잠그면서" 관계를 설정한다. 또한 그것은 관 계를 교정하고 다시 교정하는 업무를 재빠르게 수행한다. 이러한 실행 에서 올바른 관계는 고정되지 않고 자꾸 "헐거워짐"의 속성을 띤다. 마 지막 행들은 문장의 구조보다 단어들과 이미지들이 급속도로 내던져지 는 구조로 완성된다. 가시적인 것의 외양에 금이 가고 그 틈새에서 비가 시적인 것이 곧 나타날 것 같다. 그것이 떠다니다 허공에 매달리다 땅에 씨를 내린다. 화자의 기대와 설렘이 "재빠르다."

이러한 종류의 감수성에서 세상이 눈에 익숙하게 비치는 것에 머무르 지 않을 것은 불 보듯 빤하다. 그레이엄의 시적 자아와의 접촉에서 탄 생하는 세상은 우선적으로 이질적이다. 이질성은 모든 사물에 태생적인 것으로 간주된다. 자아를 포함하는 세상의 모든 것은 본질의 부재를 앓 고 있다.

프로스트(Elizabeth Frost)는 그레이엄이 다섯 번째 시집『물질주의』에 이르러 앞선 시집들에서보다 더욱 철학적이 되었고 이제 서구사상 전체 를 문제 삼는다고 하면서 "물질주의"가 뜻하는 것이 "미국 중산층의 가 치"가 아니라 "물질계"라고 지적한다. 그것은 "고통스런 타자성과 유동 성 속에 있는 물질과 인생" 그리고 "우리 자신의 신체를 포함하는 그런 세상에 대한 우리의 태도"를 지칭하는 말이다. 그레이엄의 작품에는 "주관적 경험과 객관적 세계 사이에 현저한 거리가 존재한다"(11).

주관적 경험의 차원에서 보면 "물질"은 정신과의 이분법적 대립각에 존재하는 딱딱한 사물이 아닌 경우들이 있다. 오히려 그것은 이질성의 확산 속에서 관계의 양상에 따라 모습을 바꾸는 모든 것에 대한 이름에 더 가까울 수 있다. 그레이엄이 기대하는 통합의 장은 객관적 세계와 시인의 정신이 이분법적 대립각에서 벗어나 서로 포용하는 순간에서 마련될 수 있을 것으로 보인다.

인본주의의 관점에서 인간의 자아는 우주의 중심에 있다. 자아는 세상과의 이분법적 대립에서 우위를 점한다. 하지만 반인본주의의 관점에서 자아는 전체의 한 부분을 이루면서 다른 모든 것들과 병존한다. 자아의 권위가 통제하지 않는 세상은 여러 부분들 사이의 관계의 양상에 따라 그리고 한계적 의식의 파동에 따라 다른 모습으로 드러난다. 그레이엄은 첫 시집 『식물잡종과 유령잡종』에서 네 번째 시집 『이질성의 지역』과 다섯 번째 시집 『물질주의』에 이르기까지 동질성의 유지가 불가능한 세상을 줄기차게 보여준다.

그레이엄은 자아의 권위에 의존하거나 언어의 마법에 의해 사물의 혼을 불러내는 종류의 시인이 아니다. 그녀는 낭만주의 시인일 수 없고 근대정신을 구현하는 예술가일 수도 없다. 그녀는 근대이후의 문화와 감수성을 대변하는 위치에 있다. 미국의 생존 시인들 가운데서 그녀가 크게 주목을 끄는 데는 그녀의 시적 자아의 성격이 한몫을 한다. 그녀는 아무래도 키츠(John Keats)와 스티븐스의 전통에서 부정의 상태에서 활동하는 자아를 추구한 것으로 보인다. 그런데 이 문제에서 그레이엄은 앞선 시대의 두 시인들보다 더 유리한 고지에 위치해 있다. 단지 후세의 시인이라서 그렇다는 것이 아니고 그녀는 후기모더니즘의 여러 연구들을 동시대의 다른 지식인들과 공유하고 있어서 실재와 언어의 문제에 대해 보다 넓고 심층적인 관점을 취할 수 있는 처지에 있다는 것이다. 그녀는 두 시인보다 어떤 방식으론가 한 걸음 더 나아가지 않을 수 없다. 세상은 그 시대에 맞는 시인을 배출하는 것이므로 그레이엄이 내딛는 걸음이 이전 시대보다 더 나아지거나 발전해야할 필요는 없다. 그렇지만 그것이 바뀐 세상에 부응하여 달라져야 할 필요성은 엄연하게 존재한다. 그녀의 부정적 자아는 온갖 것들이 서로 뒤섞이게 하면서 이질성의 확산 속에 발현하는 임시적 존재의 근거에서 어떤 통합의 전망을 꿈꾼다. 그녀는 피할 수 없는 현실을 직시하면서 실현되지 않을 꿈을 버리지 않는 철학적 시인이다.

Ⅱ

그레이엄의 시 「통합장의 꿈」은 1993년의 시집 『물질주의』에 실렸다가 1995년의 시선집 『통합장의 꿈』에 다시 수록되면서 시집의 제호로까지 사용된다. 이 시선집은 그녀가 앞서 발표한 다섯 시집들에서 선별한 것들을 모아놓은 것으로서 그녀에게 퓰리처상의 영예를 안겨준다.

시 「통합장의 꿈」은 상당한 길이와 그녀에게 특징적인 제재 및 언어를 과시하고 있어서 그녀의 작품세계를 충분히 가늠할 수 있게 해준다. 이 장시는 7개의 부분으로 구성되는데 각 부분이 독립적 존재를 이루면서 서로 간에 다소 모호한 방식으로 연결을 이룬다. 이 연결의 고리가 한 화자의 의식에 의해 맺어진다고 하더라도 그 의식 안에서 일어나는 사건들은 여러 시간대에서 이질적으로 튀어나온다. 이 시는 시인의 의식의 흐름을 여실하게 보여주는 데서 한 특징을 이룬다.

시 「통합장의 꿈」의 핵심에는 존재 속에서의 의미 찾기 다시 말해 종교적 및 철학적 토대를 상실한 세상 속에서의 의미에 대한 추구가 자리하고 있다. 그레이엄은 이 시를 통해 신세계와 구세계, 미국과 유럽, 순

수와 경험 그리고 자연과 문명을 혼합하고
있다. 이 이질적인 것들의 연결은 의미가 있
는 방식으로 이뤄지지만 의도적으로 독자들
이 그 연결들을 받아들이는 데 뛰어들도록
하면서도 그 논리를 의심하도록 만드는 듯
보이는 방식으로 이뤄진다. 연결을 찾도록
하면서도 그 연결의 방식에 지속적으로 의문
을 제기하게 하는 것이다. 이러한 그레이엄
에게는 끝조차도 끝이 아니다.

진스(Harriet Zinnes)는 『통합장의 꿈』에 대한 한 서평에서 이 시선집
을 관통해서 흐르고 있는 강한 발전의 양상이 있다고 진단한다. 다섯 권
이 한 자리에 모아진 데서 그레이엄은 시종 "무엇이 현실인가"라는 질문
을 멈추지 않는다. 또한 "자아가 명백해질 수 있는지" 그렇다면 그런 자
아는 무엇인지에 대해서도 탐색을 계속한다. 그래서 그녀의 시에서는
"비가시적인 것"이 "더 큰 확실성"을 지니는 경우가 발생한다. 비록 그
비가시적인 것이 "침묵, 애매, 불안정"을 통하지 않고서는 스스로를 주
장할 수 없다고 하더라도 그러하다. 진스는 그레이엄의 시에 "경애하는
신"이 자주 등장하는 것에 주목한다. 그는 늘 소문자로 표기되는 이 신
의 존재가 과연 "전통적 신성"을 뜻하는 것인지 [그레이엄]에게 그림자
처럼 드리우고 있는 붙잡기 어렵고 이름 붙일 수 없는 비가시성"을 뜻
하는지를 독자에게 묻는다(16). 독자는 물론 진스 자신의 답도 아무래도
후자 쪽일 것이다. 그레이엄의 영적인 것에 대한 열망은 어떤 경우에도
과거의 신에 대한 복귀를 뜻하지 않는다. 그레이엄의 문제는 신의 권위
가 성립하지 않는 세상에서, 그러니까 신의 가치로부터 너무나 멀어진
"이질성의 지역"에서, 영적인 것을 추구하는 어려움이다. 그녀의 언어가
뒤틀리고 멈추고 침묵에 빠지는 이유가 여기에 있다.

시 「통합장의 꿈」 1부에서 화자는 몰려드는 눈발이 발 주변에서 녹는 것을 지켜본다. 화자가 청자 "당신"에게 가는 길은 모든 것이 움직임 속에 있다.

밤샘 가방에 당신이 챙겨 넣지 못한
레오타드 옷을 가지고 당신에게 가는 길
눈발이 더 심해지기 시작했어요.
흩날리는 눈보라가 모여드는 족족
내 발자국 주변에 녹는 걸 지켜보았죠.
어떤 것도 본래 진실하거나 거짓되지 않아요. 그저 움직임일 뿐
움직이는 숱한 조각 떠일 뿐. 눈발의 작은 확신들이 자국으로 남기는
세사(細絲)들의 추락. 아직은 전혀 흐려지지 않은 채 스스로 구름인 것
　　　　　　　　　　　　그것 안에 있는 나, 그래도
그걸 관통해 쉽게 움직이고 있는 나, 라이크라 레오타드 검은 옷은
　　　　　　　　　　공처럼 말려 내 호주머니에 있는데
당신의 작은 꿈이 그것 안에 있고, 내 왼 손이 그것 위에 혹은 속에 있어
　　　　　　　　　　　　온기를 유지해요.
이것을 칭송하세요. 저것을 칭송하세요. 시선을 흘긋 위로 보내
　　　　　　　　　구경해 보세요.
아라베스크 무늬와 실개울 모양들을, 그것들이 모였다가 흩어지면서,
어느 목소리가 하려는 대로,
　　　　　　　　인간이 아닌 다른 것으로부터
통과해 나가는 것을 정의하는 것을.
그것들이 땅에 닿아서 사라져요. 그러나 꾸밈이에요.
번성이에요. 길이 날 태우고 계속해서 뚫고 나가요.
현재의 것으로써 새겨져요.

On my way to bringing you the leotard
you forgot to include in your overnight bag,

the snow started coming down harder.
I watched each gathering of leafy flakes
melt round my footfall.
Nothing true or false in itself. Just motion. Many strips of
motion. Filaments of falling marked by the tiny certainties
of flakes. Never blurring yet themselves a cloud. Me in it
                  and yet
moving easily through it, black Lycra leotard balled into
              my pocket,
your tiny dream in it, my left hand on it or in it
            to keep
warm. Praise this. Praise that. Flash a glance up and try
              to see
the arabesques and runnels, gathering and loosening, as they
define, as a voice would, the passaging through from
            the-other-than-
human. Gone as they hit the earth. But embellishing.
Flourishing. The road with me on it going on through. In-
scribed with the present. (*Dream* 176)

눈이 내린다. 가늘고 긴 선을 그으면서 내려온다. 눈은 땅에 닿아 녹
는다. 모든 것이 움직임 속에 있다. 눈발은 모였다가 다시 흩어지면서
그 흔적으로 아라베스크 무늬나 실개울 형상을 만들어내지만 이 움직
임은 "작은 확신들"에 의존한다. 화자는 청자 또한 "작은 꿈"을 가질 뿐
이라는 것을 알고 있다. 화자는 이 눈발의 움직임 속에서 함께 움직이
고 있다. 화자는 이 눈발이 확신의 부족 상태에 있다는 것을 의식하지만
"아직 전혀 흐려지지 않은" 채로 존재한다는 것을 또한 알고 있다. 화자
는 청자에게 분명하지도 불분명하지도 않은 채로 지속적으로 움직이고
있는 어떤 것에 대해 칭송하라고 말한다. 머리 위의 눈발을 바라보라고

요구한다. 화자는 청자가 자신과 함께 그 무수한 눈발이 내는 목소리를 듣기를 원한다. 그 목소리는 인간이 아닌 것 쪽에서 인간 쪽으로 관통해 나가는 것이 무엇인가를 정의하게 될 것이다. 그레이엄은 그녀에게 영향을 준 스티븐스와 마찬가지로 사물이 관념화 이전의 원초적 실체로 존재하면서 또한 인간의 의식을 통해 드러날 수밖에 없는 어떤 것이라고 여긴다. 이러한 인식의 방식에서 세상은 어느 것 하나 고정됨이 없이 움직이고 있다. 땅에 내린 눈은 녹으면서 그 땅을 꾸미고 번성시킨다. 화자는 눈 내리는 길 위에 있다. 길은 그 위의 화자를 비롯한 세상의 모든 것과 함께 계속 움직이고 있다. 그 움직임은 소용돌이가 아니라 어딘가로 뚫고 나가는 움직임이다. 그것은 "아직은 전혀 흐려지지 않은 채" 혼돈의 나락에 떨어지지 않는다. 이 움직여 나아가는 길에는 현재의 것이 지속적으로 새겨진다.

2부에서 화자의 관심은 내리는 눈 속을 날아다니는 찌르레기 새떼에게 모아진다. 떼를 지어 날다가 나무에 내려 앉는 "수천의 몸의 검은 조각들"에서 화자는 "어느 참되고 차가운 것으로서의 진실의 엄격함"을 느낀다. 화자는 걸음마저 멈추고 "빈 떡갈나무"에 찌르레기 떼가 사방에서 내려앉는 것을 목격한다. 헐벗은 나뭇가지에 새가 앉은 모습에서 화자는 "싹이 돋는" 것을 느낀다. 이제 새들은 각자 "등에 불을 켠 잎의 몸"이 되어 "[나무]의 빈 왕관의 자리를 채우는" 존재가 된다. 화자는 그 수를 헤아리다가 그냥 짐작해보다가 순간 어떤 환상에 빠지게 된다.

> 그러나 폭풍 한 가운데 서있는 이 검게 젖은
> 　　　　　나무의 잎들은—반짝이다가—
> 사지(四肢)를 관통해 강물로 흐르다가, 다시 사지에 올라타다가
> 흩어지고, 날아가 버리고, 흩어지고, 다시 모여드는데—
> 원상태로 되돌리고 또 되돌리는 나무는 그것 없이는 영원히 가득
> 　　　　　　　　　　　찰 수 없는데

but the leaves of this wet black tree at the heart of
                              the storm—shiny—
river through limbs, back onto limbs,
scatter, blow away, scatter, recollect—
undoing again and again the tree without it ever ceasing to be
                              full. (*Dream* 177)

새떼가 나무의 사지에 잎을 달아준다. 새떼는 잎의 존재에 머물지 않고 강물이 되어 나무의 안을 흐르기도 하고 그 위에 올라타기도 한다. 떼지어 모이고 흩어지면서 새떼는 나무를 바꾸고 되돌리기를 반복한다. 이 움직임에서 나뭇잎은 모든 것이 한 데 엉기면서 생겨나는 결정체이다. 화자의 환상에서 한 그루 나무의 모든 잎은 "세상이 기다리는 나무의" 것이고 "오래 기다려 왔고 / 여전히 기다려야 하는 / 것의" 잎이면서 "질질 끌리면서 절규하는 것의" 잎이기도 하다. 새떼로 이뤄진 나뭇잎은 "강설(降雪) / 속으로 / 다시 사라지는 검은색의" 이동에서 "무관심"과 "무관심한 다시 나타남들"을 연출하기도 한다(*Dream* 177).

그레이엄이 발견하는 통합의 전망은 뚫고 나가는 움직임에서 가능해진다. 흩어져 날리는 눈발이 "작은 확신들"에도 불구하고 여전히 그 흔적으로나마 어떤 형상을 이루고 사람이 아닌 것의 원근법에서 뭔가를 말하고 있다. 하지만 이러한 순간도 잠시 세상은 다시 "무관심"으로 돌아간다.

3부에서 화자의 환상 혹은 꿈은 더 깊어져서 이 찌르레기 세 떼 내부에서 "까마귀의 / 외마디 울음소리"를 듣는다. 이 "한 음절"의 소리는 "비명을 질러대는 것들"과 "잽싸게 움직이는 것들" 내부에서 그리고 "한 사물이 끊임없이 다시 형성하는 모양" 내부에서 들려온다. 이 외마디 외침은 "복종하지 않지만 법이 없는 것은 아닌" 소리이면서 "안달복달하지는 않지만 고요해본 적이 없고" "그러나 불확실한 것은 아닌" 소리이다 (*Dream* 178). "한 음절"의 소리는 이내 어떤 통합 혹은 변화의 정점으로 치닫는다.

> 검게, 빛을 발하며, 지상에 한 다리로
> 뿌리를 내리고, 단 하나의 줄기 위에서 빙빙 돌면서
> 뒤틀리고 뒤틀리면서—
>
> 그때 다시—이번에는 좀 더 멀리—**협곡**
> **저쪽에서**[1], 머릿속의 목소리, 머리를 채우는…
>
> black, shiny, twirling on its single stem,
> rooting, one foot on the earth,
> twisting, twisting—
>
> and then again—a little further off this time—*down the*
> *ravine*, voice inside a head, filling a head… (*Dream* 178)

변화의 정점에 목소리가 있다. 그것은 찌르레기 세 떼 사이에 가려져 있다가 까마귀의 외마디 울음소리로 튀어나왔다. 이제 그것은 어떤 존재의 목소리를 낸다. "한 음절"의 소리가 변하는 모습은 마법사가 반듯하게 서서 몸을 빙빙 돌리면서 무엇인가로 변하거나 장소 이동을 꾀하는 동작을 닮았다. 그것은 검은 빛을 발하는 까마귀와 땅에 뿌리를 내리고 곧추 선 나무를 동시에 연상시킨다. 그것이 스스로의 몸을 꼬면서 빙빙 돌고 있다. 이 변신의 마법은 "이번에는" 좀 더 위력이 강해져서 좀 더 먼 곳에 있는 사람의 머릿속에까지 목소리를 채워 넣는다. 2부에

---

1) 이후 원문에서 이탤릭체나 대문자 등으로 강조된 부분은 번역에서 굵은 글씨체로 표기함.

서도 화자는 나뭇잎의 변신을 경험한 바 있다. 화자는 1부에서 청자 "당신"에게 가는 길에서 눈발의 다양한 변화를 경험하기도 했다. 화자가 청자 "당신"에게 가져다 준 것은 빛나는 검은 레오타드 옷이다. 2부에서 청자 "당신"은 이 옷을 입고 "당신의 마법 속에서 교묘히" "거실에서 빙빙 돌고 있는" 상태로 목격되었다. 화자는 "벽에서 떨어진 채로" "창문을 통해" 청자 "당신"을 지켜보았던 기억을 회상해낸다. 화자는 기억의 되살림을 통해서 "머리가 폭발한 후 냉정해지고 다시 폭발하고 냉정해지는 것을 지켜본다"(Dream 177). 화자는 현재시제의 묘사를 통해 이 광경을 생생하게 떠올리고 있다. 화자는 "머리"가 누구의 것인지를 고의적으로 표현하지 않음으로써 "당신"과 자신의 경계를 흐리게 하고 있는 것으로 보인다. 청자가 입고 있는 몸에 달라붙는 검은 옷은 마법사의 그것과 검은 세 떼와 까마귀의 그것을 연상시킨다.

4부에서 화자는 까마귀의 존재에 대해 자세히 관찰한다. 그것은 "기름기 많고 불같은 한 세트의 검은색들"을 가지도 있는데 "그 중 어느 것도 사실이 아닌" 상태를 드러낸다. 그것은 "증오와 질서가 만나는 곳에서 그러듯이" "알려질 수 없는 어떤 것"을 함축한다. 그래서 이 까마귀에게는 "방향 없음"이 발생한다. "까마귀의 몸"은 "의미들의 합창"을 이룬다. 화자는 바로 이 사유의 시점에서 "평범하고 거대한" 까마귀가 발톱을 들어 올려 갑자가 날아오르는 것을 목격한다. 까마귀는 "무디고 깨끗한 일격"으로 날아올라 "눈 내리는 초저녁 장면에 한 줄의 잉크 색 자국"을 남긴다(Dream 178–79).

1부에서 4부까지는 눈 내리는 초저녁 풍경이라는 공통의 배경을 갖는다. 하지만 5부에서 화자는 여덟 살 어린 시절로 돌아간다. 소녀의 기억에서 무용 선생 마담 사카로프(Madame Sakaroff)는 "유럽의 꿈"에도 불구하고 연습실의 공허와 유리벽에 갇혀 있다. 화자는 수업에 너무 일찍 도착한 나머지 선생님이 연습하던 장면을 혼자 목격했던 기억을 생생하게 살려낸다. 화자는 선생님의 여러 몸짓들이 거울의 안과 밖에서 "둘 다 검은 옷을 입고, 거대한 불빛 아래에서" 서로를 향해 미끄러지는 것을 숨 가쁘게 지켜본다. 그때 선생님이 손바닥을 단 한번 치더니 멈춰서서 거울을 응시한다. 화자는 거울을 사이에 두고 그녀의 두 눈이 스스로를 응시하는 방식을 떠올린다. 그것은 "한 장의 거대한 은종이가 타오르는 것 같아서" "검은 구멍이 / 확장하면서" "그 종이의 내부에서 어떤 의미가 솟아나오는" 것과 유사하다(*Dream* 180). 어린 화자는 여기서 어떤 사물의 원리를 꿰뚫어 본다.

··· 나는 여덟 살이었어요―
난 보았죠, 사물들의 상이한 무게들을
현재의 생생한 공연을 보았어요
그녀의 몸이 마침내 이미지를, 그들 사이의 그 은색 막을
　　　　　　　　　　만지는 곳에서
파동 치는 빛이 거의 떨리는 것을 보았어요, 그 빛은 지금 자연 속에서라면
　　　　　　　　　저절로 떨어지겠지만
여기서는, 꽉 조여진 채로, **사이에서**
그러지 않을 것이고, 그럴 수가 없고, 얇아지지 않으면서, 떨어뜨려서
　　　　　　　어느 씨앗―내림이
뚫고 나가게 할 수 없고, 그 안에 신호도 없고, 정보도 없고 ··· 어린이
　　　　　　　내가 무엇을 알아야 하죠?
두 손을 창문에 댄 채, 내가 모르는 당신을 구하기 위해―

　　　　　　··· I was eight―
I saw the different weights of things,
saw the vivid performance of the present,
saw the light rippling almost shuddering where her body finally
　　　　　　　　　　　　　touched
the image, the silver film between them like something that would have

40

```
                              shed itself in nature now
but wouldn't, couldn't, here, on tight,
between, not thinning, not slipping off to let some
                              seed-down
through, no signal in it, no information ⋯ Child,
                 what should I know
to save you that I do not know, hands on this windowpane?─ (Dream 180)
```

화자의 세상에 대한 이해는 무용 선생의 경험에서처럼 **"사이에"** 있는 무
엇에서 어떤 "신호"나 "정보"도 받지 못한 채 그것을 응시해야 하는 방
식으로 성취된다. 이 기억에서 화자는 자신의 질문에 대한 해답을 찾지
는 못하지만 최소한 무용 선생과 같은 비슷한 처지의 사람들과 연대를
이룬다. 시인 그레이엄의 통합의 전망은 어떤 해결에서가 아니라 타들
어가는 종이장의 구멍, 그 넓어져 가는 공허에 대한 공통의 응시에서 가
능해지는 것인지 모른다.

　6부와 7부에서 화자의 시선은 자신의 내면과 주변으로부터 보다 넓
고 먼 것들에게로 옮겨간다. 6부에서 화자는 눈을 감고 폭풍을 **"내 것"**
(*mine*)으로 만들고자 노력한다. "폭풍"이 "내면의 것"이 되는 순간 그
녀의 머릿속에 "요동치는 흰색의 / 잠, 그 사례들"은 진정될 것이다. 그
"사례들"은 "달라붙고, 발생하고, / 붙들고, 연결하지만, 녹아들지 않
는다." 화자는 "폭풍"의 힘에 의지해 "더 이상 없는 폭발"의 무기력 상
태에서 벗어나고자 "밤새 새어나온 나온" 것으로서 "사지가 붙고, 어깨
가 생기고, 목이 자라나, 얼굴이 형성되는 흰색의 것"을 꿈꾼다(*Dream*
181-82).

　이제 구름들이 몰려와요 (올려다보지 마세요)
　이제 **시대**는 구름들 배후에 있지요. **위대한 언덕들**은

모두 그곳에서, 기울어지면서, 눈은 감은 채로, 거대해요
수세기 그리고 다시 수세기의 시간만큼 오래되고 넓지요
그 아래, 거의 붙어 있지 않지만 그래도 붙어 있는 채로
주자(走者)처럼, 내 몸이, 금세기의 내 작은
부분이—세세한 것들, 집들을 지나가요—**위대한**

언덕들이란—

이 발자국들에 의해, 지금 또 지금, 닻이 내려져요
발자국 찍기는—지금 또 지금—그 거대한 흰색
잠의 지리학을 데려가요—지도상에 표시되죠—
잠시 빌리는 게 아니고—**소유**예요—"저녁기도 시간에
안 보일 정도로 갑작스레 내린 눈 속에서 그들은 항구에
들어섰고 그가 그곳에 이름을 붙였어요, 푸에르토 드 [산 니콜라스]라고

now the clouds coming in (don't look up),
now the Age behind the clouds, The Great Heights,
all in there, reclining, eyes closed, huge,
centuries and centuries long and wide,
and underneath, barely attached but attached,
like a runner, my body, my tiny piece of
the century—minutes, houses going by—The Great

Heights—

anchored by these footsteps, now and now,
the footstepping—now and now—carrying its vast
white sleeping geography—mapped—
not a lease—possession—"At the hour of vespers
in a sudden blinding snow,
they entered the harbor and he named it Puerto de (*Dream* 181)

"위대한 언덕들"은 구름이 형성하는 거대한 구조물을 뜻하는 것으로 보
인다. 그것들은 기울어지고 있고 눈은 뜨지도 않은 상태에 있다. 그것들

은 미완성이지만 아주 오랜 세월 동안 진행되고 있는 어느 건축이다. 화자가 이 긴 세월의 결실에 기여하는 바는 아주 미미하다. 화자는 이 큰 흐름에 거의 속하지 않지만 그래도 속해 있다. 화자는 구름의 거대 형상들에 매달려 아래에 세세하게 존재하는 것들을 내려다보는 자의 관점을 취한다. 화자는 구름의 방식으로 형성하는 어느 큰 흐름에 동참함으로써 "위대한 언덕들"의 형성에 관여한다. 구름은 "지금 또 지금" 큰 언덕을 형성하지만 "그 거대한 흰색 / 잠의 지리학"을 함께 데려가고 있다. 흰색 잠의 구체적 사례들은 모두 과거에서 온다. "위대한 언덕들"은 미지의 곳에 진출하여 지도를 그려냄으로써 영토의 경계를 확정하고 "소유"하려는 욕구들에 의해 세워져 왔다.

화자는 기독교 탐험가가 최초로 푸에르토 드 산 니콜라스를 발견하는 장면으로 6부와 7부를 연결한다.

그리고 그 입구에서 그는 그 아름다움과 선함을
볼 수 있다고
생각했어요, **뭍까지 곧바로 이어진 모래사장**
그곳에 배 옆구리를 뉘어놓을 수 있지요. 그는 생각했어요
보았다고
인디언들이 배 앞
흰 모래 사이로 달아나는 것을 … 그로서는 믿지 않았어요, 자신의
선원들이
그에게 말했던 것을, 그들을 잘 이해할 수도 없었고, 그들 또한
그를 이해할 수 없었죠. 흰 소용돌이 속에 그는 거대한 십자가를
항구의 서쪽에
눈에 띄는 높이에
경애하는 왕께서 당신 자신과 마찬가지로
이 땅의 권리를 주장한다는 징표로
꽂았어요. 십자가가 세워진 후

세 명의 선원이 덤불숲으로 들어가 (빠르게 내리는 눈에 가려
즉시 시야에서 사라져) 나무의 종류를 확인
했어요. 그들이 세 명의 아주 검은 인디안
여성을 사로잡았는데—그 중 한명은 어리고 예뻤어요
제독은 명을 내려 그녀에게 옷을 입히고
                                            그녀의 나라로
예의바르게 돌려보내도록 했지요. 그곳에서 그녀의 부족민들은 말했지요
그녀가 배를 떠나려 하지 않았고
배에 머무르고 싶어 했다고. 눈이 드세게 내려요
그래도 그 안에 서면 볼 수 있을 거예요
이 여성의 코에 걸린 자그마한
금붙이를, 그것은 금이
그 땅에
존재한다는 징표였어요"—

San Nicolas and at its entrance he imagined he
                                  could see
its beauty and goodness, *sand right up to the land*
where you can put the side of a ship. He thought
                                  he saw
Indians fleeing through the white before
the ship ⋯ As for him, he did not believe what his
                                    crew
told him, nor did he understand them well, or they
him. In the white swirl, he placed a large cross
                       at the western side of
the harbor, on a conspicuous height,
as a sign that Your Highness claim the land as
Your own. After the cross was set up,
three sailor went into the bush (immediately erased

from sight by the fast snow) to see what kinds of
trees. They captured three very black Indian
women—one who was young and pretty.
The Admiral ordered her clothed and returned to
                                        her land
courteously. There her people told
that she had not wanted to leave the ship,
but wished to stay on it. The snow was wild.
Inside it, though, you could see
this woman was wearing a little piece of
gold on her nose, which was a sign there was
                        gold
on that land"— (*Dream* 181–82)

7부는 이제까지 다뤄져 온 화자의 의식의 흐름이 거의 배제된다. 역사
적 사건이 짧은 서사로 제시된다. 선장 니콜라스는 그가 발견한 새로운
세상에서 아름다움과 호의를 찾을 수 있으리라고 생각했다. 하지만 원
주민과 그의 선원들은 서로를 이해하지 못했다. 그는 자신이 섬기는 국
왕의 소유를 주장하기 위해 항구 서편에 대형 십자가를 세웠고 호의의
표시로 사로잡은 젊고 예쁜 인디언 여인에게 옷을 입혀 돌려보낸다. 그
녀는 자신의 종족에게 돌아가 배에 남고 싶었다고 말했다고 한다.

　시인이 시 「통합장의 꿈」의 마지막에 두 문명이 최초로 조우하는 장면
을 들여오는 태도는 반성적이다. 세상의 두 부분이 소유의 욕구에 의해
연결되었다. 화자가 신대륙 건설의 시작에 대해 취하는 태도는 다소 냉
소적이기까지 하다. 그녀는 1부에서 바람직한 통합이란 인간이 아닌 다
른 것에서 인간에게 관통해 오는 방식으로 이뤄진다는 것을 내비친 바
있다. 그녀가 시의 마지막에 이르러 통합의 전망을 대륙 간의 것으로 그
리고 거시적 역사의 맥락으로 접근하는 순간 사방에 눈이 짙게 내리기

시작한다. 전망이 가려진 셈이다. 인디언 여인의 코에 걸린 "자그마한 금붙이"가 유일하게 가시적이다.

　그렇다고 이것이 그레이엄의 결론이라고 말할 수 없다. 코스텔로 (Bonnie Costello)는 『아름다움의 끝』(The End of Beauty) 이후 그레이엄이 "공간적이고 모더니스트적인 데서 시간적이고 포스트모더니스트적인 데로" 변화하는 모습을 조명한다고 한다("Art" 32). 모더니즘의 시학이 한 편의 시 안에 완결된 구조를 상정하는 공간화의 특성을 갖는다면 포스트모더니즘의 시학은 어떤 종결의 기대를 버리지 않는 가운데서도 궁극적인 해결을 거부하고 임시적이고 한시적인 일치를 끝없이 이어가는 시간화의 특성을 보인다. 코스텔로는 그레이엄이 이 시집의 제호로써 종래의 시학에서 약속받았던 아름다움을 더 이상 기대하지 않는다는 것을 선언한 것이라고 본다. 시인이 「통합장의 꿈」 마지막에서 보여주는 소유의 욕구는 물질계에 작용하는 근원적인 힘을 적시한 것이지만 그녀가 통합의 전망을 여기에 국한하고 있지는 않다고 여겨진다.

　스피겔만(Willard Spiegelman)은 통합장의 꿈이 "단지 꿈에 머물 뿐 사실로 실현되지 않을 게 분명하다"고 말한다. 그것은 "그림과 물리의 영역에서도 그렇고 인간 정신 안에서 혹은 가시적 및 비가시적 우주 안에서도 그러하다 … 그레이엄의 경우에는 통합하고자하면서 또한 분산하고자하는 경쟁적 경향들이 그녀의 시속에서 정치적이고 철학적이며 특히 심미적인 원인들을 제공하고 또한 영향을 끼치고 있다"(174-75). 스피겔만은 그레이엄이 이 복잡한 감수성에서 새 방식의 바라보기를 지속적으로 추구하는 탓에 "그녀에게는 좀처럼 종결이 쉽게 찾아오지 않는다"고 진단하면서 "종결에 대한 어떤 감각도 임시적이고 희망적이며 기껏해야 현혹적이다"고 평가한다(200). 여기서 "희망적"이라는 것은 어떤 완성의 기대가 사실로서가 아니라 꿈의 방식으로 접근된다는 것을 뜻한다. 통합을 가로막는 현실은 항상 존재한다. 그레이엄은 통합에 대한 열망에서 현실의 극복을 추구하지는 않는다. 그녀의 열망은 "독기를 뿜어내는 잎들 틈에서"(*Dream* 159) 타오른다.

Ⅲ

그레이엄은 세 번째 시집 『아름다움의 끝』이 세상에 나온 1987년에 가드너(Thomas Gardner)와 대담을 가진 적이 있다. 이 대담에서 그녀는 동시대 시인들의 현실에 대한 감각이 지나치게 세속적이라고 비판하고 있다. 그들은 "재현의 행위에 대한 그들의 의심 없는 관계에 의해서 또한 현실에 대한 순전히 세속적인(가사적이고 고백적인) 감각에 의해서"("An Interview" 82) 글을 쓰고 있다.

> 그런 감각이라는 것은 중간지대에 있는 것이 할 수 있는 것에 대해 아는 바가 … 협소하답니다. 번(David Byrne), 윌슨(Robert Wilson), 부쿠(Sanjai Buku)와 같은 사람들, 비평이론, 철학, 우리시대의 과학 그리고 (엘리엇이 활동할 당시에는 존재하지도 않았던) 다른 예술 형식들, 이 모두가 제기하고 있고 문제들은 우리의 시가 제기하고 있는 문제들보다 종종 더욱 야심적이에요. 내 생각에 오늘날 시를 쓰는 사람들은 우리가 어떤 높은 수준의 야심, 당신이 뜻을 세운다면 열망이라고 해야 할 것, 바로 그 극심한 허기를 필요로 한다는 것을 깨달아야 해요. 그것이 바로 애쉬베리(John Ashbery)와 메릴(James Merill)의 존재에 대해 우리가 믿을 수 없을 정도로 감사하는 이유랍니다. ("An Interview" 82)

그레이엄의 진단에서 오늘날 시인들은 세속과 신성의 중간에 처하는 것조차도 허락받지 못하고 있다. 그래서 그녀는 시인들에게 높은 야심을 요구한다. 그녀는 세속 너머에 있는 것에 대한 "바로 그 극심한 허기"에서 시 쓰기의 동력을 구하고 있다. 그녀가 보통의 시인들과 구분지어 감사를 표하고 있는 시인들은 동시대의 이론들이 제기하는 언어의 문제를 자신의 시에 적극적으로 반영하는 사람들이다.

그레이엄의 이러한 입장은 그녀의 시 세계의 방향을 정해주는 것이어서 비평가들의 눈길을 끌었다. 1992년에 코스텔로는 「바로 그 극심한 허기」("The Big Hunger—*Region of Unlikeness* by Jorie Graham")에서 그리고 1997년에 롱건바흐(James Longenbach)는 「조리 그레이엄의 극심한 허기」("Jorie Graham's Big Hunger")에서 그레이엄의 비가시적인 것에 대한 열망과 그것에 이르지 못하는 어려움을 조명했다. 코스텔로는 그레이엄의 언어가 "아무리 전복되어 있더라도 여전히 개념에 의해서 그리고 정신적인 것에 대한 은유들에 의해서 작동하고 있다"("Hunger" 36)고 지적한다. 롱건바흐 또한 그레이엄이 엘리엇이나 프로스트 혹은 스티븐스와 같은 대시인들의 눈에 보이지 않는 영적인 것에 대한 추구의 태도가 당대의 시에 거의 영향을 끼치지 못하는 데서 문제를 발견하고 있다고 지적한다. 그녀의 허기는 당대뿐만 아니라 선대에 대해서도 열려 있는 것이다(84). 그레이엄의 "극심한 허기"는 오늘날의 현실에서 허용되지 않는 어떤 비현실을 구하고 있다.

그레이엄의 『물질주의』에는 세상의 물질성을 보여주려는 듯이 상당한 폭의 역사적 사건들과 장면들이 가끔 서정시에는 어울리지 않는 길이로 들어와 있다. 그것들 중에는 유태인 대학살, 식민지 탐험, 러시아혁명, 천안문광장 사건, 지하철에서 총을 휘두르는 소년 등이 있다. 17부로 구성된 「안에 총알을 품은 수태고지」("Annunciation with a Bullet in It")는 아홉 부분이 유태인 대학살에 관한 것이다. 플라톤, 『황금가지』(*The Golden Bough*), 하이데거, 마르크스, 그리고 『보바리 부인』(*Madame Vovary*) 등의 다양한 제재들이 일관성의 구조 속으로 들어오기를 거부하고 있다.

벤들러(Helen Vendler)는 1994년에 『신공화국』(*The New Republic*)에 기고한 『물질주의』에 관한 서평 「림보에 올라서기」("Ascent into Limbo") 에서 그레이엄과 키츠(John Keats)의 상상력을 비교한 적이 있다. "키츠의 이상화된 꿈과 깨어남이 한편에 있고 다른 한편에 그레이엄의 존재로부터 유리된 고통에 차고 폭력적인 자아가 있다. 이 둘 사이의 간격에서 우리는 자연화된 초자연과 불신에 찬 최근의 물질주의 둘 사이의 간격을 발견한다"(30). 낭만주의 시인들은 상상력의 발휘를 통해 영적인 것과의 흔쾌한 일체화를 이룰 수 있었다. 그들에게는 초자연적인 것마저도 자연적으로 만드는 힘이 있었다. 그렇지만 그레이엄은 『물질주의』에서 정신의 발휘를 가로막는 지상의 온갖 역사와 일상에 둘러싸여 있다. 그의 "극심한 허기"는 물질계 한가운데서 보이지 않는 어떤 것을 향해 일어나고 있다. 그는 지옥에서 그것과 천국 사이의 중간지대인 림보에 오르려하고 있는지 모른다. 벤들러는 이러한 그레이엄을 "현재분사의 죄수"라고 칭한다. "그녀는 이야기로써 서정시를 위협하는 역사적 과거의 유혹 그리고 종결로써 서정시를 위협하는 미지의 미래의 심연의 유혹 둘 다를 현재분사를 통해서 저지하고자 희망한다 … 이제 그녀는 … 마음이 한때 그림을 굽어보았듯이 자연을 굽어보고 있다. 각 경우에 그녀의 목표는 종결을 향해 나아가는 듯 보이는 동안에도 그것을 미루는 것이었다"(30). 벤들러는 그레이엄이 영적 전망에 대한 강렬한 허기를 느끼면서도 그 어떤 실현의 약속도 보장받지 못한 처지에서 과거의 신이나 미래의 섣부른 희망에로 나아갈 수 없고 오직 "현재분사"의 움직임 속에 갇혀있다고 진단하고 있다.

통합장의 꿈은 현실에서 이뤄지기 어렵다. 중요한 것은 그레이엄이 꿈을 멈추지 않는다는 것이다. 그녀의 꿈은 현실의 망각이나 도피를 뜻하지 않는다. 그녀의 시 「통합장의 꿈」은 시집 『이질성의 지역』에서 근원하고 있다. 그녀의 꿈은 현실에 뿌리를 내리고 있는 것이다. 그녀가 꿈을 표제에 담은 시선집 『통합장의 꿈』의 마지막에 시 「표면」("The Surface")을 위치시키는 것은 이러한 자세를 보다 확고히 하는 것이라고 볼 수 있다.

시 「표면」에서 화자는 강물을 바라보고 있다. 이 시는 「자아의 실재에 관한 비망록」과 마찬가지로 흐르는 강물의 제재를 다루고 있고 접근하는 방식 또한 유사하다.

그것엔 구멍이 하나 있다. 내가 집중하는
　　　　　　　유일한 곳은 아니지만.
강이 고요히 띠 모양을 이룬 채, 꼬여 올라
　　　　　다시 이루는
배열들, 차가운 계몽들, 단단히 매듭진
　　　　　　　빨라짐들과
느슨해짐들─속삭이는 전언들이 용해하는
　　　　　　　　전언자들─
강이 고요히 반짝여 올라와 이루는 한줌만한 것들, 쌓아올린 것들.
　　　　　　　　　　흐리멍덩한
망각들이 내 관심의
강─
스스로를 눕히고 있는 내 관심의 강─ 아래에서
　　　　　　　　　휘다가
다시 모여들어─재빠른 중단들과 꼬불꼬불한
　　　　　　　　장애물들 위에─
바람의 관심을 끌어 잔물결 일으키는 표면─
잔물결 아래 축적물들, 차가운
　　　　　　　하상에서
감속하여 표류하는
영원들.
나는 말한다, 무지개색이다, 라고, 그리곤 내려다본다.

50

떠내려가면서 아주 고요한 낙엽들.

It has a hole in it. Not only where I
                    concentrate.
The river still ribboning, twisting up,
             into its re—
arrangements, chill enlightenments, tight-knotted
                         quickenings
and loosenings—whispered messages dissolving
                  the messengers—
the river still glinting-up into its handfuls, heapings.
                              glassy
forgettings under the river of
my attention—
and the river of my attention laying itself down—
                         bending,
reassembling—over the quick leaving-offs and windy
                         obstacles—
and the surface rippling under the wind's attention—
rippling over the accumulations, the slowed-down drifting
                       permanences
of the cold
bed.
I say iridescent and I look down
The leaves very still as they are carried. (*Dream* 197)

강은 관찰의 대상이다. 관찰은 대상이 제 모습을 드러내도록 그것의 세
부에 오래 관심을 두고 지켜봄으로써 성공적일 수 있다. 이 관찰에서 화
자는 강의 세세한 변화에 차분하게 반응하는 가운데 미묘한 감정의 뒤

섞임을 경험한다. 화자는 강을 정의하기보다는 강에 대한 관찰과 그 과정의 감정의 추이를 기록하려 한다. 화자가 시의 결말부분에서 "무지개색이다"라고 말하지만 강의 변화에 대한 감탄 그 이상을 드러내지는 않는다. 이 시는 강이 화자의 마음에 일으키는 파장들을 관찰과 기록의 방식으로 그 흐름과 결 그리고 리듬을 살려 표현하는 데서 아름다움을 드러낸다. 이것을 위해서 시의 단어들은, 여백에 가까운 띄어쓰기와 돌연한 행 나누기 그리고 적절한 문장부호들의 사용을 통해서, "빨라짐들"과 "느슨해짐들"을 교차하면서 "휘다가" "잔물결 일으키는"가 하면 "다시 모여들어" 차가운 강바닥에 "영원들"로 내려앉는다.[2]

강 표면에 구멍이 있다. 하지만 구멍은 항구적으로 열려있지 않을 뿐더러 그 아래에 있다고 가정되는 어떤 것을 향하여 탄탄한 계단으로 이어지지도 않는다. 그레이엄의 "극심한 허기"는 얽히고설킨 채 흘러가는 강물의 "물질주의"의 표면에서 강바닥의 "영원들"을 향해 잠깐 열리는 "구멍"을 열망하고 있다. 하지만 그녀는 그것만 바라볼 수 있는 처지에 있지 않다. 그녀는 "무지개색이다"라고 외쳐보지만 세월의 "낙엽들"은 마냥 떠내려가면서 그저 고요하다.

그레이엄의 시는 무엇을 말하려는지가 시 언어 자체만으로는 분명하게 드러나지 않는다. 커쉬(Adam Kirsch)는 그레이엄의 시의 난해성을 모더니즘의 원근법에서 비판한다. 그는 시에서 난해성이 반드시 거부되어야 할 것은 아니라고 하면서 그것을 "모호성(ambiguity)의 어려움"과 "복잡성(complexity)의 어려움"으로 구분한다. "복잡성의 어려움"은 "시를 위한 새 느낌이나 생각을 잡아내려는 시도에서 자연스럽게" 발생한다. 그런데 그에 따르면 그레이엄의 시는 "미완성인 것으로 보이기 때문에 그리고 시인의 마음의 사적(私的) 자유에 거주하면서 시인과 독자

---

2) 시 「표면」에 대한 번역과 해석은 졸저 『1990년대 미국시의 경향』(동인, 2011)의 326-28쪽에서 일부 수정하여 재사용함.

가 함께 일을 논하는 공적 영역에 거주하지 않기 때문에 모호하다." 그 레이엄의 시는 가끔 독자에게 공란을 채워줄 것을 요구한다. 커쉬의 입 장에서 보면 이러한 태도는 "시의 가장 위대하고 가장 지속적인 가능성 들"을 실현하지 않고 있다(40).

커쉬는 모더니즘의 원칙에서 그레이엄을 대하고 있다. 시는 아무리 복잡하더라도 의미형성에 기여하는 모든 가능성을 시도해야하는데 그 에게 그녀는 지나치게 사적이고 구조화의 기대에 부응하지 못하는 경우 가 허다하다. 그렇지만 그레이엄의 시는 『이질성의 지역』이나 『통합장의 꿈』 등에서 사적인 만큼 공적이다. 또한 그녀의 시는 의미의 형성에 저 항하면서도 원초적 실재와 의미 사이의 경계에서 영적인 것에 대한 "허 기"로 열망에 차있다.

그레이엄의 시에 대한 접근은 아무래도 새로운 방식의 읽기가 필요할 것 같다. 우선 그녀의 시는 무엇을 전달하려는 종류의 시가 아니다. 그 것은 전달할 무엇을 확실하게 알 수 없는 가운데 그 무엇을 어떤 필요에 의해 갈망하면서 그것에 이르려는 끊임없는 시도를 보여준다. 또한 그 것은 결정화된 의미로써가 아니라 매순간의 시도의 행위로써 제시된다. 그렇지만 이런 방식으로 접근한다고 해서 그녀의 시가 무엇을 뜻하는지 를 우리가 알게 되는 것은 아니다. 여전히 그녀의 시는 그 자체로서 어 떤 의미를 분명하게 드러내지 않는다.

전통적으로 시는 그 자체의 구조 속에 의미를 갈무리하고 있을 것으 로 기대된다. 구조는 어떻게든 드러날 것이고 모두의 해석이 하나로 일 치하지 않더라도 의미는 현현할 것이라고 가정된다. 그레이엄의 시는 이러한 기대를 무참히 짓밟는다. 이런저런 풀어쓰기를 통해서야 특히 포스트모더니즘의 비평이론이 제공하는 언어관과 존재의 방식에 대한 접근법을 동원해서야 그녀의 언어가 왜 저렇게 의미의 형성에 저항하는 지 짐작할 수 있게 된다. 시는 비평이론과 달라서 인식의 방식뿐만 아니

라 그 방식이 작용하고 있는 구체적 현실에 대한 감각을 또한 재현해야
한다. 그레이엄의 시의 어려움은 새 현실을 새 언어에 의해 제시의 방식
으로 재현하는 데서 발생한다. 그녀의 시는 근대 이후의 정신을 언어화
하는 새 방식에 대한 과감하고 지적인 탐색에서 우리를 긴장시킨다.

02
암청색 우울
— 찰스 라이트의 시

　라이트(Charles Wright)는 시 발표 초기부터 비평계의 남다른 주목과 호평을 받았다. 이런 결과인지 2013년 78세에 이르기까지 시선집만 해도 네 권에 달한다. 1982년의 첫 시선집 『컨트리 뮤직』(*Country Music*)은 1970년의 첫 시집 『오른손의 무덤』(*The Grave of the Right Hand*), 1973년의 두 번째 시집 『고형(固形)화물』(*Hard Freight*), 1975년의 세 번째 시집 『혈통』(*Bloodlines*), 그리고 1977년의 네 번째 시집 『중국의 흔적』(*China Trace*)에서 선별한 시를 모아 발간했다. 라이트는 이 시선집으로 이듬해에 전미저작상(National Book Award)을 수상했다. 그는 이미 두 번째 시집으로 미예술기금(National Endowment for the Arts)과 구겐하임 장려금(Guggenheim Fellowship)을 그리고 세 번째 시집으로 애드가 앨런 포 상(Edgar Allen Poe Award)과 멜빌 케인 상(Melville Cane

Award)을 받은 상태였다. 이후에도 화려한 수상경력은 거의 매 시집마다 계속되다가 『검은 황도대(黃道帶)』(*Black Zodiac*)로 1998년에 퓰리처상을 그리고 『흉터 조직(組織)』(*Scar Tissue*)으로 2007년에 그리핀 상(Griffin Poetry Prize)을 받았다. 나머지 시선집들 중에는 1990년의 『천 가지 사물들의 세계』(*The World of the Ten Thousand Things*)와 2000년의 『암청색 우울』(*Negative Blue*)이 있다. 그리고 그는 말년의 시를 선별해 출간한 2011년의 시선집 『안녕 또 안녕』(*Bye-and-Bye: Selected Late Poems*)으로 예일 대학 도서관이 일생의 업적 또는 직전 2년의 최상의 시집에 대해 매2년마다 수여하는 볼링겐 상(Bollingen Prize)을 2013년에 받았다.

라이트의 시에서 지속적으로 발견되는 세 가지 제재가 있다. 언어와 풍경 그리고 신이다. 이 세 가지는 서로 묶여있다. 풍경은 시인에게 내적 울림을 불러일으키기 마련이다. 라이트에게 있어서 이 울림은 풍경(에 내재하는 신성한 힘)에 대한 이끌림에서 비롯하지만 낭만주의 시인들이 그것으로 동화하여 위안과 고양을 경험했던 것과는 다르게 자신의 내면세계 안에서 일어난다. 오히려 동화가 불가능한 상황을 의식적으로 성찰한다는 점에서 특징을 드러낸다. 그렇다고 불가능성에 대한 의식이 포기나 좌절에로 이르지는 않는다. 상처의 치유자를 먼 데 두고 그를 찾아 안간힘을 쓰는 대신에 치유될 수 없는 상처를 스스로의 혓바닥으로 핥고 있는 형국이다. 그의 언어는 자신에게 그나마 신의 흔적을 환기시키는 풍경의 아름다움과 그렇지만 그것에 의존해 영적 초월을 누릴 수 없는 자의 현실인식을 표현한다. 그래서 그의 시에서 두드러지는 어조는 우울이다.

라이트는 「신시(新詩)」("The New Poem")에서 자신이 쓰려는 시의 방향을 언급하면서 전통적으로 주어져 온 시인의 권리에 대해 포기를 선언한다.

그것은 바다를 닮지 않을 것이다.
그것은 굵은 손에 흙을 묻히지 않을 것이다.
그것은 날씨의 부분이 되지 않을 것이다.

그것은 이름을 드러내지 않을 것이다.
그것은 신뢰할 수 없는 꿈을 갖지 않을 것이다.
그것은 사진촬영에 적합하지 않을 것이다.

그것은 슬픔에 관여하지 않을 것이다.
그것은 아이들을 위로하지 않을 것이다.
그것은 우리를 도울 수 없을 것이다.

It will not resemble the sea.
It will not have dirt on its thick hands.
It will not be part of the weather.

It will not reveal its name.
It will not have dreams you can count on.
It will not be photogenic.

It will not attend our sorrow.
It will not console our children.
It will not be able to help us. (*Country Music* 17)

시인은 날씨의 변화에 가장 먼저 반응하는 족속이다. 그는 넓고 푸른
바다에 마음을 주고 넋을 빼앗기는 존재이다. 그런데 시의 화자는 시
인의 그런 속성을 일부러 꼬집어내 자신은 그런 방식으로 시를 쓰지 않
겠다고 말한다. 관습적인 방식에서 시는 시인과 풍경 사이의 친화의 결

과이다. 그렇지만 화자는 "흙"이 묻지 않은 시를 쓰고자 한다.

화자가 시적 대상으로서의 풍경과 거리를 유지하고자 하는 이유는 아무래도 그렇게 함으로써만 진리에 가까워질 수 있다고 믿기 때문인 것 같다. 인본주의 정신의 전통에서 한때 시인은 세상에 이름을 부여하는 자의 지위를 누렸다. 이름을 부여하는 것은 마치 존재를 부여하는 것과 같아서 시인은 특히 낭만주의 시대에 신과 같은 창조자의 권위를 지녔다. 그렇지만 오늘날 탈구조주의와 같은 반인본주의 정신의 관점에서 보면 인간의 정신은 초월적 실체를 지니고 있지 않을뿐더러 세상에 궁극적 질서를 부여할 힘을 상실하고 있다. 그는 세상에 뛰어들어 진리의 선도자가 되지 못하고 거리를 유지하면서 관찰하는 위치로 물러서 있다.

어떤 의미에서 세상에 존재하는 것은 그 자체로서가 아니라 주변의 다른 것들과 맺는 관계의 양상에 따라 그 정체성이 드러난다. 역설적이게도 그 정체성은 관계의 가변성 탓에 궁극적으로 정해질 수 없는 운명을 띤다. 시인 라이트는 당대의 지식인으로서 선대 그리고 당대 시인들이 시의 언어로 깊이 있게 다뤄온 이러한 인식론상의 문제를 충분히 이해하고 있다. 시의 화자는 자신의 시가 "이름을 드러내지 않을 것"이라고 천명한다. 그는 세상이 규정할 수 없는 대상이라는 것을 여실히 깨닫고 있다.

규정 혹은 이름 짓기의 행위는 어떤 것이 무엇이라고 "신뢰"하는 데서 발생한다. 그렇지만 그러한 신념은 "꿈"에 불과하다. 인본주의 발전의 역사에서 궁극적 실체나 신의 개념은 "신뢰할 수 없는 꿈"으로 전락한지 오래 되었다. 화자는 영국의 낭만주의 시인 콜리지(S. T. Coleridge)가 「아이올로스 하프」("The Eolian Harp")에서 "각자의 영혼이면서 모두의 신(神)인 / 하나의 지적 미풍"에 흔들려 "우리 안에 있으면서 밖에 있는 오직 하나의 생명"과 일체화되었던 호사를 경험하지 못한다. 그에게

58

는 그러한 "꿈"이 그저 "신뢰할 수 없는" 것으로서 부정의 대상일 따름이다.

"꿈"의 부정은 어쩔 수 없이 현실을 받아들이는 것이면서 있는 그대로를 직시하겠다는 선택의 의지를 반영하고 있기도 하다. 그 의지가 싸워이기겠다는 전투의식을 뜻할 수는 없지만 화자는 "꿈"에 대한 믿음을 버린 상태에서도 자신의 시가 단순히 세상을 복제하는 "사진촬영"에 머무는 것에 반대한다. 그의 시는 꿈을 좇을 수는 없지만 세상을 있는 그대로 쳐다보고만 있지는 않을 것이다. 이 묘한 자세가 시인 라이트의 목소리에 독특성을 부여한다.

자연의 아름다움을 노래한 영국의 시인 워즈워스(William Wordsworth)는 자연과 일체화를 이뤘던 경험에 대한 고요한 회상에서 "누그러뜨리는" 또는 "치유하는" 생각들을 떠올리고 마음의 위안을 받는다. 자연의 품에서 뛰놀던 어린 시절의 기억은 그에게 황량한 도시의 생활에서 치유의 원천이 되어준다. 그렇지만 라이트의 시의 화자는 시가 "슬픔"을 누그러뜨리거나 아이들의 상처 입은 순진성을 치유하는 데 기여하지 않을 것이라고 함으로써 시에 대해 오랫동안 기대되어온 어떤 것을 단숨에 부인해버린다. 시 옹호론자들이 그토록 웅변해왔던 시의 쓸모가 한 순간에 없어져버린다. 화자에게 있어서 시가 우리의 삶에 도움을 준다고 여겨져 왔던 것들은 꿈의 방식에 의존한다. 시가 만들어내는 진리와 위안의 환상은 더 이상 허용되지 않는다. 라이트는 시인이 세상의 "비공인 입법자"라는 셸리(Percy B. Shelley)의 견해에 대해 다분히 부정적인 견해를 밝힌 바 있다(*Conversations* 38). 그는 새로운 시의 방향에 대한 모색에서 시에 대한 전통적 기대를 의식적으로 저버리고 있다.

그렇다고 시인 라이트가 진리 혹은 신의 부재에서 비관에 빠지게 되는 것은 아니다. 그는 신과 초월적인 어떤 것에 대한 변치 않는 관심을 시적 경력 전반에 걸쳐 지속적으로 보여준다. 풍경의 세부에 자주 시선을 주면서 그 너머에 있는 것에 대해 명상한다. 그렇지만 이 명상이 초월로 넘어가는 일은 없다. 사물에 대한 추상에서 그의 시의 풍경은 어떤 투명함을 띠면서도 초월의 부재에서 어둡다. 라이트의 시작태도를 밝히는 또 한편의 시 「시법」("Ars Poetica")에서 화자는 자신을 둘러싸고 있는 풍경의 언어를 뛰어난 감수성으로 읽어낸다.

그걸 이곳에 다시 갖고 싶다

후추나무와 알로에 베라의 푸른 자투리 아래에.
그걸 좋아하는 건 말없이 잎을 벗겨내는 바람 탓이다.
그걸 좋아하는 건 바람이 반복해 불어와,
                              잎이 반복해 떨어지는 탓이다.

그걸 좋아하는 건, 내가, 저곳보다 이곳에서, 더 낫기 때문이다,
물신(物神)과 언어의 비유에 둘러싸인 나:
개 이빨, 고래 이빨, 아버지의 신발, 겨울의
생기 없는 무게, 분명치 않은 발음의 기쁨…

영(靈)은 어디나 있다.

일단 그들을 하늘에서 불러내려, 내 손바닥 안에서 맴돌고 춤추게 하면
그것은 무엇을 충족시키게 될까?
                              나는 여전히 갖게 될 것이다,

땅에서 솟구치는 목소리들을,
내 피가 먹여 살리는 추락한 별을,
                              내 마음을 소진하게 되는 이 일을.

아무것도 그걸 멈출 수는 없다.

I like it back here

Under the green swatch of the pepper tree and the aloe vera.
I like it because the wind strips down the leaves without a word.
I like it because the wind repeats itself,

and the leaves do.

I like it because I'm better here than I am there,
Surrounded by fetishes and figures of speech:
Dog's tooth and whale's tooth, my father's shoe, the dead weight
Of winter, the inarticulation of joy…

The spirits are everywhere.

And once I have them called down from the sky, and spinning and
dancing in the palm of my hand.
What will it satisfy?

I'll still have

The voices rising out of the ground,
The fallen star my blood feeds,

this business I waste my heart on.

And nothing stops that. (*The World of Ten Thousand Things* 38)

화자와 자연 사이에 숱한 교감의 신경이 연결되어 있다. 여기서 풍경은
묘하게도 어둡고 투명하다. 화자가 "그것"을 그러니까 시를 다시 원하게

되는 "이곳"은 시를 써낼 수 있는 여건이 허용되는 곳이다. "이곳"에서 화자는 나무와 풀 그리고 바람에 조응하는 상태에 있다. 여기서 세상풍경은 딱딱한 사물들로 물러서 있지 않고 영적인 것을 품고 화자에게 다가서면서 비유적 언어로 말을 건넨다. 화자는 바로 "이곳"에서, 다시 말해 시를 써낼 수 있는 분위기에서, 자신이 더 나은 존재가 된다는 것을 익히 알고 있다. 그는 자신에게 남겨진 어떤 하찮은 것도, 심지어 짓누르는 겨울 날씨마저도, 불분명하지만 어떤 기쁨을 표출한다는 것을 느끼고 있다. 이 시의 풍경이 자아내는 느낌은 장미의 화려함이나 일몰의 숭엄함과 거리가 멀다. 그것은 다소 암울하기까지 하다. 화자가 시를 발견하는 곳은 바다나 평원이 아니라 초목의 "자투리" 아래 그늘이고 집 안에 남겨진 아버지의 낡은 신발과 동물의 이빨에 불과하다. 화자는 "그것"이 어둠을 투명하게 만들어주기를 기대하고 있다.

이 분위기에서 화자는 비가시적인 영(靈)의 출현을 조용히 반긴다. 그는 시를 갖고자 하는 욕망에서, 오직 그것에 의해서만 자신이 더 나아질 수 있다는 의식에서, 풍경의 이면에 자리하고 있는 영들을 불러내고자 한다. 그는 별이 추락했다는 것을 알고 있다. 그러면서도 자신의 피가 그 추락한 별에 생명을 불어넣고 있다는 것 또한 알고 있다. 화자는 시를 써내는 일이 어쩌면 무익하고 하릴없는 짓에 불과하다는 것을 알면서도 그 일이 충족시키게 될 것들을 떠올린다. 그 무익한 일이 가져올 유익을 고려한다. 그에게 있어 시는 그의 "마음을 소진하게 되는" 일이어서 고통을 함축한다. 하지만 그는 어떤 것도 자신의 시에 대한 추구를 멈출 수 없다는 것을 알고 있다.

라이트는 영적인 것이 그 자체로서 존재할 수 없고 세속적인 것을 통해서만 접근될 수 있다는 것을 언급한 바 있다. 헤이엔(William Heyen)은 라이트 시에서 가장 아름다운 것들 중의 하나로서 세속성을 꼽는다. 라이트의 시에는 "세상의 육중하고 푹 젖은 사물다움"이 있다는 것이다. 이런 지적에 대해 시인은 "가시적  인 것을 통해서 비가시적인 것에 도달할 따름이에요, 오래된 생각이지요" 라고 답한다. 그러면서 그는 자신의 거의 모든 시에 "진행 중인 논지"의 부분이 "꽤 어리석은 … 큰 기획"으로서 "아마도 구원의 가능성"에 관계한다고 말한다 (*Conversations* 39-40). 그렇다면 그가 이렇게 스스로 어리석다고 자조하고 "아마도"라고 토를 달면서 언급하는 "구원"은 세속의 사물 없이는 불가능한 것으로 접근되는 셈이다.

라이트의 시는 자연계의 영적 힘을 담아내는 이미지와 시행에 대한 추구에서 특징적이다. 그는 동시대의 어느 시인보다 감각적인 것과 신성한 것의 중첩이 만들어내는 아름다움을 더 많이 탐색해왔다. 그의 시는 대체로 특정 장소의 구체적 이미지들로 구성되면서 그것들 사이에 어떤 관계의 가능성을 열어놓는다. 이 관계에서 시인은 고양된 계시의 순간을 기대하지는 않더라도 자연계의 아름다움에 의존하는 생존의 가능성을 쓸쓸하게 탐색한다. 그는 『반생(半生)』(*Halflife*)에서 밝힌 대로 "시인의 궁극적 의무와 운명이 환영(幻影) 같다"고 여긴다. 그의 현실은 말로 표현할 수 없는 비현실과 맞닿아 있는 것이다. 이 접촉의 방식에서 그의 시는 세속성을 통해서 신성한 것의 전망을 접해야 하는 모순 속에 있다.

라이트의 시는 자연의 아름다움 혹은 그것의 내적 신비에 기대어 쉽게 위안을 찾는 서정성에 대해 되돌아보게 한다. 시는 감정의 산물이고 감정에 호소하는 게 분명하지만 지적 사유에 의해 걸러지지 않는 한 감상적으로 흐르기 십상이다. 라이트의 시에서 시인의 영적 존재에 대한 이끌림은 세상의 사물성에 대한 천착과 균형을 이룬다. 시를 써낼 수 있는 여건을 갖춘 "이곳"은 일상에 묻혀 흘러가는 저곳과 대비된다. "이곳"은 저곳의 대비에 의해 그 존재의 이유가 분명해진다. 라이트의 시에서 풍경이 보여주는 세속성은 종종 그 한계 너머에 있는 것을 지향하는 듯이 비치지만 시인은 항상 세상 속에 있다. 시인 스스로도 자신의 그러한 세상 인식의 태도를 지칭하여 되풀이되는 "일상의 형이상학"(metaphysics of the quotidian)이라고 한 적이 있다(*Conversations* 39). 라이트 시가 드러내는 암청색 우울의 어조는 영적인 것이 세속적인 것 속에 존재하는 아이러니의 방식에서 피할 수 없이 빚어지고 있다.

03
한 눈 뜨고 잠들다
— 마크 스트랜드

시인이 자아의 문제를 다루는 것은 예외적이지 않다. 시인은 누구라도 거기에 세상이 비치고 그것을 통해 세상을 내다보게 되는 자아에 대해 관심을 갖기 마련이다. 세상과의 가장 은밀한 관계에서 자아는 종종 대상에 언어와 의미를 부여해 주는 유일하게 신뢰할 수 있는 것이 된다.

스트랜드(Mark Strand)는 시적 경력 전반에 걸쳐 의식적으로 자아 속으로 파고들면서 페르소나의 불안정성과 통제할 수 없는 것에 대한 두려움의 감각을 특징적으로 보여준다. 그의 시의 업적은 자아에의 몰두가 유아론의 수준에 머물지 않고 인간과 세상에 대한 근본적인 이해에 어떻게 기여하느냐에 따라 다르게 평가될 수 있다.

스트랜드는 1934년 캐나다 태생으로 4세 때 미국으로 이주했다. 27세에 결혼하고 39세에 이혼했으며 42세에 재혼했다. 1962년에 아이오

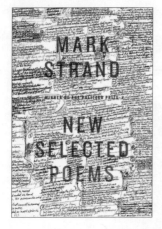

와 대학에서 석사과정을 졸업한 후 예일 대학, 프린스턴 대학, 하버드 대학 등에서 강의를 해오고 있다. 1990년에 의회도서관이 선정하는 미국의 계관시인이 되었고 1999년에 『하나의 눈보라』(*Blizzard of One*)로 퓰리처상을 그리고 2004년에 시의 기교에 있어서의 우수성을 인정받아 월리스 스티븐스 상을 수상했다. 그는 풀브라이트 연구비를 비롯하여 록펠러 재단 장려금과 구겐하임 및 맥아더 재단 연구비 등을 수혜하였다. 11권의 시집들 후에 『신작시선집』(*New Selected Poems*)을 출판한 2007년 당시 그는 뉴욕시에 거주하면서 콜롬비아 대학에서 가르치고 있다. 그는 당대의 뛰어난 미국시인들 중의 한 명으로 평가받으면서 편집자, 번역가 그리고 단편소설 작가로서도 잘 알려져 있다. 최신작으로는 2013년의 산문시집 『거의 보이지 않는』(*Almost Invisible*)이 있다.

스트랜드의 초기 시집들은 그에게 죽음에 사로잡힌 어둡고 우울한 시인으로서의 명성을 안겨준다. 특히 1964년의 첫 시집 『한 눈 뜨고 잠자기』(*Sleeping with One Eye Open*)에서 제기하고 있는 문제는 차후 시세계의 주제적 관심들에 대한 도발적 전조를 이룬다. 그의 시는 문체의 변화에도 불구하고 "페르소나의 불안정성 그리고 불안과 전조에 대한 총체적 감각"이 "어둔 배경"을 형성하고 있다(McClanahan).

첫 시집에 제호를 제공한 시 「한 눈 뜨고 잠자기」는 시적 경력 전반에 걸쳐 시인에게 특징적으로 관찰되는 어느 심리상태를 간결하게 보여준다.

바람의 역사(役事)에도 움직이지 않는
창문들, 덜걱덜걱 소리 내지 않고,

집안의 여러 장소들에서도

이음매, 형구(桁構), 샛기둥이 일으키는

삐걱대는 소리,

그 평상시 소음들이 일지 않는다.

그 대신,

조용할 따름. 단풍나무들은

때로

혼란을 야기할 수 있는데도,

그 가지들

움켜쥠에서 소리 하나

일으키지 않는다.

Unmoved by what the wind does,

The windows

Are not rattled, nor do the various

Areas

Of the house make their usual racket——

Creak at

The joints, trusses, and studs.

Instead,

They are still. And the maples,

Able

At times to raise havoc,

Evoke

Not a sound from their branches

Clutches. (*NSP* 3)

화자는 창문과 온갖 연결 부위들이 바람에 흔들리면서 내는 소리들에게 괴롭힘을 당해왔다. 한 행을 이루는 하나 혹은 두 개의 단어들에 의해 화자의 호흡이 자주 저지당한다. 끊긴 호흡이 구성하는 짧은 행은 화자의 시선이 응집하는 초점이다. 화자의 의식은 짧은 행들에서 오래 강렬하게 머문다. "창문들," "이음매, 형구(桁構), 샛기둥"과 같은 각종 구체적 "장소들"은 "삐걱대는 소리"와 "덜걱덜걱 소리"를 일으키는 외적 주체들이다. 화자는 뭔가를 움켜쥐려하는 단풍나무 가지들이 어떤 바람소리를 일으키는지 잘 기억하고 있다.

　그런데 화자는 그러한 동작이 멈추고 소리가 들리지 않는 순간에 처하여 내면의 소리를 듣게 되는데 그 소리는 외부의 소리가 멎음으로써 극명해진다.

　　나의 밤은
　　유령들을 안장에 태운 채
　　덜걱덜걱 소리를 낸다. 반달조차도
　　(절반은 인간,
　　절반은 어둠), 지평선에서,
　　의심스러운 빛을 던지면서 옆구리를 대고
　　누워있다.
　　그 빛이 방바닥에 뛰어내려
　　병적인 시선을
　　내게 아낌없이 쏟아
　　군림한다. 오, 죽음의 느낌,
　　영원히 담요에 싸여
　　접혀 치워지고
　　잊힌다.

　　It's my night to be rattled,
　　Saddled
　　With spooks. Even the half-moon
　　(Half man,
　　Half dark), on the horizon,

Lies on

Its side casting a fishy light

Which alights

On my floor, lavishly lording

Its morbid

Look over me. Oh, I feel dead,

Folded

Away in my blankets for good, and

Forgotten. (*NSP* 3)

여기서 소리를 내는 주체는 "유령들을 안장에 태운 채" 어디론가 급히 달려가면서 삐걱거리는 "밤"이다. 화자의 감수성에 포착되는 밤의 형국은 그의 불안한 마음의 상태를 반영한다. 지평선 가까이에서 비스듬히 다가오는 "반달"의 빛은 절반은 인간적이고 절반은 어두운 어떤 것에서 나온다. 그것은 화자를 짓누르면서 병적인 죽음의 느낌을 불러일으킨다. 화자는 담요에 싸여 접히고 치워진다. 아예 잊힌다.

잊히는 것에 대한 두려움 속에서 화자가 마주하는 자아는 제대로 잠들지 못하는 불안 상태에 있다.

방이 축축하고 차갑다.
달빛의 조종을 받아
수상하다. 전율이 나를
쓸고 지나가면서,
뼈들을 흔들고, 헐거워진 끝들이
느슨해진다.
한 눈 뜨고 잠자면서 나는
바라노니
아무 일도, 아무 일도 일어나지 않기를.

My room is clammy and cold,
Moonhandled
and weird. The shivers
Wash over
Me, shaking my bones, my loose ends
Loosen,
And I lie sleeping with one eye open,
Hoping
That nothing, nothing will happen. (*NSP* 4)

화자는 뭔가 일어나 자신에게 위해를 끼칠까 두려워한다. 달빛이 불러 일으킨 수상한 느낌이 화자를 전율케 하고 뼈마디의 "끝들"을 뒤흔들어 끝내 드러눕게 한다. 하지만 화자는 잠들면서도 두 눈을 온전히 감지 못한다. 불안 속에 한 눈 뜨고 잠들면서 그는 아무 일도 일어나지 않기를 간절히 기대한다.

이 시는 어떤 성찰의 깊이나 관찰의 엄밀성에서가 아니라 마음의 요동을 성실히 구현하는 데서 성공을 거둔다. 스트랜드의 시가 일반 독자들에게 주는 호소력들 중의 하나는 이 불안정한 마음의 상태를 여실히 전달하는 진실성이라고 할 수 있다.

시 「상황을 완전하게 유지하기」("Keeping Things Whole")는 시인이 자신의 자아에 대해 어떻게 생각하고 느끼는가를 보다 분명하게 엿보게 한다.

들판에서
나는 들판의 부재이다.
이것은
늘 있는 일이다.

내가 있는 곳 어디서나
나는 행방불명이다.

걸으면서
공기와 헤어지면
항상
공기가 밀려들어
내 육신이 있던
그 공간들을 채운다.

우리 모두에게는
움직여야할 이유가 있다.
상황을 완전하게 유지하기 위해
나는 움직인다.

In a field
I am the absence
of field.
This is
always the case.
Wherever I am
I am what is missing.

When I walk
I part the air
and always
the air moves in
to fill the spaces
where my body's been.

We all have reasons

for moving.

I move

to keep things whole. (*NSP* 10)

화자는 움직임 속에 있다. 그가 움직일 수밖에 없다고 느끼는 데는 이유가 있다. 그는 자신이 처한 위치에서 자신을 발견하지 못하는 부재의 상태에 있다. 이 상태에서 스트랜드는 자신의 "형이상학, 일종의 뒤집힌 데카르트 정신을 추출한다. 여기서 존재하는 것은 존재하지 않는 것이고 생각하는 것은 존재하는 것을 의문 속에 처하게 한다"(Birkerts). 여기서 생각의 힘은 대상을 존재하게 하거나 대상의 존재를 확인 혹은 규명하는 능력이 아니다. 그것은 부재를 깨닫는 힘이다. 화자는 들판을 걷고 있다. 내닫는 걸음마다 화자는 어디론가 움직여나가고 있다. 이 움직임에서 화자의 육신은 둘러싼 공기를 떠나 한 곳에서 다른 곳으로 이동하고 떠난 자리에는 다시 공기가 들어찬다. 화자의 의식은 자신이 한 곳에 머물지 못하고 계속 움직인다는 사실에 예민하게 반응한다. 그가 움직이는 것은 시의 제목과 말미에 명시적으로 드러나듯이 "상황을 완전하게 유지하기 위해"서이다. 화자는 자신이 어느 곳에 처하더라도 그곳에서 스스로를 발견할 수 없다는 것을 자각하고 있다. 그가 들판에서 목격하는 것은 들판의 부재이고 자신의 부재이다.

그런데 스트랜드에게 있어서 부재는 존재에 대한 열망에서 확인되는 어떤 것이다. 부재의 느낌은 시인에게 존재를 향해 끊임없이 나아갈 것을 요구한다. 존재는 주어지지 않지만 그것에 대한 지향의 흔적에서 부재가 발생한다. 부재는 지나감의 흔적으로 잠깐 열렸다 다시 닫히는 방식으로 드러난다는 점에서 현실의 공간을 지속적으로 차지하지 않는다. 그것은 흘러가는 시간의 매순간에 잠깐씩 드러나고 다시 묻혀 사라진다.

시인은 부재를 확인하는 순간마다 상황을 완전하게 만들기 위해 계속 앞으로 나아가지 않으면 안 된다. 존재는 부재의 순간들을 만들어내면서 맨 앞에서 그 흔적을 끌고 가고 있다. 그렇다고 이 움직임이 존재의 전망을 확인해주지는 않는다. "상황을 완전하게 유지하는 것"은 존재와 부재 사이의 긴장에서 발생하는 움직임에 의해서만 가능해질 수 있다. 스트랜드의 첫 시집의 시들은 "자아에 관한 불편한 사로잡힘"을 보여준다. 그 사로잡힘을 표현하는 데 사용된 매개물은 종종 "꿈의 상태"로서 이 상태에서 "화자는 두 세계 사이에 분리되어 있고 그 어느 쪽에서도 편안하지 못하다"(Kirby).

스트랜드가『한 눈 뜨고 잠자기』에서 피할 수 없이 마주해야 했던 정체성의 부재는 현실에 비현실의 속성을 부여한다. 첫 시집의 어둔 배경을 이뤘던 "자아에 관한 불편한 사로잡힘"은 이후의 시에서도 자신과 세상을 뒤집어 보게 한다. 1968년의 두 번째 시집『움직여야할 이유』(*Reasons for Moving*)에 실린「시 먹어치우기」("Eating Poetry")는 시인의 자아에 대한 태도와 관계를 흥미로운 발상을 통해 보여준다. 시의 화자는 어느 곳에서도 자아에 대한 확신을 구하지 못함으로써 계속 "움직여야할 이유"가 자신에게는 "절대적"이라고 생각하고 있다.

잉크가 내 입가에 흐른다.
내 행복만한 것은 없다.
나는 시를 먹어치우고 있다.

사서(司書)는 제 눈을 믿지 못한다.
슬픈 눈으로
두 손을 옷 속에 넣고 걷는다.

시는 사라졌다.
빛은 희미하다.
개들이 지하실 계단에서 올라오고 있다.

그녀는 이해하지 못한다.
내가 무릎을 꿇고 그녀의 손에 입 맞추자
소리 지른다.

나는 새 사람이다.
그녀를 향해 으르렁대고 짖어댄다.
나는 서적의 어둠 속에서 기뻐 날뛴다.

Ink runs from the corners of my mouth.
There is no happiness like mine.
I have been eating poetry.

The librarian does not believe what she sees.
Her eyes are sad
and she walks with her hands in her dress.

The poems are gone.
The light is dim.
The dogs are on the basement stairs and coming up.

She does not understand.   ·
When I get on my knees and lick her hand,
she screams.

I am a new man.
I snarl at her and bark.

I romp with joy in the bookish dark. (*NSP* 36)

화자의 목소리는 시를 게걸스럽게 먹어치우는 짐승의 것이다. 그의 입가에는 피 대신 잉크가 흐른다. 시를 맛있게 먹어치우는 일은 그에게 어떤 것보다 더 큰 행복을 가져다준다. 도서관 사서는 눈앞에서 벌어지는 일을 믿지 못하고 놀란 나머지 몸을 사린다. 사서에게 시가 사라졌다는 사실은 큰일로 다가온다. 지하실 계단에서 개들이 올라오고 있다. 시를 먹어치우는 화자는 아무래도 개들의 무리에 속해 있는 것 같다. 화자가 무릎을 꿇고 그러니까 직립의 자세를 버린 채로 "그녀의 옷" 속에 가려진 "손"을 "핥는다." 사서로서는 이러한 짐승의 시간이 이해할 수 없고 두렵기까지 한 것이다. 그렇지만 화자는 시 먹어치우기의 과정을 통해 "새 사람"으로 탈바꿈하는 발전의 양상을 보인다.

　"새 사람"이 시가 사라진 도서관의 어둠 속에서 탄생하고 있고 도서관의 지킴이인 "그녀를 향해 으르렁대고 짖어댄다"는 사실은 흥미롭다. 시인이 기대하는 무엇은 도서관 혹은 인쇄물이 상징하는 무엇에 대한 도전을 함축하고 있다. 여러 해석에 열려 있겠지만 아무래도 시인은 개가 되고 싶은 듯하다. 그가 선언하는 "새 사람"은 시를 통째로 씹어 먹어 그 잉크를 질질 입가에 흘리면서 시의 수호자의 감춰진 "손"을 핥고 짖어 위협하는 방식으로 존재한다. 그의 기쁨은 시를 서가에 곱게 간직하는 보호에서가 아니라 지면에서 잉크를 뽑아내버리는 해체에서 구가된다.

　스트랜드는 1971년의 한 대담에서 자아의 문제에 대해 언급한 적이 있다. 이 언급은 그의 시를 바라볼 수 있는 유익한 원근법을 제공한다.

　　내가 가진 자아의 감각은 수준 높은 선택에 의존하는 방식으로 조정되고 관계된다. 그것은 선택된 자아이다. [그것은] 기억이 선택되는 방식[으로 존재한다]. 그러나 날것의 자아 또한 나이기 때문에 나는 어느 주어진 시간에 기억하기로 선택한 것을 훨씬 더 능가하는 존재이기도 하다 … 진정한 자아는 기억되거나 조직화되지 않고 또한 생각되지 않은 상태에 거주할지 모른다.

The sense of self I have is coordinated and related in ways that depend on a high degree of selection. It is a chosen self. The way memory is chosen. But the raw self is me, too, just as I am also much more than I choose to remember at any given time. I'm in touch with only a small portion of my experience at any one time and this gives my life as it is verbalized an artificiality that experientially it doesn't have. Also, it could be said, I suppose, that the artificiality is real because it is all we know for sure. The rest is supposition--and maybe metaphorical: that is, the true self may reside in the unremembered, unorganized, unthought of. (recited from McClanaham)

스트랜드는 자신의 자아가 선택의 방식으로 조정되기를 거부한다. 자아가 갖는 모든 가능성 속에서 일부를 선택하여 스스로를 한정하는 것은 한편으로 편리하다. 그렇게 선택된 자아는 인간이 자아를 통제할 수 있다는 환상을 허용하기 때문이다. 그렇지만 스트랜드는 바로 그런 자아가 거짓된 것이라는 것을 잘 알고 있다. 그는 인간이 통제할 수 없는 영역에 거주하는 자아를 들여다본다. 그는 한 눈 뜨고 잠드는 시인인 것이다.

스트랜드가 밤낮으로 몰두하여 파고든 불편한 자아는 짐승의 소리로 짖어대면서 시를 먹어치운다. 그는 "선택된 자아"가 아니라 "날것의 자아"를 지향한다. 진정한 자아는 "기억되거나 조직화되지 않은" 상태에 있기 때문이다. 시를 먹어치운 짐승의 시인이 다시 어떤 시를 써내는지 궁금해진다.

04
장행(長行)에 세상을 담다
─ C. K. 윌리엄스

　윌리엄스(C. K. Williams)는 미국에서 가장 존중받는 생존 시인들 중 한 명이다. 1937년 뉴저지 주 뉴어크(Newark) 태생이다. 1960년대 초에 시인의 길을 걷기 시작했고 꾸준하게 명성을 쌓아올려 2000년에『수선』(*Repair*)으로 퓰리처상을 그리고 2003년에『노래하기』(*The Singing*)로 전미저작상을 수혜했다. 2006년의『시전집』(*Collected Poems*)에 이르기까지 두 권의 시선집을 포함하여 총19권에 달하는 시집을 발행했고 최근작으로 2010년의『기다려』(*Wait*), 2011년의『주 경계를 넘어』(*Crossing State Lines*), 그리고 2012년의『죽어가면서 쓰는 작가들』(*Writers Writing Dying: Poems*)이 있다. 이외에 비평집『시와 의식』(*Poetry and Consciousness*)을 1998년에 그리고 회고록『걱정: 어머니, 아버지 그리고 나』(*Misgivings: My Mother, My Father, Myself*)를 2000년에 상재한 바 있다. 그는 여러 대학을 거쳐 1996년 이후로 프린스턴 대학에서 강의하고 있으며 1년 중 일부는 파리에서 살고 있다.

커디(Averill Curdy)는 『시』(Poetry)지에서 이뤄진 한 원탁토론에서 『노래하기』에 관해 논하면서 윌리엄스가 "활기 빠진 향수나 침묵 속으로 빠져들지 않고 여전히 노래하고 있는 그의 세대의 시인들 중 한명이다"는 것에 주목한다. 커디는 "그의 시가 당대 세상에게 말을 건네려는 시도에서 나에게 활력적이다"고 느끼면서 "그 시도 자체가 감동적"이라고 평한다. 윌리엄스가 노년까지 누리고 있는 비평계의 호평은 그의 시적 기교 외에 세상에 대한 그의 의식적이고 당대적인 관심의 유지가 한몫을 하고 있다.

I

여러 평자들은 윌리엄스가 1977년의 시집 『무지로써』(With Ignorance) 이후로 자신의 특징적 목소리를 내기 시작했다고 판단한다. 시인은 이 시집에서 전통적 서정시의 시행에서 벗어나 확장된 시행을 실험했는데 이렇게 형성된 특유의 시행구조는 휘트먼(Walt Whitman)의 무운시에 비교되면서 시인의 뛰어난 시적 기교의 증표로서 비평계의 호평을 받았다. 그의 독창적 시행은 거의 산문에 가까울 정도로 장행이고 내러티브 문학에서처럼 성격부여와 극적전개의 특성을 보여주기도 한다.

윌리엄스는 시적 경력의 초기에 베트남전이나 사회적 불평등과 같은 정치문제들에 관여했지만 후기에 기록문체를 지향하면서 내면에 대한 성찰에 좀 더 집중하는 방향으로 변화를 보인다. 그렇지만 그의 시는 전반적으로 개인적 주제를 다루는 경우까지 포함하여 동시대의 사회가 안고 있는 여러 문제들에 대해 의식적으로 열려있다. 그의 시는 공동체 의식에서 근원하는 목소리를 내는 방식에서 가장 매력적으로 들린다. 그의 시행구조에 대한 실험은 바로 이러한 목소리를 적절히 담아내기 위한 형식의 탐색으로 보인다.

윌리엄스는 1991년에 테네시 대학에서 노리스(Keith S. Norris)와 가진 대담에서 자신의 시 형식이 시의 역사적 및 내러티브적 요소와 무관하지 않다는 것을 밝힌 적이 있다.

예, 내 생각에 그게 실제로 내가 장행을 사용하기 시작한 주원인들 중 하나지요. 그래서 그런 종류의 객관적 내러티브 소재를 포함할 수 있을 테니까요. 그렇지만 덧붙여 말하거니와 그런 시들을 써내기 시작했을 때 사실상 내러티브라는 말 자체를 생각해본 적은 결코 없었답니다. 그 단어는 내가 장행을 사용한 첫 시집 『무지로써』가 출판된 후에 나타났던 것으로 보여요. 사람들이 그 시들의 내러티브의 정체성에 관해 많은 언급을 했지만 실제로 그 시집의 대부분의 시는 전혀 내러티브가 아니랍니다. 사실 내가 써낸 장행시의 대부분은 그중 많은 것들이 내러티브적 요소들을 사용하고 있다고 하더라도 내러티브는 아니에요… '일화(anecdote)'라는 말의 가치가 폄하되어 있는 사실이 수치스럽습니다. 우리에게 일화는 피상적이고 심지어 사소하기까지 한 어떤 것을 뜻하는 경향이 있지만, 일화의 소재는 항상 서정시의 핵심 원료들 중의 하나였어요. 먼저 구현되고 나중에 그것에 관해 숙고되는 어떤 일화에 많은 서정시가 의존하고 있지요. 나는 거의 모든 나의 시가 일차적으로 서정적이라고 항상 느껴왔기 때문에 내러티브라는 단어를 내 시에 적용하는 것이 내가 하려는 일을 훼손하는 것으로 여겨진답니다. ("An Interview")

윌리엄스의 언급은 내러티브라는 말이 상기시키는 소설의 여러 접근법들을 자신의 시에 적용하는 것을 경계하고 있다. 그의 시에는 이야기가 있지만 그것은 우리가 소설에서 발견할 수 있는 종류의 것은 아니다. 윌리엄스가 시의 원료로서 옹호하는 일화는 그가 시에서 구현하는 종류의 이야기를 대변하는 것으로 보인다. 그가 일화의 용어로써 의미하는 바는 시에서 다뤄지는 시간의 개념에서 보다 분명해진다.

> 시의 순간들은 매우 강렬하고 매우 불연속적이며 생생해요. 당신은 그 순간들을 통해 움직여지지요. 시간을 통해 … 당신으로 하여금 다른 영역들, 도덕적인 것, 윤리적이고 정치인 것에 대해 확실히 인식하게 해주는 일종의 이중의식을 통해 움직여진답니다. ("An Interview")

여기서 시의 순간들은 시간의 흐름에 따르는 사건들의 전개를 뜻하지 않는다. 그 순간들은 오히려 서로 동떨어진 것들일 가능성이 높다. 하지만 그것들은 서로 그리고 각자 어떤 방식으론가 시인의 이중 혹은 다중의식의 활동에서 심미적인 것, 윤리적인 것, 정치적인 것 등 여러 차원을 한꺼번에 끌어들인다. 그가 말하는 일화 또한 하나의 이야기가 여러 개의 이야기로 복잡해지는 종류의 것을 뜻하는 것으로 보인다.

이 방식에서 윌리엄스가 중시하는 것은 의식의 집중이다. 그가 시인의 자질로서 요구하는 어떤 의식의 상태는 한 가지 것에서 여러 층위의 의미를 고려할 수 있어야 하고 기본적으로 도덕적 성찰에 토대를 둬야 한다. 그가 비평집 『시와 의식』에서 꾀하는 바도 여기에 준하고 있다. 윌리엄스는 시인이 도덕적 사유에 의해 사람들 사이의 공유된 의식을 진작시키는 역할을 수행해야 한다고 여긴다. 이런 그에게 당대 '언어파 시인들'(Language poets)의 활동은 못마땅하게 보일 게 분명하다. 언어시인들은 그 정치적 입지에서 언어의 지시적 기능 자체에 문제를 제기하는 전략을 보이는 경우들이 있다. 그들의 언어는 기존의 언어에 침묵이나 탈문법 혹은 삭제 등을 뒤섞음으로써 초월적 의미의 부재를 제시하는 데 성공을 거두지만 의사소통의 단절과 공동체 의식의 쇠퇴를 가져왔다. 윌리엄스는 시가 언어 자체의 문제나 개인의 내면심리보다는 많

은 사람들이 함께 관여하는 사회의 문제에 대해 더 의식적으로 다가가
야 한다고 생각한다.

나는 언어시인들이 무책임하다기보다는 시시하다고 생각해요. 물론 그들
은 자신들의 논쟁이나 수사법에서 예술의 사회이념에 대한 관여나 책임 등
에 관해 대단히 많은 말들을 하지요. 하지만 그들 작품에서 그걸 발견하기
란 분명 어려울 겁니다 … 설령 그들이 새로운 의미체계를 발전시키려 하고
있다고 해도 다다이스트들(Dadaists)이 했던 것과 별반 다를 게 없는 짓을
하고 있을 뿐이죠. 그들은 다다이스트들이나 초현실주의자들보다 훨씬 더
재미가 없고 덜 고무적이랍니다. ("An Interview")

언어시는 1970년대와 80년대에 미 서부해안을 중심으로 아방가르드 시
운동에 동력을 제공했다. 윌리엄스가 이런 흐름에 대해 던지는 일침은
차이와 다양성의 가치를 존중하는 미국 문화의 흐름에서 다소 이색적이
기까지 하다. 그만큼 그의 시법은, 올슨(Charles Olson)이나 언어시인들
이 언어의 리듬과 호흡에 거의 전적으로 의존하려 했던 것과는 다르게,
생각을 보다 직접적으로 드러내는 언어를 더 중시한다.

내가 지난 수년간 붙들고 분투해온 문제는 시가 지탱할 수 있는 추론적
(discursive) 의미의 수준과 더 관계가 깊어요 … [시의 의미는] 거의 전적
으로 내연적인 상태에서 내가 추론적인 것이라고 부르고 있는 것에 훨씬 더
가까운 상태로 움직여갈 수 있어요. 우리시대의 시는 거의 내연적인 종류의
의미에 관여하는 것으로 보이는데 나는 평가기준의 정반대쪽으로 내 자신
을 밀어붙이느라 고생해 왔지요. 나는 최소한 나 자신만이라도, 언어의 다
른 방식으로, 우리가 조야하게 철학적 방식이라고 불러도 좋을 그 방식으
로, 당신이 의미하려는 것에 대해 당신이 얼마나 많은 것을 말할 수 있는가
를 탐색해오고 있답니다. ("An Interview")

이와 같은 윌리엄스의 태도는 후기구조주의와 다문화주의가 주된 문화의 양상을 형성하는 오늘날 다소 시대착오적으로 비칠 수 있다. 그렇지만 윌리엄스는 지배적 담론의 배제와 초월적 의미의 해체 속에서 당대의 문화가 지나치게 감각에 의존하고 주관적이며 사적이고 언어시적인 풍토에 휩쓸리고 있지 않은지 문제를 제기하고 있다. 바로 이 목소리에서 그의 시는 주목을 요한다.

II

윌리엄스의 시에는 이야기가 담기는 때가 많다. 그 이야기가 소설이나 드라마의 경우처럼 기승전결의 구조를 갖는 것은 아니지만 독자에게 인생의 심층을 전달하기에는 부족함이 없다. 이야기가 파편적이거나 이질적이라고 해도 그것이 존재하는 어느 시적 형식에서 그의 시는 일단 잘 읽힌다. 의사전달에서 교양 있는 독자의 통찰에 의존하는 난해시와 차별을 보인다. 압축된 이미지와 함축의 언어에 의존하는 전통적 서정시와 달라 보인다.

1983년의 시집 『타르』(Tar) 역시 『무지로써』와 마찬가지로 확장된 시행을 사용했는데 이러한 시도는 그의 철학적 탐색을 용이하게 담아내기 위한 모색이었던 것으로 보인다. 그의 시는 응축된 순간을 은유적으로 표현하는 데서보다는 분명하게 사회적 의식을 드러내는 데서 보다 큰 성공을 거둔다. 표제시 「타르」는 쓰리마일 섬(Three Miles Island)에서 발생했던 핵원자로 사건을 배경으로 다루면서 지붕이기(roofing)와 같은 보통의 일에도 위험이 존재한다는 사실에 주목하고 있다.

쓰리마일 섬의 첫 아침. 그 불안하고 불확실하며 종잡을 수 없는 첫 시간들.

오전 내내 한 무리 일꾼들이 내 건물의 낡고 노후한 지붕을 뜯어내고 있었죠,

오전 내내 마음을 딴 데 두려 노력하면서, 나는 밖에 나와 어슬렁대다가 지
  켜보았어요,

그들이 겹겹의 무거운 석면지를 마구 잘라내고 허물어지는 배수구를 해체
  하는 동안 내내.

밤을 반 가까이 새우면서 뉴스를 경청한 후, 바람 방향으로 100여마일 지역
  에서는 어떡해야할지를 어떻게 알 수 있는지 의아해 하면서

서둘러 피해야할지 언제 어디로 도망해야할지 의혹에 처해 있다가, 느닷없
  이 깨어났어요, 일곱 시에

겨울부터 기다려온 지붕 수선공들이 건물 벽에 사다리를 세우느라 끽끽대
  는 소릴 내고 있던 그때,

우리는 여전히 개뿔도 모르고 있어요. 공익설비회사는 계속해서 그 사건을
  경시하고 있고

말솜씨 좋은 연방대변인은 외관상의 질서는 조금 유지한 채 여전히 둘러대
  고만 있어요,

우리가 거짓말을 듣고 있는 게 아닐까, 이제 확실히 의심하게 되었지만, 그
  러는 동안에, 지붕수리공들이 와 있어요,

윈치받침대를 설치하고, 타르 덩어리들을 떼놓고 있어요, 그리고 거기 내가
  있어요, 모퉁이에, 가로질러 가면서, 멍청히 바라보면서.

The first morning of Three Mile Island: those first disquieting,
  uncertain, mystifying hours.

All morning a crew of workmen have been tearing the old decrepit
  roof off our building,

and all morning, trying to distract myself, I've been wandering out
  to watch them

as they hack away the leaden layers of asbestos paper and
  disassemble the disintegrating drains.

After half a night of listening to the news, wondering how to know
  a hundred miles downwind

if and when to make a run for it and where, then a coming bolt
    awake at seven
when the roofers we've been waiting for since winter sent their
    ladders shrieking up our wall,
we still know less than nothing: the utility company continues
    making little of the accident,
the slick federal spokesmen still have their evasions in some
    semblance of order.
Surely we suspect now we're being lied to, but in the meantime,
    there are the roofers,
setting winch-frames, sledging rounds of tar apart, and there I am,
    on the curb across, gawking.

(*Collected Poems* 197)

쓰리마일 섬 원자력 발전소 사고는 1979년 3월 28일에 일어났다. 발전소가 소재한 섬은 미국 펜실베이니아 주 해리스버그 시에서 16km 떨어진 도핀 카운티의 서스쿼해나 강 가운데 있었다. 이 사고는 원자력 발전소 2호기(TMI-2)에서 일어난 노심 용융(meltdown)으로 빚어졌는데 미국 상업 원자력산업 역사상 가장 심각한 것이었다. 피해를 우려한 주 정부는 도핀 카운티의 임산부와 어린이들을 대피시켰다. 그러자 주민들은 공황상태에 빠져 10만 여명이 일시에 도망치듯 빠져나갔다. 그러나 조사보고서에 따르면 1m 두께의 격납 용기 덕분에 사고기간 중 발전소 부근에서 받은 공중의 피폭선량은, 자연방사선량인 100mR에도 못 미치는 양으로써 반경 16km 이내 주민들의 방사능 노출 수준은 가슴 X선 촬영을 12~13번 한 정도로 큰 피해는 발생하지 않았다고 한다. 이 사고는 7년 뒤 옛 소련의 체르노빌 원자력 발전소 사고가 발생하기까지 세계 최악의 원전 사고였다(Wikipedia.com).

　시의 화자는 잠을 설치다가 지붕수선 일꾼들이 건물에 사다리 걸치는 소리에 놀라 일곱 시에 화들짝 깨어난다. 그
는 전날 일어난 쓰리마일 섬 원전사고 탓에
극도의 불안을 느끼고 있다. 그는 확실한 정
보가 부재하고 신뢰할만한 해결책이 제시되
지 않은 상황에서 불면의 의혹에 처해 있다.
그는 마음을 다른 곳으로 돌리기 위해 밖으로
나와 어슬렁대면서 지붕수선작업에 관심을
쏟는다. 불안정하게 오가는 화자의 발걸음이
일꾼들의 구체적인 몸놀림을 좇고 있다.

　"첫 아침"은 예상되는 위험에 대하여 우리가 어떤 판단도 제대로 내릴
수 없는 상태를 극화한다. 원전사고는 공적 이익에 부합한다고 간주되
어 추진되는 어떤 것이 우리의 삶에 파괴적 영향을 끼칠 수 있다는 것을
단적으로 보여준다. 개인의 삶은 공동체의 선택과 결정에서 자유롭지
못하다. 이런 상황은 개인이 공동체의 형식과 유지에 대해 보다 적극적
으로 관여해야 한다는 것을 뜻한다. 시 「타르」는 쓰리마일 섬의 사고를
배경에 둠으로써 사회적 문제에 대한 공동의 의식을 환기시키고 있다.

　그런데 이 문제를 다루는 데 있어서 윌리엄스의 목소리는 칼럼니스트
나 행동주의자의 그것과 다르다. 그의 언어는 직접적 비판 대신에 구체
적 경험을 전달한다. 그의 눈과 귀가 일차적으로 관심을 두는 것은 바로
자신 주변에서 일어나고 있는 지붕이기이다. 개인적인 사건과 공동체적
인 사건이 동시에 진행되고 있다. 하나는 바로 "내 건물"에서 일어나고
있고 다른 하나는 "100여마일" 떨어진 곳에서 발생했다. 두 사건 모두가
불안을 불러일으키지만 화자는 눈앞에서 벌어지는 일에서 우선적으로
위험을 감지한다.

　그게 얼마나 야만적인 일인지 얼마나 사실 그대로 괴롭고 위험한지를 전혀

깨닫지 못했어요.

사다리가 휘고 흔들려요. 지붕 모서리에서는 물건들이 미끄러져 내리고, 재
    료는 부피가 커서 다루기 어렵지요.

녹슬고 낡은 못을 뽑으면, 못대가리가 떨어져 나오고, 속지붕이 허물어져요.

우그러진 작은 노(爐)조차도, 당나귀처럼 참을성 있게 내내 으르렁대다가,
    질식해서 막혀버려요.

진하고 해로운 연기가 솟구치고 누군가 덮개를 가지고 만지작거리다 그걸
    내리쳐야했지요,

분출과 악취가 약화되기 전에, 어둔 것, 단테의 국물이 피곤하게 가라앉아요.

그 도가니에서, 감초처럼, 물질은 부드러워 보이지만, 그걸 신발이나 작업
    복에 쏟아내면,

닿는 대로 그슬려요, 모든 것에 그것이 배들어요, 그 노가 파열과 반파열 거
    품으로 진득거려요,

일꾼들 자신도 완전히 베이고 더럽혀져서 트롤처럼 거의 다른 영역에서 온
    듯이 보여요.

휴식시간이 왔을 때 그들은 빗자루를 아스팔트 들통에 차렷 자세로 세워둬요.

작업용 장갑이 부식한 끌채에 브러래빗처럼 달라붙어 가파른 가장자리 따
    라 수그러져있어요.

그것들 뒤 거대한 하늘, 정오의 무거운 공기가 미광과 신기루로 살아나요.

I never realized what brutal work it is, how matter-of-factly and
    harrowingly dangerous.

The ladders flex and quiver, things skid from the edge, the materials
    are bulky and recalcitrant.

When the rusty, antique nails are levered out, their heads pull off;
    the underroofing crumbles.

Even the battered little furnace, roaring along as patient as a
    donkey, chokes and clogs,

a dense, malignant smoke shoots up, and someone has to fiddle
    with a cock, then hammer it,

before the gush and stench will deintensify, the dark, Dantean broth
     wearily subside.
In its crucible, the stuff looks bland, like licorice, spill it, though, on
     your boots or coveralls,
it sears, and everything is permeated with it, the furnace gunked
     with burst and half-burst bubbles,
the men themselves so completely slashed and mucked they seem
     almost from another realm, like trolls.
When they take their break, they leave their brooms standing at
     attention in the asphalt pails,
work gloves clinging like Br'er Rabbit to the bitten shafts, and they
     slouch along the precipitous lip,
the enormous sky behind them, the heavy noontime air alive with
     shimmers and mirages.

(*Collected Poems* 197–98)

지붕수선작업이 여러 가지 어려움의 양상에서 구체적으로 목격되고
있다. 화자는 그 일이 "사실 그대로" "야만적인 일"로서 위험하다는 것
을 깨닫는다. 사다리를 타고 올라가 흔들리는 자세로 낡은 지붕의 못을
뽑아내고 다루기 힘든 크기의 것들을 제거해야한다. 물건들이 머리위
로 쏟아져 내리면서 먼지를 일으킨다. 이제 방수처리를 위해 타르를 바
를 차례이다. 덩어리 타르를 끓이는 노의 광경은 가히 압도적이다. 화자
는 시커멓게 끓는 타르가 점성 강한 거품을 터뜨리거나 반 터뜨린 상태
로 부글대는 모습에 매료된다. 여기저기 패이고 흠집이 난 노가 서서히
달아올라 낮게 "으르렁대다가" 화자의 답답한 심정을 대변하듯 "질식해
서 막혀버"리면 덮개를 해머로 내리쳐 연기가 빠져나오게 만든다. 거칠
고 무뚝뚝한 현장의 숨결이 느껴진다. 녹여낸 타르는 겉은 매끄러워 보
여도 쏟아지거나 튀어 닿는 무엇이든 시커멓게 태워버린다. 일꾼들의

작업복은 그렇게 그을린 자국과 온갖 얼룩으로 더렵혀져 상상의 괴물 트롤마저 상기시킨다. 쉬는 동안 벗어놓은 장갑은 타르에 젖어있다. 그 것은 끈끈한 아스팔트를 뒤집어 쓴 만화영화 속의 브래래빗처럼 부식한 끌채에 달라붙어 가장자리에 축 쳐져있다. 거대한 하늘이 희미한 빛과 "정오의 무거운 공기"로 휴식 중인 일꾼들을 짓누르고 있다.

원전사고에 대한 불안이 지붕이기의 위험에 대한 인식에 의해 뒤덮이 고 있다. 화자는 그에게 다가온 두 가지 가깝고 먼 위험들에 대해 성찰 하게 된다.

오후 어느 때쯤엔가 집안에 들어가야 했어요. 우리에게 철야가 시작되었지요.
우리가 아무리 그러고 싶지 않았다고 해도, 그 일에 관해 그럴 마음이 거의
 없었다고 해도, 우리는 이해했을 거예요.
지금은 아니라도, 그렇다면 곧, 곧은 아니라도, 그렇다면 어느 날, 우리가
 이 모든 것에서 사라지게 될 거라는 것을.
어느 날, 어느 마지막 세대에, 바위처럼 확고부동한 대기아래 반 광란 상태
 로 가득 차,
우리 모두는 비탄에 빠지고, 우리의 지상의 위안을 비난하면서, 우리의 포
 만과 복종을 저주할 거예요.
그러지 않는 게 좋을지 모르지만, 나는 안다고 생각해요, 왜 내 지붕수선공
 들이 내게 그토록 명확하게 머무는지를 그리고 왜 나머지 것들이,
시대의 테러, 내성적 불신과 거리두기, 우리가 매달려야하는 모든 것이, 왜
 그렇게 희미해지는지를.
나는 기억해요, 어울리지 않는 보호용 부츠를 신은 대통령이, 전혀 두려워
 하지 않는 것으로 보이지만, 바보라는 것을.
나는 기억해요, 1면에 나온 한 여성이 안개 낀 서스쿼해나 강 너머 희미하
 게 드러나는 굴뚝들을 노려보는 모습을.
하지만, 더욱 생생하게 기억하는 것은, 처마 밑에 찌르레기처럼 매달려, 지
 붕널빤지 반짝임으로 은빛에 싸인 일꾼들이지요.
배수로의 수 캐럿 타르 잔여물조차도, 너무 검어서 대기의 빛을 빨아들이는

듯 보였어요.

밤이 오자 아이들이 그것들을 가로질러 왔어요. 그 구역의 모든 보행로는
외설스럽고 심장 뛰는 것들로 휘갈겨졌어요.

Sometime in the afternoon I had to go inside: the advent of our vigil
    was upon us.

However much we didn't want to, however little we would do about
    it, we'd understood:

we were going to perish of all this, if not now, then soon, if not
    soon, then someday.

Someday, some final generation, hysterically aswarm beneath an
    atmosphere as unrelenting as rock,

would rue us all, anathematize our earthly comforts, curse our
    surfeits and submissions.

I think I know, though I might rather not, why my roofers stay so
    clear to me and why the rest,

the terror of that time, the reflexive disbelief and distancing, all we
    should hold on to, dims so.

I remember the president in his absurd protective booties, looking
    absolutely unafraid, the fool.

I remember a woman on the front page glaring across the misty
    Susquehanna at those looming stacks.

But, more vividly, the men, silvered with glitter from the shingles,
    clinging like starlings beneath the eaves.

Even the leftover carats of tar in the gutter, so black they seemed to
    suck the light out of the air.

By nightfall kids had come across them: every sidewalk on the block
    was scribbled with obscenities and hearts.

(Collected Poems 198)

두 가지 위험이 있다. 하나는 멀고 하나는 가깝다. 화자는 먼 위험이 가까운 위험에 의해 압도당하는 것을 경험한다. 위험이 화자에게 "명확하게 머무는" 것과 "희미해지는" 것으로 갈리는 것은 경험의 직접성 탓일 것이다. 원전사고가 아무리 급박한 것이라고 해도 그리고 "시대의 테러"나 "내성적 불신"이 아무리 원하지 않는 것이라고 해도, 그것들은 경험의 긴박성과 현장성에서 평범하기까지 한 지붕이기를 능가하지 못한다. 사람들은 어떤 방식으론가 "지상의 위안"이나 "포만" 혹은 "복종"에 길들여져 있다. 대통령은 원전사고 현장에 나타나 우스꽝스런 부츠를 신고 아무 일 없다고 주민에게 당장 해를 끼치는 상황이 아니라고 장면을 연출한다. 화자는 언젠가 어느 세대엔가 우리 모두가 비탄에 빠지게 될 상황이 오리라는 것을 알고 있다. 그때는 우리가 "지상의 위안"에 만족했던 것을 땅을 치고 후회하게 될 것이다. 그런대도 당장 우리의 대처는 미흡하다. 공동체적으로 발생하는 위험은 어떤 의미에서 "내 건물"에 일어나는 것만큼 절박하게 다가오지 않을 수 있다. 화자는 지붕수선 일꾼들이 겪는 위험을 가까이 목격하면서 공동체의 위험에 대한 개인의 기억이 "희미해지는" 종류의 것이라는 반성을 보여준다. 그는 이 시에서 "우리가 매달려야하는 모든 것"이 우리의 의식에서 더 이상 희미해지지 않고 대기의 빛을 빨아들이는 수 캐럿 타르 검은 잔여물처럼 "더욱 생생하게 기억하는 것"으로 바뀌기를 기대한다. 튀기고 흘러나온 타르가 휘갈겨 쓴 "외설스럽고 심장 뛰는 것들"에 대한 감응에서 화자는 체험의 직접성에 의존하는 감각이 공동체의 위험에 대한 의식을 강화시켜줄 것이라고 느끼고 있다.

공익설비회사는 사건을 무마하기에 급급했고 정부 또한 사건을 초기에 정확히 파악하지 못해 주민의 불안을 키웠다. 여기서 시인은 분명히 공동체의 문제를 비판적으로 다루고 있지만 그 비판의식을 직접적으로 표출하지는 않는다. 원전사고에 대한 불안을 배경으로 지붕이기에서 드러나는 "야만적인" 위험의 양상들을 생생한 체험으로 전달하는 데 주력한다. 두 위험의 비교에서 시의 화자와 독자 모두는 위험에 대처하는 공동체 의식이 좀 더 긴박하고 절실해질 것을 요구받는다.

윌리엄스의 이야기는 확장된 시행의 다소 헐렁해진 공간에서, 개인적이고 내적인 뭔가를 감추고 복잡하게 비트는 대신에, 모두의 관심사를 하나의 관점에서 진솔하게 대면하게 하고 느끼게 하면서 풀려간다. 그것은 전통시의 압축에 비해 느슨하지만 소설의 그것에 비해 단단하고 엄밀하다.

III

2003년의 『노래하기』는 윌리엄스에게 전미저작상을 안겨줬다. 『뉴욕타임스 서평』에서 더레시위즈(William Deresiewicz)는 윌리엄스의 "호되게 꾸짖는 정직성이 항상 그의 명함이다"는 것을 지적하면서 그의 최상의 시가 "언어충동에서도 아니고, 서정충동에서도 아니며, 심지어 예언적 혹은 환상적 충동에서도 아니고 바로 도덕적 충동에서 진행되어 나온다"고 덧붙인다. 그에 따르면 "[윌리엄스의] 작품에서 모든 것은 시인 자신으로부터 시작하는 가장 가혹한 도덕적 응시에 부합하여 유지된다. 암시적으로 그리고 종종 명시적으로 이 응시는 시를 쓰게 되는 바로 그 첫 순간으로 확장된다." 더레시위즈는 이 시집의 시들이 가끔 윤리적인 열정이 부족한 경우가 있다는 것을 인정한다. 하지만 그는 "윌리엄스가 세상에 대해, 특히 다른 사람들에 대해, 더 많이 관심을 쏟으면서 관여하는 시들이" 최고이고 가장 활력적이라는 것을 발견한다.

윌리엄스의 『시전집』(Collected Poems)은 2006년에 600쪽 이상의 분량으로 출판되어 비평계의 비상한 관심을 받았고 독자에게 그의 시적 경력 전반을 한꺼번에 돌아볼 수 있는 계기를 주었다. 『시전집』에는 기존의 시집들에서 선한 시들 외에 23편의 신작시가 포함되어 있다. 여기에 실린 「실수」("The Gaffe")는 2010년의 시집 『기다려』 첫머리에 재수록 된다. 이 시에서 시인의 시선은 그간 주로 사회를 향해 주어졌던 것과 달리 내면을 향하고 있다.

나지만 내가 아니고 그렇지만 나를 판단하는 그 누군가가, 그가 사실 그렇듯이, 항상 나와 함께 해오고 있다면,
내가 그토록 오래전에 그걸 말했을 때, 그는 그곳에 없었어야 하는 걸까요?

사소한 죄에 대해 사소하지 않은 수치심으로 나를 갈구는 그가 이제 그때 그곳에 있다면,
그는 내 용서할 수 없는 모욕에 대해 이제라도 나를 유린하게 될 거라고 경고하지 말았어야 하는 걸까요?

그때 나는 어린 아이지만, 날 괴롭히는, 이 양심의 짐승을 이미 만들어냈어요.
내가 내 정체에 관해 확실하게 말할 수 있는 게 달리 있을까요? 내가, 그이가,

극미한 위반들에서 복잡한 가책의 화음을 이미 끌어낼 수 있었고
내 자신의 불행한 휴식에서 영원히 줄어들지 않는 징벌을 편곡해낼 수 있었다는 것 말고 말할 수 있는 게 달리 있을까요?

If that someone who's me yet not me yet who judges me is always
    with me,
as he is, shouldn't he have been there when I said so long ago that
    thing I said?

If he who rakes me with such not trivial shame for minor sins now
   were there then,
shouldn't he have warned me he'd even now devastate me for my
   unpardonable affront?

I'm a child then, yet already I've composed this conscience-beast,
   who harries me:
is there anything else I can say with certainty about who I was,
   except that I, that he,

could already draw from infinitesimal transgressions complex chords
   of remorse,
and orchestrate ever-undiminishing retribution from the hapless
   rest of myself? (*Wait* 3)

시의 화자는 자신의 정체성이 두 개의 자아 사이에서 형성된다고 말하고 있다. 화자는 분열된 두 자아들 중 하나의 선택에 의해서가 아니라 둘 사이의 갈등에서 스스로의 존재를 구현한다. 하나의 자아가 윤리적이라면 나머지 하나는 세속적이다. 화자는 한편으로 "극미한 위반들"에서도 가책을 느끼고 "어린 아이"일 때부터 "양심의 짐승"을 만들어냈던 사람이다. 그의 도덕적 성향은 지극한 것이어서 "휴식"에서조차 불행을 감지하고 작은 실수들에서도 "영원히 줄어들지 않는 징벌"을 짜낼 수 있을 정도이다. 그런데 이러한 윤리적 자아는 화자에게 항상 자신과 함께하고 있어도 내가 아닌 나로서 "그"로 표현되기도 한다. 화자 속의 "그"는 세속의 자신을 감시하면서 "판단"하고 "경고"하는 역할을 한다. 화자는 양심이 만들어낸 가책의 고통에서 "그"와의 공존이 과연 바람직한 것이었는지 묻고 있다. 화자는 자신이 오래전에 했던 말에 대한 "그"의 판단과 경고에 귀를 기울임으로써 한시도 편할 수 없는 정체를 지니게 되었다.

화자는 자신을 괴롭히는 양심의 자아를 짐승으로 지칭함으로써 거리를 두려하면서도 그것이 거의 생득적인 것으로서 피할 수 없다는 것을 인정하고 있다.

내 부모님께서 아들이 죽은 친구 분을 조문하러 방문하면서
나를 데려가셨는데 나는 죽은 소년의 동생이랑 다른 아이들이랑 밖에서 놀
    게 되요.

우리가 이런저런 농담을 하고 있는 동안 내게 할 말이 떠올라 놀랍게도 그
    걸 말하게 되요.
누군가 죽는데, 네 형이 죽는데, 너는 웃을 수 있는 때를 어떻게 아는 거니?

라는 게 내가 한 말이에요. 그러자 나머지 사람들이 조용해지고, 뒤뜰이 조
    용해지면서, 다들 쳐다보는데
나는 이제 알고 싶어요. 나지만 내가 아닌 내 안의 그 누군가가 왜 내가 그
    말을 하도록 내버려두었는지를.

그는 내게 회한의 순환이 그때 이후로 내게 영원히 덮치게 되리라고 말하지
    말았어야 했을까요?
비애가 어떻게, 언제 끝나는지, 나는 단지 그걸 진정으로 알고 싶었을 뿐인
    데, 그건 중요치 않았어요.

The son of some friends of my parents has died, and my parents,
    paying their call,
take me along, and I'm sent out with the dead boy's brother and
    some others to play.

We're joking around, and words come to my mind, which to my

94

amazement are said.

*How do you know when you can laugh when somebody dies, your
brother dies?*

is what's said, and the others go quiet, the backyard goes quiet,
everyone stares,
and I want to know now why that someone in me who's me yet not
me let me say it.

Shouldn't he have told me the contrition cycle would from then be
ever upon me,
it didn't matter that I'd really only wanted to know how grief ends,
and when? (*Wait* 3-4)

화자는 어린 시절 아버지를 따라나선 어느 조문에서 또래들과 뒤뜰에
나와 놀던 시간을 떠올린다. 그는 다른 아이들이 엄숙한 죽음의 순간에
어떻게 희희낙락할 수 있는지 이해하지 못했다. 그래서 그는 다른 아이
들의 분위기에 어울리지 못하고 그들의 농담에 찬물을 끼얹고 말았다.
이제 화자는 자신이 그렇게 하도록 "그"가 내버려두지 말았어야 한다
고 느끼기까지 한다. 사실 "그"는 그 말을 하도록 시킨 장본인이었을 것
이다. 화자는 "그"의 존재로 인해 그때 이후로 영원히 "회한의 순환"이
계속될 것을 예감하고 있다. 화자는 비애가 어떻게 언제 끝나는지 알고
싶었을 뿐이라고 말한다. 하지만 "그"에게 화자의 이러한 소망 따위는
안중에 없었다.

화자는 이제 인생의 고통을 농담으로 대할 수 있는 여유를 찾고 싶다.
하지만 그의 비애는 자신의 내부에 너무 깊이 뿌리를 내리고 있다.

나는 들을 수 있었어요. 소년의 어머니께서 집안에서 흐느끼다 멈추고 다시

흐느끼다 멈추는 소리를.

그녀의 비애는 그곳에서 벌써 끝났던 것일까요? 그녀 안의 누군가가 그녀
에게 끝나리라고 말했던 것일까요?

그녀 안의 누군가는, 비애가 언젠가 끝나리라고 추측하고서, 내 안의 그가
나에게 그러했고 그러하고 있듯이, 그녀에게 눈물 흘리지 않고 있는 그는,
그녀에게 더 친절했던 것일까요?

그래도 그녀는 웃지는 않았어요, 그게 아니라면 그러는 걸 내가 못들은 거
겠죠. *웃을 수 있는 때를 당신은 어떻게 알죠?*
누군가가 내 안 그곳에 있어서 나를 그저 비난하지만 말고 설명해줄 수는
왜 없었던 것일까요?

아이들이 다시 놀고 있었어요, 내가 놀고 있었고, 안에서 더 이상 아무 소리
도 들리지 않았어요.
그런 방식으로 이제 가끔 내 안에 있는 것도 조용해요, 실제 그런 것은 전혀
아니지만, 가끔 잊어버리기도 해요.

I could hear the boy's mother sobbing inside, then stopping, sobbing
    then stopping.
Was the end of her grief already there? Had her someone in her told
    her it would end?

Was her someone in her kinder to her, not tearing at her, as mine
    did, still does, me,
for guessing grief someday ends? Is that why her sobbing stopped
    sometimes?

She didn't laugh, though, or I never heard her. *How do you know
    when you can laugh?*

Why couldn't someone have been there in me not just to accuse me,
　　but to explain?

The kids were playing again, I was playing, I didn't hear anything
　　more from inside.
The way now sometimes what's in me is silent, too, and sometimes,
　　though never really, forgets. (*Wait* 4-5)

어떤 사람에게는 아주 쉬운 일이 다른 사람에게는 매우 힘든 일일 수 있다. 화자의 경우에는 웃을 수 있는 때를 아는 일이 너무 어렵다. 자신을 편하게 놓아두지 못하는 윤리적 자기검열의 방식에서 화자는 아이를 잃은 엄마가 울음을 그치는 것마저 의혹의 대상으로 삼는다. 그녀를 감시하는 내부의 자아가 비애가 언젠가 끝나리라 추측하고서 그녀를 더 심하게 갈구지 않고 더 친절해진 것 아니겠냐고 추측한다. 화자는 그녀가 최소한 웃지는 않았다고 변명해줌으로써 그녀와 자신 모두를 합리화한다.

　그런데 이러한 화자가 시의 마지막에 이르러 자신이 겪은 변화를 토로한다. 그는 이제 아이들의 무리에 섞여 함께 놀고 있다. 항상 그런 것은 아니지만 가끔 자신을 괴롭히던 내부의 목소리가 더 이상 들리지 않는다. 그 목소리는 항상 그곳에 있지만 그 존재를 가끔 잊기도 한다. 이 변화가 굳이 세상에 대한 화자의 굴복을 뜻할 필요는 없을 것이다.

　윌리엄스의 내부를 향한 시선은 세상에 던지는 윤리적 질문과 함께하고 있다. 우리가 진정으로 웃을 수 있는 때는 언제인가? 우리는 온갖 "실수"에서 너무 쉽게 자책과 회한을 제거해버렸는지 모른다. 바로 그 탓에 세상이 여전히 실수로 가득 차 있는지 모른다. 그의 성공적인 시에서 윌리엄스의 시선은 이렇게 안과 밖을 동시에 향하고 있다.

　윌리엄스의 이야기는 세상을 품는다. 그의 시선은 상실과 고립을 겪는 내면의 고통을 향해서보다 공동체의 삶을 위협하는 여러 요인들을 향해 더 활짝 열려 있다. 그래서 그의 이야기는 감각에 호소하여 즐거움의 발흥을 꾀하기보다 근본적으로 도덕적 성찰을 유도하는 특성이 더 강하다. 그렇다고 그의 시가 교훈적 가르침에서 성공적이라고 말해버릴 수 없다. 시의 호소력은 주제의 위대성이 확보해줄 수 없는 보다 복잡한 어떤 것이다. 윌리엄스는 시라는 가장 복잡한 언어예술의 형식을 통해 세상과 소통하면서 공동체의식의 향상에 기여하는 목소리를 찾고자 했다. 이 추구에서 그는 어떤 방식으론가 그의 개인적, 심미적 영역과 그의 공적, 도덕적 영역을 성공적으로 결합하고 있는 것으로 보인다. 윌리엄스의 시와 산문은 내적 탐닉의 언어에 지나치게 관대한 당대의 문학풍토를 향해 "양심의 짐승"의 흔들리는 눈빛을 보내고 있다.

05
욕망의 고삐를 늦추다
― 스티븐 던의 모호한 도덕성

던(Stephen Dunn)은 "지적이면서도 근대후기의 염세주의나 당대의 극단적 실험 어느 쪽에도 경도되지 않는" 가운데 "미국 중산층의 사회적, 문화적, 심리적 및 철학적 영토를 반영하는 시"를 써낸다. 그의 관심은 "[우리의] 불안, 두려움, 기쁨, 그리고 우리의 일상생활을 이루는 그 모든 것들과 세상에서 어떻게 공존하느냐의 문제들"에 주어져 있다 (*Poetry Foundation*). 그의 시는 보통 사람이 주변의 생활에서 대하는 문제들을 현학적이지 않게 쉬운 언어로 다루면서 현실의 고통에 대한 어떤 맞섬을 재치 있게 구현하는 데서 매력을 발산한다.

던은 2011년 기준 16권에 달하는 시집을 출판한 미국 시인으로서 2001년의 시집 『온갖 시간들』(*Different Hours*)로 퓰리처상을 받았다. 첫 시집은 1974년의 『천정에서 구멍 찾기』(*Looking for Holes in the Ceiling*)

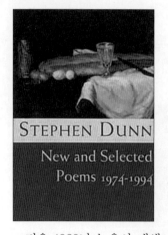

였고 최근의 시집 중에는 2011년의 『이곳 그리고 지금』(Here and Now)과 2009년의 『진행 중인 일』(What Goes On: Selected and New Poems 1995-2009) 그리고 2006년의 『그 밖의 세상 모든 것』(Everything Else in the World)이 있다. 산문집으로는 1993년에 시에 관한 에세이와 회고를 담은 『가벼운 발걸음으로』(Walking Light)이 나왔다.

던은 1939년 뉴욕시 태생이다. 대학을 마친 후 프로 농구선수로 잠깐 활동했고 광고회사 카피라이터로 근무하기도 했다. 다시 시러큐스 대학(Syracuse U)에 진학하여 창작전공으로 석사학위를 마쳤고 이후 여러 대학에서 창작을 지도해오고 있다. 몸담았던 곳으로는 위치타 주립대학(Wichita State U), 워싱턴 대학(U of Washington), 콜롬비아 대학(Columbia U) 그리고 프린스턴 대학(Princeton U) 등이 있고 현재 리처드 스톡턴 대학(Richard Stockton College)에서 가르치고 있다. 한때 뉴저지 주 포트 리퍼브릭(Port Republic)에 거주했으나 지금은 오션 시티(Ocean City)와 메릴랜드 주 프로스트버그(Frostburg)를 오가며 살고 있다.

I

던의 시는 도덕의 모호성 혹은 불확실성에 대한 감각에 의거 인생의 모순을 너그럽게 포용하는 방식에서 한 특성을 드러낸다. 그는 일상생활에 자리한 공허감에 맞서면서 욕망의 고삐를 (당기는 가운데) 늦춤으로써 현실에 대한 긍정의 폭을 묘하게 확대한다. 그는 자연적인 내적 욕구들에게 출구를 내줌으로써 사회적 의식의 끈을 적당히 풀어놓는다. 그리고 그렇게 함으로써 발현되는 어떤 힘에 의해 세상을 감내해 낸다.

1976년의 시집 『욕망과 쓸모로 가득 차서』(*Full of Desire and Usage*)는 전형적인 중산층 미국인의 목소리를 낸다. 그 목소리는 "소도시, 집안, 보도, 집주인, 트럭 휴게소"와 같은 일상생활에서 발화되는데 육체적이고 감각적이면서 "어떤 편안함의 느낌" 속에 세상과 어떤 방식으론가 좋은 관계를 유지하는 양상을 드러낸다. 시 「미네소타 트럭 휴게소」("Truck Stop: Minnesota")의 목소리는 자신의 욕구에 관대하게 반응하면서도 그 안에 함몰되지는 않는 근육질 사내의 것이다.

> 웨이트리스가 날 바라보는 눈길이
> 작은 암시라도 주려는 듯해서
> 그녀에게 돌아가
> **재버 주세요**, 라고 말하고 싶지만
> 그냥 공손하게, **커피 주세요**, 하고
> 내가 원하는 방식을 알려준다
> 그녀의 몸에는 한 마리 고양이의
> 긴장한 졸음이 배있다. 그녀의 얼굴은
> 단정치 못한 광고게시판이다
> 그녀는 내가 사랑하고 싶은 미국이다
> 트럭 운전수들은 그녀를 자기야, 라고 부른다
> 내 사랑 내 예쁜이
> 그렇게 불러주는 그들 각자에게 그녀는 웃어준다
> 그들이 부럽다
> 욕망과 쓸모로 가득 차서 나는
> 여기서 상실된다
> 그녀와 함께 떠난 모든 사내는

낯익은 음식냄새를 풍긴다고
그녀가 젖어 헐거워질 때까지
거친 속어로 그녀에게 후추 가루를 뿌려댄다고, 상상하면서
내가 하는 일이란 고작 계산서 요구하는 것
밤공기 속으로 표류해 들어가는 것—
그래도 내 달콤한 환상이 이어져
그녀의 지친 두 다리가 땅을 떠나
내 두 귀를 넘어 달콤하고 불명료한
민주주의 속으로 날아오르게 내버려두는데—
나는 계속 움직인다, 나라의 한 가운데
집에 있게 될 때까지

The waitress looks at my face
as if it were a small tip.
I'm tempted to come back at her
with java,
but I say coffee, politely,
and tell her how I want it.
Her body has the alert sleepiness
of a cat's. Her face
the indecency of a billboard.
She is the America I would like to love.
Sweetheart, the truckers call her.
Honey. Doll.
For each of them, she smiles.
I envy them,
I'm full of lust and good usage,
lost here.
I imagine every man she's left with
has smelled of familiar food,

has peppered her with wild slang
until she was damp and loose.
I do nothing but ask for the check
and drift out into the night air—
let my dreams lift
her tired feet off the ground
into the sweet, inarticulate
democracy beyond my ears—
and keep moving until I'm home
in the middle of my country. (*New and Selected Poems* 52)

웨이트리스의 몸짓은 기민하게 움직이는 일솜씨를 잃지 않으면서도 졸음에 잠긴 교태를 품고 있다. 화자 또한 "욕망"의 소리에 정직하게 귀기울일 줄 알면서도 "쓸모"가 많은 사내이다. 육체적 활동과 실용성 그리고 솔직함은 가장 미국적인 가치들에 속한다. 트럭 운전수들은 웨이트리스에게 자신의 성적 충동을 감추지 않는다. 화자는 그들만큼 직설적이지 못하고 점잔빼는 모습을 보이지만 사실 그들과 마찬가지로 자신이 욕망으로 가득 차 있다는 것을 자인하고 있다. 휴게소를 나와 집으로 가는 내내 그는 차창을 내리고 귓등 너머로 바람을 날려 보내듯이 달콤한 몽상이 흘러가도록 내버려둔다. 몽상은 필시 달콤해지고 몽롱해지다가 "민주주의"를 꽃피워 제멋대로 날개를 펼칠 것이다. 그는 결국 웨이트리스가 늘 비슷한 음식으로 끼니를 때우는 투박하고 거친 사내들과 관계를 갖는 장면을 상상하기까지 한다. 그는 이런 분위기를 거부하지 않고 오히려 즐기기라도 하듯 "나라의 한 가운데" 있는 집까지 이어간다. 화자는 사변적이고 자의식에 사로잡힌 자가 아니다. 그는 육체적 노동을 중시하고 감각적 충동을 죄악시하지 않는 자인 게 분명하다. 그는 단정치 못한 웨이트리스에게서 자신이 "사랑하고 싶은 미국"을 발견하는 사람이다.

시인은 커피 주문을 주고받는 한 풍경 속에 보통 미국사람들의 일상을 전형적으로 압축하는 데 성공하고 있다. 화자가 "젖어 헐거워질" 그녀와 "거친 속어"로 후추를 뿌려대는 사내에 대해 보여주는 상상은 부러움과 질시를 담고 있다. 화자는 웨이트리스나 트럭 운전수와 같은 보통 사람의 동물적 충동을 비판하지 않고 오히려 그것에게 "사랑하고 싶은 미국"의 자리를 내준다. 이 점에서 그는 육체노동자의 힘과 민주주의의 가치를 풀의 상징을 통해 표현했던 휘트먼(Walt Whitman)의 맥을 잇고 있다. 그가 시속에 형상화하는 미국의 가치는 다소 거칠고 다소 부도덕한 가운데 삶의 활력을 유지해가는 종류의 것으로서 고급의 문화에서 기원하지 않는다. 그의 시의 묘미는 지적 뒤틀림이나 의미의 경계를 넘나드는 언어의 실험 혹은 자아의 심연에 대한 탐색 등에서 발견되지 않는다. 그는 쉽게 알 수 있는 언어로써 도덕의 불확실성에 대한 인내를 표현하는 태도에서 그에게 특징적인 목소리를 낸다.

이 시의 언어는 그 명료성에서 윌리엄스(William Carlos Williams)의 시를 상기시킨다. 윌리엄스는 사물의 직접성을 간결하게 제시하기 위해 상징의 시를 거부하기까지 했다. 이 시 또한 주어진 대로 읽어주면 족할 것처럼 다가온다. 은유나 상징의 체계에 의해 의미를 중첩하려는 시도는 없어 보인다. 이러한 언어의 사용은 시인이 미국 중산층 보통 사람의 실제적이고 감각적인 현실감을 분명하게 표현하는 데 매우 효과적일 것으로 판단된다.

II

던에게 20세기 말의 세상은 세속적이고 의미의 원천을 잃고 있으며 다분히 폭력적인 것으로 인식된다. 1991년의 시집 『세기말 풍경』
(*Landscape at the End of the Century*)에 실린 동명의 시는 시인의 세상
에 대한 인식을 잘 예시한다.

하늘이 나뭇가지에 끼었어요. 나뭇가지에
천국의 찌꺼기가 버려졌어요. 근처에 핀 한 떼기 수선화
무리가 뿌리내린 곳, 흙과 바위가 형성하는
일종의 밤(夜), 그건 회의주의자의 최종발언처럼 차갑고
형이상적이지 못해요. 이 장면이 필요로 하는 것은
넓은 바위 위에서 넋 놓고 일광욕 하는
알몸의 여인이라고, 자연으로 실컷 배를 채운 사내가
생각해요. 그게 아니라면 어쩌면 길 잃은 호랑이
풍경이 감내할 수 있는 최대량의 야생성이라고, 생각해요.
하지만 사내는 만사에 간섭해온
자신의 역사를 알고 두려워해요.
게다가 그를 볼지도 모를 그 누구에게라도
그는 자신의 존재여부에 상관없이 너무 진행해버리는
욕망 그 자체만큼이나, 특히 그의 욕망만큼이나
그렇게 무작위적인 우주, 그 안에 있는 숲
그 안에 있는 어느 공터에 처한 한 인물에 불과해요.
수선화 무리 근처 땅을 부풀리는 두더지들
귀에 거슬리는 사화집을 편찬하고 있는 흉내 지빠귀 새
그리고 미국에 사는 누군가
사무실을 닫고 훌쩍 해변으로 떠나는 일을
훨씬 더 어렵게 만들고 있는
그 작은 캘빈주의자들, 그 개미들.

The sky in the trees, the trees mixed up
with what's left of heaven, nearby a patch

of daffodils rooted down
where dirt and stones comprise a kind
of night, unmetaphysical, cool as a skeptic's
final sentence. What this scene needs
is a nude absentmindedly sunning herself
on a large rock, thinks the man fed up
with nature, or perhaps a lost tiger,
the maximum amount of wildness a landscape
can bear, but the man knows and fears
his history of tampering with everything,
and besides to anyone who might see him
he's just a figure in a clearing
in a forest in a universe
that is as random as desire itself,
his desire in particular, so much going on
with and without him, moles humping up
the ground near the daffodils, a mockingbird
publishing its cacophonous anthology,
and those little Calvinists, the ants,
making it all the more difficult
for a person in America
to close his office, skip to the beach. (*Landscape* 76)

한 사내가 숲 속에 와있다. 누운 채로 바라보는 하늘은 나뭇가지 사이에 끼어있다. 하늘은 여전히 아름답지만 천국의 전망이 투사되었던 과거의 영광을 다 누리지는 못한다. 하늘의 신성은 천국에 대한 인간의 상상이 허용되는 만큼 주어진다. 수선화가 뿌리내린 곳은 칙칙한 나머지 어둔 밤을 연상시킨다. 그곳은 어떤 형이상적 관념의 관여도 배척한다. 영성에 대한 믿음이 사라진 "회의주의자"에게 자연은 그저 "최대량의 야생성"을 지니면 그걸로 족하다. 이와 같은 자연 속에서 인간이 그저 욕망에 따라 움직이는 것은 이상하지 않다. 그래서 사내는 풍경에 필요한 것이 자신의 욕망에 가장 깊숙이 관여하고 있을 나신의 여성이라고 생각한다. 하지만 그는 욕망의 무작위성을 너무 잘 알고 있고 그래서 두려워하고 있다. 욕망은 사내를 살아있게 하지만 그렇다고 그것이 세상을 정돈해주는 것은 아니다. 그는 욕망에 의거해 부당하게 "만물을 주물럭거려온" 자신의 역사를 익히 알고 있다. 욕망의 가장 큰 문제는 의지와 상관없이 제멋대로 너무 많이 진행해버리는 속성에 있을 것이다. 특히 사내의 것은 더욱 그러하다.

흥미롭게도 사내의 욕망에 대한 태도는 반드시 비판적인 것은 아니다. 그가 처한 숲속의 풍경에는 뭔가를 지배하는 위치에 있지 않고 진정한 제 목소리를 자신 있게 내지 못하는 존재들로 가득 차 있다. 사내의 시선은 수선화 무리가 아니라 그것들이 뿌리내린 곳 그리고 그 근처에서 땅을 파 올리는 두더지들에게 주어져 있다. 땅은 "일종의 밤"의 빛깔을 띠고 있고 두더지들은 그 속에 살고 있다. "흉내 지빠귀 새"는 자신의 목소리가 아니라 흉내를 내고 있고 개미떼는 일만하고 있다. 여기서 화자는 미국 중산층 보통사람들의 일상의 행태를 의식적으로 은유하고 있는 것으로 보인다. 미국 중산층의 보수적 이념들은 캘빈주의에서 발전한 청교도정신에 근거하고 있는 경우가 많다. 프랭클린(Benjamin Franklin)이 그의 자서전에서 후학들에게 가르치고자 했던 근면, 성실, 검약, 자제, 중용 등 13가지의 가치들 또한 이와 무관하지 않다. 청교도정신은 미국의 건국과정에서 중요한 역할을 한 것이 사실이지만 그 이후의 역사에서 그것은 종교로서보다는 문화의 방식으로서 영향력을 유지했다고 할 수 있다. 오늘날 중산층의 문화에서 근면하고 검소하며 절제하는 생활은 여전히 바람직하게 제시되고 받아들여지고 있다. 시 속의 사내가 숲속 풍경에서 목격하는 두더지들과 흉내 지빠귀 새 그리고 개미떼는 그러한 문화에 대해 의문을 제기하지 않고 바쁜 일상 속에 그저 휩쓸려가는 존재들에 대한 비유이다. 사내는 어떤 형이상도 허용되지 않는 지상에서 자신을 어떤 방식으론가 실현시켜줄 수 있는 유일한 힘이 욕망이라는 것을 이해하고 있고 또한 그러한 현실을 두려워한다.

사내는 욕망의 힘과 아울러 그것의 위험을 알고 있다. 그 위험에 대한 느낌은 자신의 욕망뿐만 아니라 우주 자체가 무작위적이라는 인식에서 강화된다. 욕망은 무작위적이다. 그리고 무작위성은 곧 자연성이다. 이렇게 되고 보면 욕망에 따르는 인간은 자연성에 따르는 것이면서도 우주의 중심에서 체계와 질서를 잡아가는 자의 위치를 혹은 그런 체계의 일원으로 살아가는 자의 위치를 영원히 상실하게 된다. 화자는 욕망의 힘과 위험 사이에 처해 있다. 이런 처지는 앞선 시 「미네소타 트럭 휴게소」의 화자가 "욕망과 쓸모로 가득 차서" 처하게 되는 상실로 들어난 바 있다.

시 속의 사내가 "저 작은 캘빈주의자들"에게 시선을 빼앗기자 "오직 사내의 마음에 존재하는" 여인이 그에게 감각에 의존하는 삶의 태도를 다시 부추기려한다.

> 그러나 이 장면이 필요로 하는 것은 등나무와 감,
> 만약 누군가 말(言)의 애호가라라면
> 먹고 싶어 할지도 모를 몇 마디 장엄한 말,
> 첫 원칙들과 함께 하는 지옥,
> 의심할 수 없는 미풍에 의해 부드러워져
> 내 몸에 쏟아지는 정오의 햇살, 이런 것들이라고
> 바위 위에서 넋 놓고 일광욕하고 있는
> 여인은 생각해요, 오직 사내의 마음에 존재하는 그녀,
> 그녀가 생각하는 동안 사슴이 그들 모르게
> 풀을 뜯어요, 사슴 등을 타고 있는

진드기, 그리고 천부적 대기 중에는
수년간 아무도 방문한 적 없는
모기와 잠자리, 그리고 누더기 걸친 벙어리 천사들.

But what this scene needs are wisteria
and persimmons, thinks the woman
sunning herself absentmindedly on the rock,
a few magnificent words that one
might want to eat if one were a lover
of words, the hell with first principles,
the noon sun on my body, tempered
by a breeze that cannot be doubted.
And as she thinks, she who exists
only in the man's mind, a deer grazes
beyond their knowing, a deer tick riding
its back, and in the gifted air
mosquitos, dragonflies, and tattered
mute angels no one has called upon in years. (*Landscape* 76-77)

여인은 "넋 놓고" 알몸으로 햇살을 받으면서 자연이 주는 모든 것에 반응하는 존재이다. 그녀는 욕망의 대상이면서 동시에 욕망의 주체를 구현하고 있기도 하다. 그녀에게 중요한 것은 "등나무"의 생명력과 "감"의 달콤함 그리고 미식가의 입맛을 달래주듯 사랑의 갈구를 채워줄 "장엄한 말"이다. 그녀는 숨겨진 진실이나 처연한 현실이 자신의 감흥을 막지 않기를 바란다. 풍경은 따뜻한 햇살로 채워지면 그뿐인 것이다.

하지만 여인의 생각은 사내의 보다 넓은 생각 안에서 이뤄진다. 여인이 존재하는 곳이 "사내의 마음" 안이라는 것은 여인 또한 사내의 투사물로서 그의 자아를 반영한다는 것을 뜻한다. 여인 또한 사내의 의식을 대변하는 것이다. 이렇게 생각에 생각이 겹치는 방식에서 여인이 중심에 자리하고 있는 풍경 속에도 불편한 대상들이 뛰어든다. 그곳은 "첫 원칙들과 함께 하는 지옥"을 필요로 한다. 원칙에 대한 고수는 사람을 힘들게 한다. 그것은 진리와 도덕이 불확실하게 작용하는 시간과 공간일수록 고통을 더 심하게 야기할 것이다. 도덕의 모호성 속에서 욕망은 역설적으로 사회적 의식의 제한을 보다 용이하게 깨뜨릴 수 있는 기회를 갖는다. 누가 미풍이 불러일으키는 감각의 현존을 의심할 수 있겠는가? 감각은 불확실한 것들 사이에서 더욱 확실해지는 성격을 띤다. 그렇지만 여인의 보다 확장된 자아 혹은 사내의 의식에서 감각은 관념으로부터 철저히 자유롭지는 못하다. 보다 넓은 의식은 욕망의 발현뿐만 아니라 원칙을 고수하는 자의 고통 또한 필요하다고 여기는 듯하다.

사슴은 사내와 여인이 "모르게" 풀을 뜯고 있다. 대기는 천부적 분위기를 형성하여 천사까지 등장한다. 그런데 사슴 등에는 진드기가 피를 빨고 있고 대기 속에는 모기떼가 날고 있으며 천사는 "누더기"를 걸친 "벙어리"로 드러난다. 천사와 사슴의 존재는 관념의 가능성을 암시하지만 사내와 여인에게 그들은 알 수 없는 대상이고 따라서 한 마디 말도 알아들 수 없어서 벙어리나 마찬가지다. 20세기 말의 풍경에서 사람들은 더 이상 영적 교감을 추구하지 않는다.

시인 던이 그의 시에 자주 등장시키는 욕망의 주제는 세기말 풍경 속에서 그의 주변을 채우고 있는 것들과 어떻게 화해하며 살까에 대한 탐색을 반영한다. 그가 처한 세상에는 더 이상 영적 존재들이 살고 있지 않다. "첫 원칙들과 함께 하는" 것이 "지옥"이 되어버리는 세상에서 그는 신념과 확신을 버리고 도덕의 불확실성과 애매성을 관습의 한계 너머로 확장함으로써 그의 내적 욕구에게 밸브를 열어줄 필요성을 느낀다. 그는 제멋대로의 세상을 자연의 욕망에 따라 뚫고 나가고자 하는 것 같다. 그래서 욕망은 던의 시에서 청교도정신에서처럼 죄의식을 야기하는 원인이 아니라 문제를 야기할 수 있는 가운데서도 거칠고 황량한 삶을 버티고 가끔 힘이 넘치게 만드는 긍정의 대상으로 다뤄진다.

III

시인 던이 현실의 압력에 저항하는 방식은 외침도 아니고 철학적 사변도 아니며 정치적 주장도 아니다. 그의 방식이 거창한 이론의 뒷받침을 받는 것은 아니지만 그는 그로써 세상의 폭력 속에서도 스스로를 지탱할 어떤 힘을 느낀다. 시 「돌연한 빛 그리고 나무들」("The Sudden Light And The Trees")에서 기억의 소환은 화자에게 자신을 짓누르던 세상의 위세에 대해 살피는 계기를 마련한다. 이 시는 1991년의 시집 『세기말 풍경』에 실렸고 「1969년 시러큐스」("Syracuse, 1969")라는 부제가 달려있다.

폭주족에 외판원인데다
개와 아내를 패대는 이웃이 있었는데
악몽을 꾸다 그를 죽였어요

그에 따라 찾아온 대낮에 한번은
그의 개 블루에 관해
동물보호단체에 전화를 걸었고 그들이 개를 데려갔지요

나는 채비를 갖췄고
방안에 야구방망이를 챙겨두었는데
그날 밤 그의 아내가 지르는 비명소리를 듣다가

한심한 안도감이 드는 걸

어쩔 수 없었어요, 내가 아니라 다시 그녀였던 거예요
왜 희생자들이 매달리고 용서하는 지를

수년이 지나서야 알게 되겠지요
수면보조기에 전원을 넣자 그것이
잠에 이르는 길 내내 대양처럼 부서지는 소리를 냈어요

My neighbor was a biker, a pusher, a dog
and wife beater.
In bad dreams I killed him

and once, in the consequential light of day,
I called the Humane Society
about Blue, his dog. They took her away

and I readied myself, a baseball bat
inside my door.
That night I hear his wife scream

and I couldn't help it, that pathetic
relief; her again, not me.
It would be years before I'd understand

why victims cling and forgive. I plugged in
the Sleep—Sound and it crashed
like the ocean all the way to sleep. (*Landscape* 42)

화자의 기억은 폭력의 세상을 재현한다. 화자는 그간 이 기억의 악영향
에서 자유롭지 못했다. 그는 힘센 폭주족 이웃이 밉다. 아내와 개를 패

대는 폭력에 의분을 느낀다. 동물보호단체에 전화해 학대받는 개를 구명하고 꿈에서나마 살해로써 징벌한다. 하지만 그는 현실에서 이에 대항할 힘을 충분히 갖고 있지 못하다. 보복의 두려움에 떨며 야구방망이를 방에 두고 잔다. 폭주족의 보복이 자신이 아니라 그의 아내에게 향하자 안도감마저 느낀다. 그는 불안감에 수면 보조기까지 이용하지만 그것마저 잠에 이르는 내내 대양의 물살처럼 파도 부서지는 소리를 낸다. 그로서는 세상이 폭력 속에서 굴러가는 방식을 아직 이해할 수 없다. 희생자가 가해자에게 매달리고 심지어 가해자를 용서하는 상황이 불만족스럽기만 하다.

　세상의 폭력이 화자에게 야기하는 위험은 이웃집 사내와의 대면에서 극에 달한다.

　　어느 날 오후 현관계단에서
　　손에 권총을 쥐고 기다리고 있는
　　그를 보았어요

　　날 기다렸노라고 하면서 참새 한 마리가
　　공용지하실에 기어들었는데
　　그놈을 쏴도 좋을지

　　내 허가를 구했어요. 그의 설명으론 총알이
　　바닥을 관통할 수도 있다는 것이었는데, 나로서는
　　내가 잡아줄 테니 기다리라고, 몇 분만

　　달라고, 말하고 두 눈 부릅뜬 채, 재기 넘치게
　　두려움에 떨면서, 그놈을 베개로 잡았어요
　　난 기억해요, 손에 쥐었을 때

그게 어떻게 느껴졌는지
그걸 베개 밖으로 꺼냈을 때
어떻게 그게 내 손을 열고 뛰쳐나갔는지

절망감에서 생겨났을 게 분명한 어떤 힘
그리고 돌연한 빛
그리고 나무들, 난 기억해요

자신의 열린 손바닥에
그가 어떻게 권총을 처댔는지를
아무 말도 하지 않고 어떻게 계속 처댔는지를

One afternoon I found him
on the stoop,
a pistol in his hand, waiting,

he said, for me. A sparrow had gotten in
to our common basement.
Could he have permission

to shoot it? The bullets, he explained,
might go through the floor.
I said I'd catch it, wait, give me

a few minutes and, clear-eyed, brilliantly
afraid, I trapped it
with a pillow. I remember how it felt

when I got my hand, and how it burst
that hand open

when I took it outside, a strength

that must have come out of hopelessness
and the sudden light
and the trees. And I remember

the way he slapped the gun against
his open palm,
kept slapping it, and wouldn't speak. (*Landscape* 42–43)

권총의 등장이 야기하는 공포는 극심했을 것이다. 그것이 자기를 겨누기 위한 것이라고 여겼을 것이다. 다람쥐를 잡기 위한 것으로 판명난 후에도 화자는 그것에서 위협을 느꼈을 것이다. 하지만 화자는 극단적 폭력에 대한 저항에서 손수 다람쥐를 포획하겠다고 선언한다. 다람쥐가 베개에서 손아귀로 다시 나무들 사이로 탈출해나가는 과정의 빠르고 간명한 전개는 한 편의 반전과 성찰의 드라마를 완성한다. 화자가 지각하는 "절망감에서 생겨났을 게 분명한 어떤 힘"은 다람쥐의 것이면서 동시에 화자 자신의 것이다. 모든 설명을 제하고 "돌연한 빛"에서 "나무들"로 나아가는 전개는 폭력에 저항하는 화자의 힘과 용기와 의지를 구현한다. 이제 기억은 화자에게 악몽의 영향을 끼치지 않을 것이다. 폭주족 사내가 제 손바닥에 대고 아무리 권총을 찧어대도 이제 화자는 쉽게 물러설 것 같지 않다. 그는 험한 세상에 살고 있지만 다람쥐에게 (그리고 자신에게) 갑자기 쏟아져 내렸던 빛을 좀처럼 잊어버리지 않을 것 같다.

험한 세상에서 시인이 특징적으로 보여주는 긍정은 어디서 오는 것일까? 1984년의 시집 『춤추는 게 아니야』(*Not Dancing*)에 실린 시 「집 주변의 일상적인 일들」("The Routine Things Around The House")은 시인 던이 지상에서 가장 의지하는 어떤 것의 속성을 실현한다.

어머니가 돌아가시자
생각했지요, 이제 죽음에 관한 시를 써내겠구나, 라고
그건 용서할 수 없는 생각이었는데

그 후로 내 자신을 죽 용서해왔어요
어머니의 사랑을 받아온 아들은
그럴 수 있다는 듯이

관속을 들여다보면서
알게 되었어요, 그녀가 얼마나 오래 살았는지를
기억의 달콤한 교정본들 속에

얼마나 많은 일생들이 존재하는지를
슬픔을 누그러뜨리는 법을 정확히
아는 것은 어려운 일이지만

기억해요, 세상이
자신의 블라우스 단추를 끄르기 전, 1951년
열두 살 때가 떠올라요

젖가슴을 보여달라고
(떨면서) 어머니에게 부탁했죠

그녀는 당황하거나 부끄러운 기색 없이

자신의 방으로 날 데려갔어요
난 더 이상을 요구하게 될까 두려워하면서
두 젖 봉우리를 빤히 쳐다보았죠

When Mother died
I thought: now I'll have a death poem.
That was unforgivable.

Yet I've since forgiven myself
as sons are able to do
who've been loved by their mothers.

I stared into the coffin
knowing how long she'd live,
how many lifetimes there are

in the sweet revisions of memory.
It's hard to know exactly
how we ease ourselves back from sadness,

but I remembered when I was twelve,
1951, before the world
unbuttoned its blouse.

I had asked my mother (I was trembling)
If I could see her breasts
and she took me into her room

without embarrassment or coyness

and I stared at them,

afraid to ask for more. (*New and Selected Poems* 142)

화자의 기억에서 어머니는 끊임없이 되살아나 그에게 영향을 끼친다. 그 영향은 모자간의 감정적인 교류에 그치지 않고 화자의 세상살이에, 좀 더 구체적으로는 화자의 여성관계에 지속적으로 발휘된다. 화자는 관속에 누운 어머니의 시신을 바라보면서 "기억의 달콤한 교정본들"을 통해 여러 일생들이 확산하는 것을 느낀다. 흥미롭게도 화자는 어머니의 죽음에 대해 의식적으로 관념적 접근을 피하고 있는 것으로 보인다. 죽음은 고통스러운 일이기는 하나 소리 내어 슬퍼하거나 경외의 대상으로 신성하게 존중해야 할 것은 아니라고 여기는 듯하다. 화자는 죽음이라는 시의 소재거리를 남의 것에서가 아니라 자신의 경험에서 찾은 셈이다. 그는 이런 직업의식의 발현에서 그러니까 죽음 자체보다 그것을 언어로 다루는 일에 선뜻 신경이 가는 데서 스스로가 불경스럽다는 느낌을 받는다. 그런데 화자는 그런 자신을 쉽게 용서해버린다.

죽음에 대해 화자가 취하는 다소 부도덕한 태도는 어머니의 사랑 방식에서 길러진 것이다. 화자의 입장에서 보면 죽음은 사랑과 마찬가지로 육체적인 것이다. 그리고 그 육체(의 끌림)는 난롯불을 피우고 빨래를 널고 마당을 치우는 일처럼 일상적인 것이다. 그 끌림은 젊은 이성간에만 그러한 것이 아니고 어머니와 아들 사이의 관계에서도 그러하다. 어머니는 "당황하거나 부끄러운 기색 없이" 아들의 손을 잡고 방으로 들어가 젖가슴을 보여준다. 오히려 아들 화자가 사회적 규범의 틀에서 어떤 금기를 넘어서게 되지 않을까 두려워하고 있다. 어머니의 아들에 대한 사랑은 육체적이다. 이들 모자간의 사랑이 육체적인 것은 금단의 사과를 따는 방식에서 그런 것이 아니라 자연스럽게 일어나는 것에 대한 순수한 (사회적 의식이 배제된 점에서 무지하다고까지 할 수 있는) 수용의 태도에서 그러하다. 화자의 기억에서 어머니는 12살 아들의 성적 호기심에 대해 자연이 품안의 모든 생명체에게 허용하는 그런 방식으로 반응하였다. 이 기억에서 그는 죽음에 대해서도 자연이 세상만물의 소멸에 대해 취하는 태도와 마찬가지로 지나치게 관념에 치우치지 않고 다소 의연해질 수 있는 것으로 보인다.

화자의 씩씩함은 어머니와의 사랑이 그에게 허용한 의식의 확대에 의존한다. 화자가 험한 세상에서 의지하는 바는 종교나 철학 혹은 스스로 받아들이거나 정한 어떤 원칙들이 아니다. 그의 느낌과 행동은 그런 것들이 지시하는 것을 넘어서는 어떤 도덕의 모호성에, 좀 더 구체적인 예시로서 말하자면, 그런 것들에게 어쩌다 대립할 수밖에 없는 보다 근원적인 욕망의 에너지에서, 발원하고 있다. 화자는 어머니의 사랑의 방식에 대한 이해에서 세상에 대해 보다 포용적으로 접근할 힘을 갖게 된다.

> 수년이 지난 지금 누군가 말해요
> 어머니의 사랑을 받아본 적 없는 게자리 태생들은
> 운이 다했다고. 그런데 게자리 태생인 나 자신은
>
> 다시 축복받았다고 느껴요.
> 자신의 젖가슴을 보여준 어머니와
> 함께해왔다는 것은 얼마나 행운인가
>
> 내 나이 또래 소녀들이
> 분리된 자신의 나라를 개발해나가는 시기에
> 너무 많지도 않게 너무 적지도 않게
>
> 그녀가 나에게 운명 지워준 것은
> 얼마나 행운인가

내가 만지게 해달라고

어쩌다 빨게 해달라고까지 요구했다면
그녀는 어찌 나왔을까
죽은 여인, 어머니

난 생각해요, 그녀가 내게
여인들을 쉽게 사랑하는 것을 허용해준 것이라고
이 시가

헌정된 곳은
우리가 멈췄던 지점
그 충분한 불완전

당신이 단추를 채우고
집 주변의 일상적인 일들을
시작했던 그 방식이에요

Now, years later, someone tells me
Cancers who've never had mother love
are doomed and I, a Cancer

feel blessed again. What luck
to have had a mother
who showed me her breasts

when girls my age were developing
their separate countries,
what luck

she didn't doom me
with too much or too little.
Had I asked to touch,

Perhaps to suck them,
What would she have done?
Mother, dead woman

Who I think permits me
to love women easily
this poem

is dedicated to where
we stopped, to the incompleteness
that was sufficient

and to how you buttoned up,
began doing the routine things
around the house. (*New and Selected Poems* 142–43)

화자는 게자리 태생들의 운이 다했다는 이야기를 듣는다. 하지만 그는 자신이 어머니의 사랑 탓에 태어남의 축복에 덧붙여 또 하나의 축복을 받았다고 단언한다. 어머니가 그에게 베푼 사랑은 흔히들 말하는 조건 없는 사랑이나 무한한 사랑 따위의 미화된 모성애와 거리가 멀다. 그것은 육체적인 것으로서 사회적 통념의 도덕을 다소 벗어나 아들의 욕구에 적절한 출구를 찾아주면서도 그가 욕구에 모든 것을 내맡겨 무분별에 이르게 하지는 않았던 종류의 것이다. 어머니의 사랑은 그에게 "너무 많지도 않게 너무 적지도 않게" 욕망의 고삐를 늦추고 당기는 법을 알려준 것이다. 이로써 그는 세상의 여인들과 쉽게 사랑하는 법을 터득한 셈이다. 화자의 사랑법은 욕망의 발현과 그것의 절묘한 중지를 포함한다. 그는 이 발현과 중지의 교차점에게 자신의 시를 헌정한다. 그 지점은 욕구가 완전하게 실현되지는 않았지만 그것으로 충분한 어떤 상태에 있다. 욕망은 억눌리지 않고 다른 방향으로 돌출하지 않고 자연스럽게 해소된다. 만약 욕망이 폭발의 방식으로 발현되었다면 사랑은 파괴로 이어졌을 것이다. 젖 봉우리를 만지고 싶은 화자의 욕망은 어머니의 대응에서 어떤 방식으론가 풀려나가면서도 자제되고 있다. 어머니는 아무 일 없었다는 듯이 풀어헤쳤던 앞섶의 단추를 다시 채우고 "집 주변의 일상적인 일들"을 다시 시작한다. 바로 이 지점에서 화자는 욕망의 발현과 중지의 미학을 체득하고 있다.

V

시인의 고통은 형이상적 전망에 대한 추구와 그것이 불가능한 현실 사이의 괴리에서 빚어지는 측면이 있다. 시인은 생존에 덧붙여 정신의 허기를 채워줄 어떤 것을 찾아 끊임없이 두리번거린다. 그런데 던의 시는 그가 세상에 밀착하여 살아가는 가운데 주변 현실과 어떤 방식으론가 화해하고 있다는 인상을 준다. 그는 영적 전망과 현실 사이에서 고뇌하기보다 현실 속에서 자신을 위로할 뭔가를 찾아내고 있다. 동물의 세계에서 만족은 생존을 가능하게 하는 여건에서 실현된다. 던은 존재의 조건에 대한 추구에서 형이상적 체계보다 동물적 욕구에 더 의존함으로써 만족의 가능성을 높이고 있다. 던의 사랑이 종종 도덕의 모호성을 확대함으로써 육체적 만족을 노출하는 것은 흥미롭다. 그것이 동물적이고 자연적인 만큼 사회적인 것과 충돌을 일으킬 수 있는데 그는 현실의 부조리와 폭력을 뚫고 살아나가려면 그렇게 해야 한다고 그리고 그렇게 함으로써 다소의 긍정을 발견할 수 있다고 말하고 있는 듯하다.

던의 긍정의 힘은 어디서 오는 것일까? 오늘날 시인이 겪는 문제들 중의 하나는 그(녀)에게 더 이상 예언자의 지위가 허락되지 않는다는 데 있다. 시인은 이제 상상력의 날개를 비상하는 데 사용하지 않고 현실의 번잡을 뚫고 지나가는 데 사용해야 한다. 아니 날개 자체를 접거나 떼어 내야 한다. 낭만주의자의 상상력이 세상을 재창조하여 질서 있게 제시하는 힘이었다면 근대후기의 시인에게 그것은 통일된 시적 자아의 부재 속에서 혼돈의 세상을 냉정하게 지켜보는 가운데 내비치지 않거나 내비치더라도 잠시 스쳐갈 뿐인 영적 순간을 기다리고 바라볼 수 있는 힘일 뿐이다.

스티븐스(Wallace Stevens)는 신의 죽음과 함께 신이 대변하던 모든 가치들이 한꺼번에 사라져버렸고 우리가 지상에서 의지할 바는 오직 인간의 정신이라고 한 바 있다. 그런데 던은 형이상적 초월이나 종교적 믿음에 의지하지 않는 것은 물론 인간의 정신력에 대해서도 특별한 신뢰를 보내는 것 같지 않다. 그렇다고 그가 유미주의나 불가지론 또는 유아론적 탐닉에 빠져드는 것도 아니다. 이런 모든 것들에 의존하지 않고 세상 속에서 현실을 긍정하는 데는 특별한 취향이 필요하기 마련이다. 그는 현실의 압력을 극복하거나 변화시키는 영적 힘을 지니고 있지 않다. 다만 그는 현실을 외면하지 않고 또한 그것에 눌리지 않으면서 어떤 만족을 일궈내고 있다. 그는 쉽게 말하자면 "욕망과 쓸모가 가득 차" 있는 미국 중산층의 사내이다. 그는 실용적인 삶을 살아가면서 욕망의 발현을 초자아적으로 억제하지 않는 그냥 보통사람이다. 던은 의도적으로 그런 사내의 목소리를 시 속에 구현한다. 그가 욕망의 고삐를 늦추고 당기는 방식을 취향이랄 수밖에 없는 것은 그것이 철학의 관념으로는 얻어낼 수 없는 것이기 때문이다.

던에게 남녀관계의 방향 혹은 방식을 운명 지워준 어머니의 사랑은 형이상적인 것이 아니다. 그가 주목한 사랑의 속성은 맹자의 어머니나 신사임당의 사랑에서는 다시 말해 사회적 규범으로서의 어머니의 사랑에서는 발견되지 않는다. 그것은 도덕의 모호성이 확대된 가운데 우선 육체적이지만 그렇다고 사회적 의식이 완전히 배제된 것은 아닌 채로 유지되는 종류의 것이다. 그것은 원칙이라기보다 취향에 가깝다. 던의 시가 우리에게 주는 매력은 그의 독특한 사랑의 취향이 아닐까 싶다. 그런 취향에 따르다보면 도덕이나 체면은 그 근거가 모호해지고 우리의 몸이 욕망의 에너지로 충만해질 수 있을지 모르겠다. 벗어날 수 없는 의식의 통제에서 이런 충동이 오래 그리고 지속적으로 유지될 수 없을 게 분명하지만 "우리가 멈췄던 지점"에 이르기까지의 열정의 분출이 우리에게 힘을 보태주지 않을까? 던은 도덕의 모호성을 확대함으로써 욕망의 에너지로 충전된 사랑을 고무하면서도 "충분한 불완전"의 멈춤을 구현하는 자제에서 그의 독특한 취향을 발산한다.

06
쓸모 있는 신을 찾아서
— 칼 데니스

　데니스(Carl Dennis)는 1939년 미주리 주 세인트루이스 태생이다. 미네소타 대학 졸업 후 캘리포니아 대학(UC-Berkeley)에서 박사 학위를 취득했고 1966년 이래 뉴욕 주립대학(SUNY-Buffalo)에서 영문과 교수로 강의해 왔다. 최근에는 동 대학에서 거주 예술가로 활동하고 있다. 2010년 기준 총 11권의 시집을 상재했는데 이 중에는 1974년의 『내 자신의 집』(House of My Own), 1988년의 『트로이 외곽』(The Outskirts of Troy), 1992년의 『시간과의 조우』(Meeting with Time), 2001년의 『쓸모 있는 신』(Practical Gods), 그리고 2010년의 『소명』(Callings)이 포함되어 있다. 비평집으로는 2001년의 『설득으로서의 시』(Poetry as Persuasion)가 있다. 데니스는 구겐하임(Guggenheim) 재단 등으로부터 각종 연구비를 지원받은 외에 미국 현대시 협회(Modern Poetry Association)와 시

전문지 『시』(*Poetry*)로부터 미국시에 대한 공헌을 인정받아 2000년도 루쓰 리리 시문학상(Ruth Lilly Poetry Prize)을 받았고 『쓸모 있는 신』으로 2002년도 퓰리처상을 수혜했다.

데니스의 시는 쉽고 명료한 구어체로 미국 중산층 삶의 평범하고 일상적인 순간들을 다루면서 그러한 삶의 한계와 가능성을 동시에 가시화해내는 고요한 지성의 발휘에서 특징적 목소리를 낸다. 이 글은 그의 시집 『쓸모 있는 신』에 실린 시 세 편에 대한 완역과 해석을 통해 세상에 대한 그의 독특한 감각을 가늠해보면서 특히 신(적인 것)이 그의 삶에 작용하는 양상에 대해 주목해보고자 한다.

I

시집의 첫 시 「헤르메스의 사제」("A Priest of Hermes")에서 화자는 제한된 범위의 신성만을 허용 받는다. 그의 신은 여기서 기독교의 유일신이 아니고 올림포스 신들 중에서도 오늘날의 문명에 가장 가깝다고 할 상업의 신 헤르메스이다. 그마저도 우리가 그에게 도달할 길은 없고 운이 좋으면 그가 다가올 수 있을 따름이다. 희랍의 신은 그 크기와 힘에서 인간에 대비되면서도 희로애락의 성정을 반영한다는 점에서 인간을 닮아 있다. 바로 이 탓에 희랍의 신은 인간들 사이에 오래 살아남을 여지가 있다.

이곳에서 저곳으로, 위로, 가는 길은 닫혔을지라도
저곳에서 이곳으로, 아래로, 오는 길은 아직 열려 있을 텐데,
헤르메스처럼 홀쭉한 신이라면, 구름 사이 빠져나올 수
있을 정도로 넓게. 당신이 저녁 시간을 바쳐

그의 영향 하에 있는 식물들, 날개 달린 피조물들과
그렇지 못한 것들, 바위와 금속들에 관해 알게 된다면
그리하여 그의 성스런 플루트와 덜시머를 실행할 수 있다면.

기도하지는 않아요. 그저 노력하기로는 그가 체류하는 동안
집안의 안락이 가득해 그가 그걸 잊지 못하게 하려 할 뿐.
내부에 어둠이 들지 않게
단순히 지붕만 얹힌 기둥들 같은 어떤 것,
그가 마음에 들어 할 어느 신전을 지어주려 할 뿐.

당신이 운이 좋다면, 그는 당신의 일생 내내
별이 뜬 밤 계단에 앉아
짠 바닷바람에 실려 제단에서 날려 오는
포도주와 보리 향을 들이쉬고 싶어 할 거예요.
당신이 임종할 때는, 지하세계로 향하는 그늘진 길에서
안내자로서 봉사하고 싶어 할 거예요.

나루터에 도착할 때까지는
당신 곁을 떠나려 하지 않을 거예요. 도착해서도
당신이 신발을 벗고 그 어둔 강물 속으로 걸어 들어가는 동안
그는 소리 질러 안내하려 할 거예요.

The way up, from here to there, may be closed,
But the way down, from there to here, still open
Wide enough for a slender god like Hermes
To slip from the clouds if you give your evenings
To learning about the plants under his influence,
The winged and wingless creatures, the rocks and metals
And practice his sacred flute or dulcimer.

No prayers. Just the effort to make his stay
So full of the comforts of home he won't forget it,
To build him a shrine he finds congenial,
Something as simple as roofed pillars
Without the darkness of an interior.

If you're lucky, he'll want to sit on the steps
Under the stars for as long as you live
And sniff the fragrance of wine and barley
As it blows from the altar on a salty sea breeze.
He'll want, when you die, to offer his services
As a guide on the shadowy path to the underworld.

Not till you reach the watery crossing
Will he leave your side, and even then
He'll shout instructions as you slip from your shoes
And wade alone into that dark river. (*Practical Gods* 1)

화자는 헤르메스의 사제를 청자로 내세워 그의 영적 추구의 한계를 진단한다. 화자는 신계와 인간계 모두를 조망하는 처지에서 사제에게 동정의 목소리로 말을 건네고 있다. 신은 신대로, 그를 섬기는 사제는 사제대로, 예전의 위상을 누리지 못한다. 우선 신과 인간은 단절되어 있다. 인간이 신에게 접근할 방도는 아예 없고 신이 인간에게 내려오는 경우에도 몸집이 큰 신은 불가능해서 "홀쭉한 신"만 "구름 사이 빠져나올 수" 있다. 이렇게 된 데는 영적인 것에 대한 인간의 불신이 가장 크게 작용했을 것이다. 인간은 전통적 의미의 신이라는 존재 혹은 가치에 대해서 더 이상 믿지 않는다.

하지만 화자는 이러한 상황에서도 인간이 "식물들"과 "날개 달린 피조물들" 또한 "바위와 금속들"에 대해 "저녁 시간"을 바쳐 알고자 하는 마음을 유지할 수 있는 가능성까지 포기하지는 않는다. 인간은 신 자체를 찬미할 수 없는 경우에도 "그의 영향 하에 있는" 것들에 감탄할 수는 있다. 그래서 화자는 인간이 피조물에 대한 찬미에서 "성스런 플루트와 덜시머"를 실제로 연주할 수 있게 된다면 신이 지상에 모습을 드러낼 수 있을 거라는 희망을 버리지 않는다.

그렇다고 화자가 신성의 회복을 기대하는 것 같지는 않다. 그가 보기에 사제는 기도를 잊은 지 오래다. 보통의 인간과 신을 매개할 지상의 사제는 더 이상 기도하는 사람이 아니다. 그는 오늘날 우리와 같은 세상을 살아가고 있다. 그더러 사라진 신과 신을 섬기는 의식을 혼자 떠맡으라고 요구할 수는 없는 노릇이다. 그래도 그를 사제라고 부를 수밖에 없는 것은 그가 "[신의] 영향 하에 있는" 것들을 연구하면서 그의 왕림을 바라는 마음을 지녔기 때문이다. 지상에서의 제한적 영성 속에서 사제는 온전한 신전을 짓지 못하고 기둥들에 지붕만 얹힐 수 있다. 그런데 이렇게 지어진 건물은 그 안에 어떤 그늘도 들이지 않고 있고 다행하게도 헤르메스가 "마음에 들어 할" 것 같다. 사제와 신은 어떤 타협에 도달하고 있다. 양자가 서로에 대한 기대치를 낮춰 도달한 이러한 타협은 지상에서 신이 존재할 수 있는 새로운 방식을 시사한다. 신은 이제 더 이상 인간에게 절대적 복종이나 경배를 바랄 수 없다. 인간 또한 신에게 세상 곳곳에 심지어 역사의 진행에까지 관여해 주기를 바랄 수 없다. 인간은 신이 "집안의 안락"에 만족하여 지상에 머무르기를 기대할 따름이다.

그리하여 사제에게 운이 따른다면 신은 그의 일생 동안 곁을 떠나지 않다가 그가 마지막 지하 세계로 가는 길에 안내자가 되어 줄 것이다. 사제가 집안의 안락으로 신을 섬긴 만큼 그에 대한 신의 보상 또한 구원이 아니라 "안내자로서 봉사"에 그친다. 하지만 그러한 신의 봉사는 적다거나 무의미한 것이라고 말할 수 없다. 신은 사제가 망각의 레테 강 "어둔 강물 속으로 걸어 들어가는 동안" 안타깝고 애절한 마음으로 뭔가 "소리 질러 안내하려" 하고 있다. 이런 관계라면 일생을 바쳐 유지해도 좋을 듯싶다.

신의 존재는 인간의 기도에 의존한다. 기도가 사라진 세상에서는 신도 사라지기 마련이다. 더군다나 몸집이 큰 신이라면 더 많은 신도를 필요로 할 것이다. 신들 중에서도 현실에 가까울수록 살아남기 쉬울 것이고 믿음의 방식에 의존하는 정도가 클수록 사라질 가능성이 높다. 시인이 내세운 신은 몸집이 작고 여기저기 날아다니는 메신저이면서 도둑과 상업의 희랍 신인 헤르메스이다. 그는 다른 신들에 비해 여러 면에서 오늘날의 문명의 속성에 가까운 성격을 지니고 있다. 이 시에서 헤르메스와 그의 사제가 맺는 관계는 영성의 한계 속에서 신이 존재할 수 있는 새로운 방식과 필요성을 함축한다.

II

「성 프란체스코와 수녀」("Saint Francis and the Nun")는 의혹에 처한 신의 위상을 극명하게 예시하는 가운데 그 역설적 필요성 혹은 부재의 고통을 단말마의 외침으로 피력한다. 연 구분 없이 38행으로 구성되어 있다.

새들에게 설교했던 성 프란체스코의 메시지,
그건 기록되지 않았어도 짐작할 수 있어요.
각성에 대해 노래했던 찬송가,
창조를 찬양했던 찬송가, 이런 걸 노래하는 기쁨을
그는 동료 피조물이 맛볼 수 있기를 바랐어요.
그렇다 해도, 새들에게는 이해력의 문제가 있었는데,
새들은 너무나 진지한 그의 어조를 충분히 파악한 나머지
봄철을 가볍게 취해서는 안 된다고 아마 느꼈을 거예요.
분명, 붙들어 두기 어려운 청중이어서,
집중시간이 짧고, 쉴 새 없이 파닥거렸지만,
바로 오늘 아침 상담을 시작한 수녀보다는
힘이 훨씬 덜 들었지요. 아직 젊은데, 고통 속에
서서히 죽어가고 있는 여인, 그녀가 그에게 물었어요,
그녀의 고난에 목적이 있다면
그 목적이 왜 명확하게 전망될 수 없는지를.
그녀에게 남겨진 고난이 크면 클수록
다른 이들에게 남겨진 고난이 그만큼 더 작아진다는
최소한의 어떤 증거가 왜 주어지지 않는지를.

The message Saint Francis preached to the birds,
Though not recorded, isn't beyond surmising.
He wanted his fellow creatures to taste the joy
Of singing the hymns he sang on waking,
Hymns of thanksgiving that praised creation.
Granted, the birds had problems with comprehension,
But maybe they'd grasp enough of his earnest tone
To feel that spring shouldn't be taken lightly.
An audience hard to hold, to be sure,
With a narrow attention span, a constant fluttering,
But a lot less challenging than the nun he counseled

Only this morning, a woman still young,
Dying slowly in pain, who asked him
Why if her suffering had a purpose
That purpose couldn't be clarified in a vision.
Why not at least some evidence
That the greater the suffering reserved for her
The smaller the portion reserved for others? (*Practical Gods* 2)

성 프란체스코가 새에게 설교를 행했다는 유명한 일화는 인간을 넘어서 동물에까지 미치는 신성의 영향력을 강조한다. 하지만 이 시에서 그것은 병상 수녀의 의혹에 극단적으로 대비되는 역할을 한다. 새들은 "붙들어 두기 어려운 청중"으로서 "이해력의 문제"가 있는데도 불구하고 성프란체스코의 설교에 그 진지함에 이끌려 잠시 귀를 기울인다. 하지만 그와 평생 뜻을 함께 하고 하느님의 가르침에 따라 남을 위해 헌신해온 수녀는 임종에 직면하여 자신의 믿음에 대해 의혹에 빠졌다. 기독교에서는 어떤 고통에도 하느님의 목적이 작용하고 있다고 가르친다. 하지만 수녀는 일생의 헌신에도 불구하고 그 목적을 확인할 수 없다. 그녀가 원하는 것은 구원이 아니라 어떤 확신이다. 그녀는 자신의 고통으로 다른 사람의 고통이 덜어진다는 "최소한의 어떤 증거"가 주어진다면 눈앞에 닥친 죽음마저도 감내할 채비가 되어 있지만 그것이 주어지지 않고 있다.

성 프란체스코는 알아듣지 못하는 새들보다 수녀를 위로하는 데서 더 큰 어려움을 겪는다. 그 자신마저도 "설명과 확실성"을 제시할 수 없기 때문이다.

예수가 했던 대로, 힘든 호흡 내쉴 때마다,
세상 곳곳에서 병상의 환자들이

숨쉬기가 더 쉬워진 것을 갑자기 발견하게 된다고
그녀가 생각할 수 있다면 얼마나 향기로운 위안이 될까요.
성 프란체스코에게 이 새들은 큰 안심거리예요,
풀이 자취를 감춘 겨울인데도
설명과 확실성을 갈망하지 않고 있으니까요. "보라!"
그가 새들에게 외쳐요, 손가락으로 가리키면서, "저기 눈밭
저 검은 자국들이 씨앗 껍질이란다. 생각하라,
선회하여 내려앉으면서, 그대들이 얼마나 축복받았는지를."
하지만 천상의 왕이 그녀를 위로하는 게
왜 그리 힘든지 의아해 하지 않도록
수녀의 예비 수도실에서 그가 무엇을 가리킬 수 있단 말인가요?
그녀가 지금 할 수 있는 일이란 고작, 그가 약해진 시간에,
그녀의 신을, 그가 그녀의 신이라면, 버리지 않으려는
의지를 희망하는 것. 온힘을 모아 마지막을 준비하는 때는
침상 가 부드러운 설교에
응답할 시간조차 없어요. 예수의 몸이 그에게
이제 당신 자신에게 의존하라고 했을 때, 그가 그리 했던 대로,
짧게 소리 지를 수 있기를 희망할 따름이에요.

What a balm to be able to think as Jesus did,
That with every difficult breath of hers
Patients in sickbeds around the world
Suddenly found they were breathing easier.
What a relief for Saint Francis these birds are,
Free of the craving for explanation, for certainty
Even in winter, when the grass is hidden. "Look!"
He calls to them, pointing. "Those black specks
There in the snow are seed husks. Think
As you circle down how blessed you are."
But what can he point to in the nun's spare cell

To keep her from wondering why it's so hard

For the king of heaven to comfort her?

All she can manage now is to hope for the will

Not to abandon her god, if he is her god,

In his hour of weakness. No time to reply

To the tender homily at her bedside

As she gathers all her strength for the end,

Hoping to cry out briefly as Jesus did

When his body told him he was on his own. (*Practical Gods* 2-3)

가톨릭 성인 프란체스코(1182-1226)는 해와 달 그리고 동물들과도 대화를 나눈 것으로 전해진다. 성 프란체스코는 세상의 모든 피조물에 작용하고 있는 창조주의 숨결을 느낄 수 있는 재주가 있었던 것이다. 그는 그들을 "사랑스런 형제들"이라고 부르면서 새들에게 설교도 하고 짐승들에게 십자표도 그어주었는데 숨을 거두기 2년 전에 그의 몸에 오상(五傷)이 나타났다고 한다. 오상은 예수가 십자가에 못 박혔던 두 손과 두 발 그리고 창에 찔렸던 옆구리에 난 다섯 상처를 가리킨다. 십자가에서 예수가 마지막 외친 말은 "저의 영과 저의 혼을 아버지께 모두 바치오리다"였다. 오상은 그 외침을 통과한 자에게 남는 표식이다. 성 프란체스코는 영성의 길에 있는 사람들에게 예수의 마지막 외침을 가장 선명하게 상기시키는 존재이다. 수녀가 임종에 대비하여 마지막 힘을 모아 지르려는 소리 또한 이와 다르지 않을 것이다.

예수의 속죄가 다른 사람들의 고통을 덜어주었다는 기적은 기독교 정신을 최상의 상태로 구현하지만 수녀의 일화는 그 정신이 위기에 처해 있다는 것을 말해준다. 수녀가 "지금 할 수 있는 일이란 고작" 그녀가 의지하고 따라왔던 성 프란체스코를 "버리지 않으려는 / 의지를 희망하는 것" 뿐이다. 예수가 마지막에 자신의 "몸"으로 혼자가 되었을 때처럼

"짧게 소리 지를 수 있기를" 바랄 뿐이다.

성 프란체스코는 수녀의 의혹에 대면하여 그녀를 확신으로 이끌어줄 어떤 "설명과 확실성"을 제시할 수 없다. 그가 새들에게 행한 설교라는 것은 알아듣지 못하고 따라서 그 증거를 "갈망"하지 않는 대상들에게 떠벌린 말에 불과한 것이다. 우리가 살아가는 시대는 설명 가능하고 확실한 것에 대해 신뢰를 보내고 있다. 이런 세계에서 신의 은혜를 찬양하는 설교는 공허하게 들리기 마련이고 남을 위해 헌신한 일생도 영적 보상의 전망을 허용 받지 못한 채 쉽게 의혹에 처할 수 있다. 수녀의 마지막 단말마는 신을 향해 외친 것이면서 그의 영원한 침묵의 답을 지상에 퍼뜨린다. 이 시는 신의 달라진 위상과 지상에서의 영적 추구의 고통을 웅변한다.

III

시집 말미에 실린 「당신을 사랑하는 신」("The God Who Loves You")은 유사한 제재를 다루는 시들 중에서 절품으로 꼽힌다. 청자를 시 속에 내세움으로써 말을 건네듯 이어가지만 청자가 대화의 한 축으로 나서는 일은 없다. 이러한 일방적 흐름이 조용한 설득의 어조를 형성한다.

> 당신에게 미래의 숱한 가능성을 엿볼 능력이 주어졌더라면
> 오늘 당신이 얼마나 더 행복해질까 숙고하느라
> 당신을 사랑하는 신은 괴로울 게 틀림없어요.
> 한 주간의 일에 만족해하면서 귀가하는 당신—
> 보상받을만한 가족들에게 집을 세 채나 팔았으니—그런 당신을
> 그분이 금요일 저녁마다 지켜보는 것은 분명 고통스러울 거예요.
> 당신이 두 번째로 꼽은 대학을 선택했더라면

무슨 일이 일어났을 지를 그분은 정확히 아는 까닭이지요.
당신에게 배정되었을 방 친구가 회화와 음악에 관한 열렬한 견해로
당신 안에 일생 동안 이어질 열정을
촉발하게 되었으리라는 것을 아는 까닭이지요.

It must be troubling for the god who loves you
To ponder how much happier you'd be today
Had you been able to glimpse your many futures.
It must be painful for him to watch you on Friday evenings
Driving home from the office, content with your week —
Three fine houses sold to deserving families —
Knowing as he does exactly what would have happened
Had you gone to your second choice for college,
Knowing the roommate you'd have been allotted
Whose ardent opinions on painting and music
Would have kindled in you a lifelong passion. (*Practical Gods* 72)

이 시에서 신은 전통적인 모습과 차이를 보인다. 신은 "당신을 사랑하
는" 존재이고 당신의 다른 선택에 따라 달라졌을 당신의 모습을 알고 있
는 까닭에 당신이 혹시 그것을 알게 되면 얼마나 괴로워질까 걱정하고
있다. 전지전능한 위상에는 변함이 없지만 그는 무소불위의 권능에서
보다 인간의 처지에 대한 측은한 마음에서 그의 특성을 더 드러낸다. 청
자 "당신"은 부동산 중개업자로서 집을 세 채나 팔아치운 일주일의 성
과에 만족하면서 가족과 주말을 보내려고 귀가하고 있다. 그런데 신은
당신이 대학진학에서 다른 선택을 했더라면 그리하여 만났을 방 친구
가 당신에게 예술에 대한 열정을 불러일으켰다면 당신의 일생이 현재
보다 훨씬 나았을 거라는 것을 알고 있다. 신의 괴로움은 현재에 만족하
고 있는 당신의 다른 가능성을 알고 있는 데서 빚어지고 있다. 신은 알

고 있지만 인간은 모르고 있는 것, 그 차이에서 "당신을 사랑하는 신"은 괴롭다. 그 차이는 "당신"이 (신이나) 예술의 가치를 믿지 않는 데서 발생한다. "당신"은 (신은 고사하고) 예술에 대한 관심마저도 부족한 부동산 중개업자이다. 그런데 신은 "당신"이 (신이나) 예술을 선택했다면 많은 것이 달라졌을 수도 있다는 것을 알고 있다. "당신"이 그 차이를 알게 된다면 괴로워질 거라는 것을 알고 있다.

만족의 척도가 어떤 것이든
당신이 영위하고 있는 삶보다 30점이나 높게 평가될 어떤 삶. 매 점수는
당신을 사랑하는 신의 옆구리에 박힌 한 개 가시.
당신이 그런 걸 원하는 건 아니겠지요, 당신처럼 심원한 영혼의 소유자는
하루의 실망스런 일들을 아내에게 들추지 않음으로써
그녀가 자식들에게 쏟을 애정을 남겨둘 수 있도록 하겠지요.
당신이라면 이러한 신이 당신이 다른 캠퍼스에서
운명적으로 만나게 되었을 여인과 당신 아내를 비교하기를 원하겠어요?
당신이 거기서 즐기게 되었을 대화를
당신이 익숙해져 있는 대화보다 통찰력에서 더 높게
그분이 평가한다고 생각하는 일은 당신을 아프게 하지요.
당신 아내에게 줄을 선 다음 사람이 당신이 해주게 될 것보다
당신이 진심으로 노력해 도달한 최상의 시절에 해주게 될 것보다
그녀를 더 기쁘게 해주게 될 것이라고 아는 까닭에
이 사랑하는 신이 어떻게 느낄지 생각해 보세요.

A life thirty points above the life you're living
On any scale of satisfaction. And every point
A thorn in the side of the god who loves you.
You don't want that, a large-souled man like you
Who tries to withhold from your wife the day's disappointments
So she can save her empathy for the children.

And would you want this god to compare your wife
With the woman you were destined to meet on the other campus?
It hurts you to think of him ranking the conversation
You'd have enjoyed over there higher in insight
Than the conversation you're used to.
And think how this loving god would feel
Knowing that the man next in line for your wife
Would have pleased her more than you ever will
Even on your best days, when you really try. (*Practical Gods* 72)

신의 고통은 옆구리에 가시가 박히듯 절실하다. 그러한 고통은 관념적이지 않고 부모의 자식에 대한 걱정처럼 육체적이다. 이러한 신은 과거의 근엄함에서 벗어나 근심에 겨운 할아버지의 모습을 형성한다. "당신"은 나름대로 인생을 열심히 살아왔고 밖의 어려움을 안에서 들추지 않을 정도의 남자다움을 갖추고 있지만 그 인생은 어떤 척도에 따르더라도 "당신"이 다른 선택에 따라 살았을 다른 인생보다 30점이나 낮게 평가된다. "당신 아내" 또한 다른 남자를 선택했더라면 "당신"이 최선을 다했을 때 주었을 것보다 더 많은 만족을 얻었을 것이다. 신은 이걸 아는 까닭에 "당신"이 또한 이걸 알게 될까 걱정하고 "당신"은 신이 이걸 안다고 생각하게 되면 괴로워진다.

청자의 괴로움은 신이 알고 있는 것을 생각하는 순간에서 시작한다. 이러한 논지에 근거하여 화자는 청자에게 이렇게 "당신을 사랑하는 신"의 괴로움을 알면서 편하게 잠잘 수 있느냐고 묻는다.

그와 같은 신이 구름의 침실을 거닐면서
당신이 무지로써 남겨둔 선택들로 괴롭힘을 당하고 있다고
생각하면서 밤에 잠들 수 있나요?
당신의 생존이 멈춘 후조차도, 당신이 조간신문을 찾아

뛰어나가다 눈발 속에 오한에 걸린 후에도,
당신을 사랑하는 신이 하나씩 장면마다 상상해낼 수밖에 없게 될
11년의 세월을 잃어버린 후에도, 존재하는 것과
존재할 수 있었던 것 사이의 차이가 그에게 살아남을 거예요,
그가 당신보다 더 현명할 게 없다고, 결코 신이 아니고,
대학에서 사귄 실제 친구보다 더 가까울 것도 없고
몇 달째 편지도 하지 않는 그런 친구에 불과하다고
당신이 여김으로써 구원에 이르지 않는다면. 오늘밤 자리에 앉아
권위에 대한 소유권을 갖고 당신이 이야기할 수 있는 인생에 관해
당신이 목격한 인생에 관해 그에게 편지를 쓰세요,
그것은 당신이 아는 모든 것으로써 당신이 선택한 인생이니까.

Can you sleep at night believing a god like that
Is pacing his cloudy bedroom, harassed by alternatives
You're spared by ignorance? The difference between what is
And what could have been will remain alive for him
Even after you cease existing, after you catch a chill
Running out in the snow for the morning paper,
Losing eleven years that the god who loves you
Will feel compelled to imagine scene by scene
Unless you come to the rescue by imagining him
No wiser than you are, no god at all, only a friend
No closer than the actual friend you made at college,
The one you haven't written in months. Sit down tonight
And write him about the life you can talk about
With a claim to authority, the life you've witnessed,
Which for all you know is the life you've chosen. (*Practical Gods* 72-73)

청자의 만족은 현실주의자의 것이다. 그가 선택한 것을 최상의 것으로
간주하고 다른 가능성들의 여지는 고려하지 않는다. 지상의 삶은 천상

의 것을 배제함으로써 만족한 것이 될 수 있다. "존재하는 것과 / 존재할 수 있었던 것 사이의 차이"는 항상 존재해 왔다. 그 차이가 없는 것이 되는 때는 "존재하는 것"만을 인정하고 다른 가능성을 "무지로써" 배제할 때이다. 하지만 그 차이는 청자가 살아있든 죽든 간에 엄연하게 존재한다.

시의 결부로 나아가면서 화자의 목소리는 청자에게 실제의 역사와 가능성의 역사 사이의 차이를 인정하고 그것을 하나로 만들려 노력하라고 요구한다. "무지로써" 차이를 없애는 것은 이제 선택 사항이 아니다. 청자가 차이를 인정하고 둘 사이의 간격을 줄이는 일은 신의 사랑과 걱정을 받아들임으로써 시작될 수 있다. 청자가 신을 자신보다 "더 현명할 게 없다고" 여기고 몇 달째 소식도 주고받지 않는 그런 친구에 불과하다고 치부해버리는 일은 실제의 삶과 가능성의 삶 사이의 간격을 영원히 벌려놓는 일이다. 화자가 청자에게 충고하는 것은 그더러 신에게 편지를 쓰라는 것이다. 청자가 살아온 인생은 그 자체로서 의미가 있다. 왜냐하면 그것은 그가 "아는 모든 것으로써 선택한 인생"이니까. 하지만 청자가 그 "권위에 대한 소유권"을 주장하게 될 인생은 그 자체로서 부족할 수 있다. 그가 보낸 편지에 대한 답신에서 신은 아마도 다른 가능성 속에 있는 삶을 넌지시 알려줄지 모른다. 설령 그것이 청자를 그리고 자신을 더 큰 괴로움 속으로 몰고 갈지라도. 화자는 편지를 쓰는 자세에서 청자가 현실 너머에 있는 신에게 마음을 열기를 기대하고 있다. 자신의 선택에 대한 확신과 만족을 지닌 청자가 자신의 삶에 대해 낮게 평가하는 신의 소리에 귀를 기울일 수 있을지 의문이다. 설령 신이 자신에 대한 사랑과 염려에서 몸과 마음으로 아파하는 할아버지와 같은 존재라고 할지라도 그의 밤샘 편지쓰기는 쉽지 않을 것 같다.

이 시는 프로스트(Robert Frost)의 「가지 않은 길」("The Road Not Taken")을 상기시킨다. 프로스트는 낙엽에 덮인 숲속 갈래 길에서 한 길의 선택이 다른 길의 선택이 가져올 경험을 영원히 배제하리라는 것을 받아들인다. 그는 "길은 길로 이어진다"는 것을 미리 알고서 선택의 결과를 피할 수 없이 운명적인 것으로 받아들인다. 그렇지만 데니스는 한 길이 다른 길의 더 나은 가능성을 인정함으로써 변화될 수 있기를 기대하고 있다. 이러한 실제와 가능성의 융합은 엘리엇(T. S. Eliot)이 『네 사중주』(Four Quartets)의 제1부 「번트 노튼」("Burnt Norton")에서 추구한 "실제 일어난 일"(what has been)과 "일어날 수 있었던 일"(what might have been)의 결합을 떠오르게 한다. 데니스와 엘리엇 모두는 현실 속에서 과거의 사라진 신과 어떤 방식으론가 맺어지기를 희망하고 있다. 그렇지만 두 시인 모두 과거의 신을 믿음의 방식으로 되살리는 일에는 의문을 가지고 있다고 여겨진다.

스티븐스(Wallace Stevens)는 신이 죽었고 그와 더불어 그가 상징하는 모든 가치가 사라졌다고 선언한 상태에서 자신의 에세이집 제목을 『필요천사』(The Necessary Angel)로 정하였다. 신은 사라졌지만 그와 그의 족속은 지상에서 여전히 필요하다. 비평가 길버트(Roger Gilbert)는 「넘치는 천사들」("Awash with Angels")에서 1990년대 시인들의 시집 제목에 자주 등장하는 "천사" 혹은 그 단어의 변형이 뜻하는 바를 두 가지로 해석한 적이 있다. 첫째, 천사들은 신성한 계시의 도구로서 "종교와 역사, 천국과 지상, 영혼과 물질, 숭고와 세속"과 같이 날카롭게 대립하는 두 영역들 사이에서 모종의 중재 방식을 제공한다. 둘째, 천사들은 대립하는 두 영역들 사이에서 신성의 대행자 역할을 수행할 힘을 거의 지니지 못하고 "특이하게 수동적인 존재들"로 등장함으로써 시인들에게 "역사와 물질성이 순수한 정신의 활동에 끼친 부식적 영향을 측정하고 묘사하는 것"을 허용한다.

길버트의 해석은 데니스의 시에도 적용될 수 있을 것으로 보인다. 21세기에도 신과 천사는 과거의 위상을 상실한 채 어떤 방식으론가 인간과 새로운 관계를 맺으면서 모습을 드러내지 않을 수 없다. 그렇지 않고서는 우리의 삶이 부동산 중개업자의 만족에 머물 수밖에 없겠기 때문이다.

IV

평명한 문체와 접근 가능성 그리고 고요한 지성은 전 경력에 걸쳐 데니스의 시 세계를 관통하고 있다. 버트(Stephen Burt)는 데니스의 2010년 시집 『소명』에 대한 서평에서 그의 재주가 "혁신"에 있지 않다고 확언하면서 그의 전문분야가 따로 있다고 진단한다.

> 데니스는 어떤 삶이라도 그것의 대부분을 구성하는 사소한 노력들, 그러니까 매일 혹은 매주의 보상과 업무에서 자신의 전문분야를 발견한다. 그는 과거에도 그러했고 71세의 나이에도 여전히 우리가 즐겁게 평균적 미국이라고 부를 수 있는 것을 노래하는 시인이고 중간 크기의 도시에 갇혀 살아가는 중산층의 시인이면서 자기 통제력이 강하고 장기계획을 세우는 중년의 시인이다. (*New Republic*)

그렇지만 데니스의 시는 보통의 제재를 평이한 언어로 다루는 가운데 비범한 지각을 들여오는 경우가 많다. 동료 교수 폽스(Martin Pops)에 따르면 데니스는 "우리가 말하는 언어와 똑같은 것"을 사용하는데 "유일한 차이는 더 잘 말한다는 것이다." 그는 언어의 지시성 자체를 문제 삼는 부류의 실험적 시인들과는 전혀 다른 목소리를 낸다. "데니스의 과도하지 않고 평이한 어조, 다시 말해 그의 접근 가능성은 종종 향수, 상실, 비애, 그리고 심지어 공포에 대한 심오한 감각을 감추고 있다"(Poetry Foundation).

데니스는 『설득으로서의 시』에서 시인과 독자 사이의 의사소통을 시 창작에 핵심적인 요소로 중시하면서 이를 위해 시의 화자가 보다 권위 있고 자신 있는 목소리를 되찾아야 한다고 주장한다.

> 우리는 화자가 자신의 개인적 초점을 인정해야한다고 요구한다. 그런데 이러한 요구 옆에는 또 하나의 반대요구가 함께하고 있다. 그 반대요구는 내 생각에 시의 진지한 독자들에게는 마찬가지로 기본적이고 정당한 것이다. 그것은 시의 목소리가 경험에서 의미를 일궈내려 노력해야 한다는 것이다. 시의 진리가 비록 특정한 것이라고 하더라도 화자는 그의 관심사가 대표적인 것이고 자신을 대변하는 삶을 명확히 하려는 그의 노력이 다른 사람들에게도 유용하리라고 우리가 믿도록 만들어줄 필요가 있다. ("The Voice of Authority" 16)

주관적이고 구체적인 맥락에서 발화되는 시의 목소리가 객관적 진리를 표방한다면 오히려 설득력을 떨어뜨리는 결과를 낳을 것이다. 하지만 데니스는 시인이 진리에 대한 무한한 상대주의나 회의적 유보의 자세에서 벗어나야 한다고 여긴다. 왜냐하면 시인은 피할 수 없는 주관성 속에서도 세상의 경험에서 공통의 의미를 자아내기 위해 노력하는 자이기 때문이다.

데니스의 시는 잘 읽힌다. 그래서 그것은 관심 밖으로 쉽게 버려질 수 있다. 요란하고 급박하게 굴러가는 세상에서 다소 구태의연한 일에 대해 조용한 목소리를 내는 시인이 큰 주목을 끌기는 어려울 수 있다. 언어의 기교가 단순에 가깝게 절제되고 구어체에 가까운 문장이 구사되고 있으며 시어 또한 일상어에서 그다지 벗어나지 않는다. 시행의 구분이 있고 각 행의 첫 글자가 대문자로 시작하는 전통적 시 형식을 이용하고 있지만 산문의 그것처럼 논지의 흐름에 의존하는 경우가 많다. 그러면서도 호흡을 여하히 잘 조절함으로써 리듬을 타고 있기도 하다. 그의 시는 상징의 경계에서 이미지의 내적 폭발에 의존하는 종류의 시가 아니다. 그것은 사색의 힘이 끌고 가는 어떤 논지의 전개에서 일상의 제재 아래로 어느 순간 독자를 끌고 들어가 소름 돋게 하는 종류의 시다. 그렇다고 그의 언어가 삶의 한계에 대한 고통스런 의식을 분출하거나 초월적 구도를 열망하는 것은 아니다.

데니스는 삶의 테두리에 갇혀 있는 자로서 그 안에서 의미 있는 무엇을 찾고 있다. 그에게 신의 쓸모는 구원에 있지 않다. 신은 지상의 삶을 살아가는 자를 지켜보면서 그를 안쓰럽게 걱정하는 할아버지가 되어주는 데서 그 효용성이 드러난다. 데니스의 시에서 독자는 신 없는 세상에서의 신의 쓸모를 새롭게 발견하도록 설득 받는다. 그의 고요한 목소리가 지적 실험을 꾀하는 여러 시끄러운 목소리들 사이에서 비평계와 독자의 관심을 지속적으로 끌어당기는 이유가 여기에 있다.

07
서정시의 역사성
— 폴 멀둔의 「흑마의 표지」

I

　멀둔(Paul Muldoon)은 1951년 아일랜드 태생으로 2013년 현재 30권이 넘는 시집을 발표한 중견 시인이다. 1999년에서 2004년까지 영국 옥스퍼드 대학에서 그리고 현재 미국 프린스턴 대학에서 시를 가르치고 있다. 숱한 수상 경력에는 『칠레 연대기』(*The Annals of Chile*)로 받은 1994년 T. S. 엘리엇 상과 『모이의 모래와 자갈』(*Moy Sand and Gravel*)로 수혜한 2003년 퓰리처상이 포함된다.

　이 글은 퓰리처상 수상시집의 맨 마지막에 실린 장시 「흑마의 표지, 1999년 9월」("At the Sign of the Black Horse, September 1999")을 완역하고 그의 언어에 특징적인 난해성의 양상을 한국의 독자에게 체험하게 하는 데 목적을 둔다. 시인은 세상을 복잡한 역사의 맥락에서 바라보면서 그러한 세상과 자신의 시가 등가적 관계에 있기를 바란다. 그의 시가 여러 층위의 접근들로 채워지는 것은 세상이 그러하기 때문이다. 「흑마의 표지」는 개인으로서 통제할 수 없고 어쩔 수 없이 책임지며 살아가야 하는 세상의 폭력들에 대해 통시적으로 열려 있다. 이 시는 기본적으로 아이의 미래를 걱정하는 아버지의 마음을 담고 있어 서정시에 속하지만 우리가 관습적으로 익숙해진 서정시의 범주를 독특한 방식으로 확장하고 있어서 새롭게 읽히는 바가 클 것으로 기대한다.

「흑마의 표지」는 8행으로 구성된 연이 45개로 총360행에 달하는 장시다. 대다수 연이 "stadium stanza"라고 불리는 형식을 취하여 aabbcddc라는 각운을 지니고 있다. 이 형식은 17세기 영국 시인 쿨리(Abraham Cowley)가 만가(挽歌)의 분위기를 위해 고안한 것으로 나중에 예이츠(W. B. Yeats)가 그의 시에 채택한 적이 있다. 「흑마의 표지」는 각 행의 길이가 두세 단어에 그치기도 하고 한 쪽 폭의 한계를 넘기도 하는데 이러한 다양성은 시인이 내용에 못지않게 형식에 대해 세심한 주의를 기울인 결과로 보인다. 시인은 각운의 구조를 유지하기 위해 시행의 길이를 과감하게 조절하고 있는 것이다. 그의 연 구분은 번호가 매겨져 있지 않고 한 행이 지면의 폭을 넘어갈 경우 다음 행에서 오른쪽 정렬을 해줌으로써 왼쪽에서 각 연을 정연하게 8행으로 보이게 하기 위한 노력을 마다하지 않고 있다.

II

흑마의 표지, 1999년 9월

놀라운 일이다. 〈허리케인 플로이드〉[3]가 물러간 다음 날 아침, 이렇게 찻길에
　　　　　　　　　　　　　　　　　　　　　　　　　　　　　　나와 앉아
이제 십 피트 물 아래 잠겨있는 〈운하길〉을 따라
또 하나의 카누 혹은 카약이 내려오는 걸 멀거니 바라보는 것은.
우리가 물 가장자리까지 밀고 온 낡은 〈빌트라이트〉 유모차 안에는
〈캐릭마크로스〉 레이스로 만든 숄과
증조모 〈소피〉의 가장 고운 털실 자수로 짠
보닛에 싸여
〈애쉬〉가 계속 잠자면서, 우리 중 누구라도 그러하듯이 아마도 저 물길을

Awesome, the morning after Hurricane Floyd, to sit out in our driveway
　　　　　　　　　　　　　　　　　　　　　　　　　　　　　and gawk
at yet another canoe or kayak
coming down Canal Road, now under ten feet of water. We've wheeled
　　　　　　　　　　　　　　　　　　　　　　　　　　　to the brim
the old Biltrite pram
in which, wrapped in a shawl of Carrickmacross
lace and a bonnet
of his great-grandmother Sophie's finest needlepoint,
Asher sleeps on, as likely as any of us to find a way across

---

3) 번역시의 가독성을 높이기 위해 시에 등장하는 낯선 지명이나 인명 등의 고유명
　사는 필요한 경우 〈 〉 속에 그리고 문장 중간에 파편적으로 뛰어드는 표지판 문
　구, 안내문, 또는 지시문 등은 [ ] 속에 표기하고 영어 외 외국어 표현이나 이탤릭
　체는 홑 따옴표로 강조한다.

건너갈 방도를 궁리하고 있을 듯한데, 통나무들이 (통나무들이라기보다 나무들이)
떠내려가고 있는, 저 물길에게 낡은 〈그릭스타운 수문〉 아래 여러 집들이
그들의 물품을 죄다 넘겨줘버렸다.
나는 행복하다, 이번 한 번만은, 젖지 않고 높은 곳에 남겨져서
행복하다, 스스로 내 집이라고 부를 수도 있는 집이
이백오십 년 묵은 널빤지 위에 세워져서
행복하다, 필요하다면 몇 가지 소지품을 베갯잇에 쑤셔 넣고
언덕을 올라, [당신의 변화를

the millrace on which logs (trees more than logs)
are borne along, to which the houses down by the old Griggstown Locks
have given up their inventory.
I'm happy for once to be left high and dry,
happy that the house I may yet bring myself to call mine
is set on a two-hundred-and-fifty-year-old slab,
happy that, if need be, we might bundle a few belongings into a pillow slip
and climb the hill and escape, Please Examine

조사하세요], 영혼이 근본적 순수를 진실로 회복할지도 모르는
곳으로 탈출할 수 있어서. 인근에 기동 중인 경찰대가 다시 생각나게 하였다,
작전 중인 병력을, 케일 죽사발에 딱딱해진 빵
껍질을 담그고 있는 내 아이들과 동족인 어떤 아이를,
1930년대 폴란드, 꾸려나갈 가계 경비에 대해
부모가 한탄하는 소리에
귀 기울이고 있는 그 아이를,
앞챙 달린 모자를 쓴 이가, [정지하세요], 곧 말을 건네

Your Change, to a place where the soul might indeed recover
radical innocence. A police launch maneuvering by brought back troops

some child-kin of my children dipping a stale
crust in his bowl of kale
while listening to his parents complain about the cost
of running a household
in the Poland of the 1930s, the child who, Please Hold,
a peaked cap would shortly accost

그의 삼촌 유태인 필경사의 근황에 대해 묻게 될 그 아이를.
놀라운 일이다, 어제 폭풍이 아무리 거셌다고 해도, 내 사파리 외투에 어떻게든
어울리는
사파리 모자를 침착하게 차려입고
여기 〈아라랏〉 산에서
전력 공급 중단을 최대한 이용하겠노라 작심하고
〈에드워드 불워-리턴〉의 책 『양귀비 대왕』에서
한 쪽 찢어내 바비큐에 불을 붙이는 것은, 놀라운 일이다, 구이 대에는
〈도로씨〉가 좋아하는 것, 어린 쥐처럼 생긴 타원형 고기 그리고

for the whereabouts of his uncle, the sofer.
Awesome, however stormy yesterday's weather, to calmly don a safari
hat that somewhat matches my safari coat
and, determined as I am to make the most of the power cut
here on Ararat,
tear another leaf from Edward Bulwer-Lytton's
King Poppy to light the barbecue, the barbecue shortly to be laden
with Dorothy's favorite medallions of young rat

구식 피아노 줄이 아니라 최신의 덫으로
오늘 아침 잡은 흰 주둥이 멧돼지가 곧 얹혀 질 것이다.
나는 그들이 요리할 곳으로 잿불을 긁어모으고, [적색등

회전금지], 지켜볼 것이다, 〈운하길〉에서, 지중해가,
〈도로씨〉가 언젠가 발음했던 대로,
"카리봉해"와 만나려고 그 수위를 최선으로 맞추는 것을, [출구 없음],
하나 남은 검정 리본을 장착한
구식 〈언더우드〉 타자기를 다락방에서 가지고 내려와

and white-lipped peccary taken this morning not with old-fashioned
                                                        piano wire
but the latest in traps. I'll rake the ashes of the fire
on which they'll cook, No Turn
On Red, and watch the Mediterranean
do its level best to meet the "Caribbon,"
as Dorothy pronounced it once, on Canal Road, No Way Out,
having taken down from the attic the ancient Underwood
with the one remaining black ribbon

차고 구석에 가게를 열 것이다.
우리가 오늘 아침 낡은 〈빌트라이트〉 유모차를 밀고
물가에 도달했을 때, 나는 놀람에 사로잡혔다, 〈애쉬〉의 털 없는
얼굴에서 다수의 간섭자들을 발견하고서, 그들은
내가 예상할 수 있었던 〈마거리〉나 〈마거라〉 혹은 〈마거라펠트〉 출신이 아니
                                                        었고
(그곳에서의 내 연락처는 이제 거의 없고 사이가 멀어져 있지만)
그 케일 먹는 아이와 유사한 사람들이었다, 그 아이에게 앞챙 달린 모자를 쓴
                                                        이가, ['금지'],
곧 펠트 제품의 노란 별을 달아주고

and set up shop in a corner of the garage.
When we wheeled the old Biltrite baby carriage
to the brink this morning, I was awestruck to see in Asher's glabrous

150

face a slew of interlopers

not from Maghery, as I might have expected, or Maghera, or

Magherafelt

(though my connections there are now few and far between),

but the likes of that kale-eating child on whom the peaked cap,

Verboten,

would shortly pin a star of yellow felt,

모세의 추방에 대해, [당신 자신의 산소마스크를
확보하시오, 아이를 돌보기 전에], 그리고 흰 주둥이 멧돼지
식사에 대해 말하게 될 것이다, .
그 동안, 경찰대 바로 한 걸음 앞으로, 1920년산 〈스튜더베이커〉 한 대가
〈운하 길〉을 따라 내려왔다, [이 선 위로
채우지 마시오], 또 한 명의 친척 〈아놀드 로쓰타인〉을, 〈금지령〉 기간에
미국으로 곡주를 들여와 운영했던 브레인 역할을 했던 그를, 태우고 있었는데,
그가 입은 셔츠는 바로 그 동일한 녹색 엽록소 빛 〈데이-글로〉였다.

having accosted him on the Mosaic

proscription, Please Secure Your Own Oxygen Mask

Before Attending to Children, on the eating of white-lipped peccary.

Just one step ahead of the police launch, meanwhile, a 1920 Studebaker

had come down Canal Road, Do Not Fill

Above This Line, carrying another relative, Arnold Rothstein, the brain

behind the running, during Prohibition, of grain

alcohol into the States, his shirt the very same Day-Glo green of

chlorophyll

소떼 목욕장의 수면 혹은 운하 그 자체,
통상시에는 강둑길과 예선(曳船) 길을 아주 고요하게 반영하는 운하,
그 표면, 삼촌 〈아니〉가 "육아소" 근처까지 떠내려 왔을 때

〈진〉은 남겨진 시리얼과
바스러진 〈즈위백〉 빵 비스킷으로
〈애쉬〉에게 묽은 죽을 조금 만들어주고 있었다.
이 사람이 바로 1919년 월드 시리즈를 매수했던 〈아놀드 로쓰타인〉으로서
〈시카고 화이트 삭스〉 선수 여덟 명에게 뇌물을 줘, [오십 피트

on the surface of a cattle bath
or the canal itself, the canal that ordinarily reflects berm bank and
                                                                    towpath
as calm as calm. Jean had been fixing Asher a little gruel
from leftover cereal
and crumbled Zwieback
when Uncle Arnie came floating by the "nursery."
This was the Arnold Rothstein who had himself fixed the 1919 World
                                                                    Series
by bribing eight Chicago White Sox players, Keep Back

후퇴], 경기를 포기하게 했던 당사자이다. 그의 〈데이-글로〉 셔츠에 너무 놀란
                                                                    나머지
우리는 거의 알아차리지 못했다, 그의 〈스튜더베이커〉 차가 얼마나 낮게
물속에 잠겨 있는지를,
(공범자 〈왝시 고든〉이 만든
이중 수직홈통과 숯으로 채워진
대용정제기로 걸러낸) 곡주 화물의 분배량이 평균 이하라는 것을.
앞챙 달린 모자 쓴 이가 물을 것이다. "멧돼지 뒷다리 그걸 '갈라졌다'고 하나
                                                                    요?"라고.
〈애쉬〉가 계속 자면서, 귀여운 입을

Fifty Feet, to throw the game. So awestruck were we by his Day-Glo
shirt we barely noticed how low

in the water his Studebaker lay, the distribution of its cargo of grain

alcohol

(filtered through a makeshift charcoal-

packed, double downspout

by an accomplice, Waxey Gordon) somewhat less than even.

"The peccary's hind foot," the peaked cap would inquire, "you call that

cloven?"

Asher slept on, his little pout

베갯잇 가에 삐죽 예쁘게 내밀고 있는데, 어쩌면 우리는

그 베갯잇 속에 몰아넣을 수 있을지 모른다. 부정한 여인들과 쿠스쿠스 경단을,

그리고 사들고 나온 타불라 샐러드에

〈사하라〉 사막

모래가 범벅이 된 것을, 그 동안 삼촌 〈아니〉는 변호사 충고를 받아들여

증인대에 선

〈화이트 삭스〉 선수 여덟 명 누구에게도 한 푼 준 적이 없다고 주장했다.

아마도 갈취였을 것. 아마도 강요였을 것. 악덕 행위였을 것, 아마도.

set off beautifully by the pillowcase

into which we might yet bundle the foul madams, the couscous,

the tabouleh carryout

full of grit

from the Sahara, while Uncle Arnie had taken his lawyer's advice,

maintaining that he paid none of the eight White Sox

who stood in the witness box

as much as a nickel. Racketeering, maybe. Extortion, maybe. Maybe

vice.

하지만 승부조작은 아니었다. 그것은 그의 전문분야가 아니었다. 전문가가 아

니었다.

뉴헤이븐 출신의 〈아이삭 울프〉는 그동안
냉동 주머니의 지퍼를 열고
빵 반죽 녹인 것에 파인 곳을 만들었다. 우리는 그곳에
멧돼지 허리 고기를 싸 넣을 참이었다. [부젓가락을 사용하세요],
그 방법은 〈웰링턴〉 공작이 〈페린다〉의 요새 지휘관에게서
확보했던 요리비법을 〈오씨〉가
변형시킨 것으로서, 살구 대신에

But not throwing games. It wasn't an area in which he had expertise.

Not an expert.

Isaac Wolf of New Haven, meanwhile, had unzippered
a freezer bag and made a dent
in the defrosted dough in which we'd meant
to wrap the loin of peccary, Please Use Tongs,
in an Aussie version of the secret
recipe the Duke of Wellington had secured
from the Killadar of Perinda, one which substituted quantongs

콴동을 사용했다. 요람 덮개에 반쯤
가린 채 〈애쉬〉가 잠든 사이,
광고인이었던 그의 증조부 〈짐 재빈〉은 무엇보다 〈빌트라이트〉 계좌를 지니고

있었는데,

[실수는 어쩔 수 없으니 당신의 변화를 조사하세요],
솥 안의 멧돼지를 덮고 있는
모슬린 천에 묻은 붉은 얼룩에 대고,
임종의 자리에서, 고개를 끄덕였다.
그 천이 마치 방풍막이라도 된다는 듯이, 건초더미 쓰러뜨리는 바람, 지붕 높히

는 바람,

for apricots. While Asher slept on, half hid
under the cradle hood,

his great-grandfather Jim Zabin, an adman who held, of all things, the
Biltrite account,
Please Examine Your Change As Mistakes Cannot,
nodded from his deathbed to the red
stain on the muslin cloth
that covered the peccary in its autoclave
as if that cloth were an obstacle whereby the haystack- and roof-
leveling wind, bred

대서양에서 성장한 그 바람을, 그것이 마침내 멈추게 할지도
모른다는 듯이. 또 한명의 증조부 〈샘 코레리츠〉는 매사추세츠 주 로렌스에 있
는 철물점에서
큰소리를 지르곤 했다, "도대체 어떤 권한으로 〈애쉬〉에게 할례를 해주지 않는
거요?"
사슬톱이 거침없이 돌아갔다. 우리 옆집 이웃 〈브루스〉가
대단한 손재주를 부려서
비바람에 모든 것을 다 내준
플라타너스 가지 하나를 잘라냈다. 계속 잠자고 있는 〈애쉬〉의 숄은 〈캐릭마크
로스〉
레이스로 짜여 졌고 보닛은 〈사마르칸트〉 산(産) 유명 비단으로 묶여있다.

on the Atlantic, might at last
be stayed. "By which authority," another great-grandfather, Sam
Korelitz, would blast
from his hardware store in Lawrence, Mass., "did you deny Asher a
bris?"
A chain saw had let rip. Our next-door neighbor, Bruce,
was making quite a hand
of amputating a sycamore limb that had given its all
to the wind and rain. Asher slept on, his shawl

of Carrickmacross lace, his bonnet tied with silk reputed to come from
Samarkhand,

그동안 〈도로씨〉는 〈델라웨어-래리탄〉 운하와 〈밀스톤〉 강이 합쳐져
수 톤에 달하는 진흙, 건초, 머리카락, 신발, 안경을
운반해 흘러가는 곳에 서서, [유리창 파괴 시 해머를
사용하세요], 얼마 안 있어 가족과 찢어질
동족의 아이와 물수제비를 뜨고 있는데, 다들 〈모이〉 출신 촌놈이라고 부르는
나는

일리노이 주 마렝고에서 제조된 덫을,
흰 주둥이 멧돼지를 잡아들였던 그 덫을
그렇게 하면 면죄라도 받을 수 있다는 듯이 박박 문질러 씻었다.

while Dorothy stood where the Delaware and Raritan Canal and the
Millstone
River combined to carry ton upon ton
of clay, hay, hair, shoes, spectacles, Please Use The Hammer To Break
The Glass, playing ducks and drakes
with the child-kin shortly to be riven
from her family and I, the so-called Goy from the Moy,
scrubbed the trap made in Marengo, Illinois,
by which we took that white-lipped peccary, as if scrubbing might
leave me shriven.

잠자는 〈애쉬〉, 조그만 두드러기와 부스럼으로 온통 뒤덮인 그의 눈꺼풀 뒤의
실룩거림,
그때 〈진〉의 먼 사촌 〈헬렌 한프〉는 커민 열매와 유아용 활석 분말
(활석이라기보다는 옥수수 녹말) 갠 것을 멧돼지의
또 한 덩이 허리 고기에 문질러 넣기 시작했다, 이 비결은
〈채링 크로스 길〉에서 동떨어진 한 마구간에 토끼 사육장 겸

비둘기장을 운영함으로써 하나의 유행을 일으켰던 사람에게서
〈헬렌〉이 알게 된 것이었는데, [안전모 착용 필수], 그 사람은 원래 그 정보를
현관의 유모차가 기교의 궁극이라고 여겼던 〈워〉의 방식에서, 그것이 무엇이
든, 얻었던 바여서,

A flicker from behind Asher's sleeping lids, all covered with little wheals
and whelks,
as Jean's distant cousin, Helene Hanff, began to rub a mix of cumin
and baby talc
(cornstarch more than talc) into another loin
of peccary, this being a trick Helene
had picked up from the individual who started a trend
by keeping a rabbit warren—
cum-dovecote in a mews off Charing Cross Road, Hard Hats Must Be
Worn,
an individual who picked it up from whichever Waugh deemed a pram
in the hallway the end

그 유래를 〈웰링턴〉과 〈페린다〉의 요새 지휘관에게까지 필시 추적할 수 있었던
〈워〉와 같은
인물이었다. 외로운 탑 (일부는 떠있고 일부는 떠오르고 있는 기중기)
대신에 내가 끌어올렸던 나선형 미끄럼틀이
용수로 물살에 쿡쿡 찔리자
나는 우울하게 올려다보았다. 갈수록 괴짜가 되어가는
〈헬렌〉은 그동안 옥수수 녹말을 계속 개어 넣었다, 솥에 휘감겨 남아있는 것은
무엇이든지 그 안에. 이제 거의 들리지 않지만, 플라타너스가 신음한다,
거의 들리지 않게, 내 자신이 계속 문질러 닦는 동안

of art, a Waugh who could no doubt trace it back to Wellington and the
Killadar

of Perinda. I looked up in dismay as the helter–skelter
I'd raised in lieu of a lonely tower (part float, part floating derrick)
was nudged by the millrace. The increasingly eccentric
Helene, meanwhile, continued to rub
cornstarch into the remains
of whatever curled in the autoclave. Almost inaudible now, the
sycamore moans
as, almost inaudibly, I myself continued to scrub

내가 쇠솔로 문질러 닦는 최신식 덫은
매사추세츠 주 로렌스 소재 〈샘〉의 철물점에서 구입한 것이다. "당신이 무슨 권
한으로
미드라시 성서주해서를 무시해?" 나는 모든 가족 모임들에서처럼, 이 모임에서
도, 주고받는
사교적 인사말들 사이로 작은 점화 장치들이
꺼져가는 소리를 들을 수 있었다. [창문을 열어놓지 마세요],
그곳에서
삼촌 〈아니〉의 친구 〈패니 브라이스〉가 놀란 얼굴로 아스트라한 모피 자락 밖
으로 내다보았다.
"〈호라티우스〉에 따르면," 〈아니〉의 주장이 시작되었다. "모든 물 주전자는 술
단지로 시작했거든.

the latest in traps with a wire brush
from Sam's hardware store in Lawrence, Mass. "You ignore the Midrash
by which authority?" I could hear small incendiary
devices going off in the midst of the pleasantries
exchanged at this, as every, family gathering, Please Do Not Leave
Window Ajar,
where the stricken
face of Uncle Arnie's friend Fanny Brice peeked from her astrakahn.

"According to Horace," Arnie maintained, "every water pitcher started
out as a wine jar.

여러분은 〈패니〉를 바보라고 여길지도 모르지만, 난 그녀가 여기서
실제로 『양귀비 대왕』을 읽은 유일한 사람일 가능성이 높다는 게 염려돼요.
게다가, 여러분의 바비큐 연기가 마구 흔들리고 내던져지는 방식이 〈싱싱〉 교
도소의 그 공포의 아침을 떠오르게 하내요.
〈찰리 베커〉가 전기구이 당했잖아요." 〈헬렌〉이 커민 열매를
쪼개다가 올려보았고 그동안
〈브루스〉는 사슬톱 초심자의 온갖 열정으로
한 무리 어린 사사프라스 나무들을
분쇄하기 시작했고

You may take Fanny for a nincompoop,
but I fear she may well be the only one here who's actually read King
Poppy.
I fear, moreover, the way the smoke flings
and flails itself from your barbecue brings back that terrible morning,
in Sing Sing,
they fried Charlie Becker." Helene looked up from her cumin
splitting while Bruce began to pulverize
a stand of young sassafras
with all the zeal of a chain saw catechumen

지축을 뒤흔드는 아일랜드 노동자들은, 데-다로 굳어진 데-다의 벽에서,
조광 스위치 설치를 위해 잘라낸 구멍을 통해
예민해진 불평을 계속 늘어놓는다. 소택지 옆
선창에 조그만 평저선을 대놓은 〈조 한프트〉는 은행원, 〈루이스 B. 메이어〉와
〈토마스 에디슨〉을 도와 "냉각" 투사 램프를 개발했다. 그가 어디서
콜라와 팝콘을 구했는지는 아무도 모른다.

그는 그것들을 잘 지키도록 〈도로씨〉에게 맡겨놓고 멧돼지 덫과 거대 투석기에
관한

세부 사항에 집중했다.

and the groundbreaking Irish navvies continued to keen and kvetch
through the hole cut for a dimmer switch
in a wall of deh-dah stiffened with deh-dah. Next to moor
his little punt at our dock was Joe Hanft, the banker who helped Louis B.
Mayer
and Thomas Edison develop a "cool" projection lamp. Where he'd come
by the Coke and bucket
of popcorn God only knows.
He handed them to Dorothy for safekeeping while he concentrated on
the minutiae
of the peccary trap and the great trebucket

그게 있다면 훨씬 더 큰 생물조차도 잡을 수 있다고 알려진
투석기를, 강박관념에 사로잡힌 사람이 그러하듯이, 설치하고 넘어뜨리고 하다
가, [고장],
마침내 〈샘〉에 의해 쫓겨났다,
〈샘〉은 구약 시편의 첫 구절 (" '애쉬레이 하 '이쉬 '애쉬")를 반복하면서
〈애쉬〉에게 〈버베커와 롤런드〉 사(社) 실내장식 못을 주었는데
그는 그것을 아주 완강하게 쥐고서
계속 잠들어있다. 수 톤에 달하는 진흙, 건초, 머리카락, 신발, 그리고 안경테
때문에

가능성이 갈수록 희미해졌다, 우리가

with which we've been known to take even larger critters,
setting and upsetting the trebucket as would an obsessive compulsive,
Out of Order,

until he was himself ousted by Sam,
Sam who repeated the opening phrase (" 'asherey ha 'ish 'asher") of the
book of Psalms
as he handed Asher a Berbecker and Rowland
upholstery nail which Asher held as grim as grim
while sleeping on. Ton upon ton of clay, hay, hair, shoes, and spectacle
frames
made it less and less likely that we would land

언젠가 곧 〈그릭스타운 코스웨이〉 땅에 발을 내딛을 가능성이, [경사로 나뉨],
[실수는 교정될 수 없으니 당신의 변화를 조사하시오],
거의 들을 수 없는 용수로의 포효가
증조부의 기도를 삼켰다.
어떤 권위로 〈애쉬〉를 할례해주지 않았지?
어떤 권위로 〈애쉬〉를 유대인 학교 선생님에게 보내지 않았지?
그동안 〈애쉬〉는 계속 잠들어 있고 주름진 검정 비단 장식이 아주 많은 그의 침
대는
격류를 견뎌내었다. 짐바구니 초심자의 그 모든 열정으로,

on our feet on the Griggstown Causeway any time soon, Ramp Divides,
Please Examine Your Change As Mistakes Cannot Be Rectified,
the almost inaudible roar
of the millrace drowning out a great-grandfather's prayer.
By which authority did we deny Asher a mohel?
By which authority did we deny Asher a rebbe?
Asher, meanwhile, slept on, his most crape-creepered of cribs
riding out the torrent, riding out the turmoil

진흙, 건초, 머리카락을 짐바구니 가득, 어깨에 지거나 머리에 이고 운반하는,
저 수천 명에 달하는 아일랜드 노동자들의

소동을 견뎌내었다. 내 아이들과 동족인 어떤 아이의
왼 팔뚝에 새겨진 문신, 아주 희미한 문신. 또 다시 폭풍이
울부짖었고, 뭔가가, 데-다, 데-다,
수로를 따라 떠내려가는 저 진흙과 머리카락에 관한 뭔가가
세인트루이스의 어느 오후를 생각나게 했다.
베란다 끝에서 바비큐 재를 갈퀴로 긁어내고

of those thousands of Irish navvies piling clay, hay, hair into their
creels
and bearing them at shoulder height, or above, with all the zeal
of creel catechumens. A tattoo on the left forearm
of some child-kin of my children, a very faint tattoo. Once more the
storm
was howling and something, deh-dah, deh-dah,
something about that clay and hair going down the sluice
brought back an afternoon in St. Louis.
Something about raking the ashes of the barbecue at the end of the
verandah

어린 멧돼지, 아주 여위고 홀쭉한 허리,
작은 갈빗대 새장, [도로 폭 좁아짐], 그 허리와 옆구리 고기를 뒤집는 것에 관
한 뭔가가,
멧돼지 한 배 새끼들 중 가장 작은 놈을,
딩크 앤 딩크
앤 딩키-딕으로, 뒤집는 것에 관한 뭔가가, 그날 오후를 생각나게 했다. 아홉
갈래 촛대에 불을 붙이고
율법 주석서를 읽고 있는
〈샘〉에 관한 뭔가가,
〈살인 주식회사〉의 "안개와 밤"에서 떨어져 나와 〈웰링턴〉 공작과

and turning over the loin and flank
of a young peccary, its loin so lean and lank,
its little rib cage. Road Narrows.
Something about turning over that runt of the peccary farrow,
with a dink and a dink
and a dinky-dick, brought back that afternoon. Something about Sam
                                                    lighting a menorah
and reading a commentary on the Torah,
something about Arnie distancing himself from the "night-and-fog" of
                                                    Murder Inc.

〈페린다〉의 요새 지휘관에 대한 믿기 어려운 이야기에 끌리고 있는 〈아니〉에
                                                    관한 뭔가가,
우리 자신의 '밤과 안개의 사면'의 날을
다시 생각나게 했다,
그날 〈게이트웨이 아치〉 아래 몸을 꼿꼿이 세우고 우리 아이의 상실에 대해 생
                                                    각했다.
운하를 팠던 저 수천 명의 아일랜드 바보들에게
럼주를 판매했던 배후의 브레인이 바로 〈아니〉였다.
〈애쉬〉의 눈꺼풀 뒤의 실룩거림. 조그만 두드러기와 부스럼들.
마치 꿈을 꾸고 있는 듯했다, 〈보스코벨 비치〉에서,

to a disbelieving Duke of Wellington and Killadar of Perinda,
brought back the day
of our own *Nacht-und-Nebel Erlass*
on which I'd steadied myself under the Gateway Arch and pondered the
                                                    loss
of our child. It was Arnie who'd been the brain behind running rum
to those thousands of Irish schlemiels
who dug the canal. A flicker from Asher's lids. The little whelks and

wheals.

As if he might be dreaming of a Pina Colostrum

갓 짠 모유를 빠는 꿈을, 예쁜 아이가 〈존슨즈〉 유아용 오일에 발을 적시고 있는
꿈을.
〈패니〉가 아스트라한 모피, 그 털,
사산된 양의 그 털 사이로 쳐다보았다. 또 다시 사슬톱이 거침없이 돌아갔다.
또 다시 내가 최신 덫을 문질러 닦는 동안
〈헬렌〉이 솥 안에 휘감겨 있는, 더욱 더 날것이 되어가는, 모든 것에
옥수수 녹말을 문질러 넣었다. "뒷다리가 있는 저 멧돼지는,"
앞챙 달린 모자 쓴 이가 묻곤 했다, "저건 악성 척추피열인가요?"
맨 아래 서랍이 어디선가

on Boscobel Beach, some young beauty dipping his foot in Johnson's
baby oil.

Fanny peeked from her astrakhan, its poile
the poile of a stillborn lamb. Again a chain saw letting rip.
Again I scrubbed the very latest in traps
while Helene rubbed cornstarch into whatever was curled, rawer and rawer,
in the autoclave. "That peccary with the hind foot,"
the peaked cap would inquire, "it's a bad case of spina bifida?"
I heard a bottom drawer

열리는 소리가 들렸다. 솥에 있던 게 뭐든지 그걸 덮었던
린트 천에 묻은 붉은 얼룩이 폴란드의 어느 오후를 생각나게 했다.
그때 연기는 아우슈비츠
화장터에서,
[최대 윗틈], 마구 흔들리고 내던져지고 있었다. 약간의 떨림이
없는 게 아니어서, 그래서, 나는 내 캠코더의 초점을 조절하여
진흙, 건초, 머리카락을 (어깨 높이나 그 위로) 운반하고 있는

이 짐바구니 수레꾼들의 무리에 맞췄다. 〈허리케인 플로이드〉가 지나간 다음 날

open somewhere. The red stain on the lint
that covered whatever it was in the autoclave brought back an
afternoon in Poland
when the smoke would flail and fling itself. Maximum Headroom.
from a crematorium
at Auschwitz. It was not without some
trepidation, so, that I trained my camcorder
on this group of creel carters
bearing clay, hay, hair (at shoulder height or above) through the awesome

그 놀라운 날 아침에, 또 한 대의 1921년 〈벤츠〉나 1924년 〈부가티〉가
아직 〈운하로〉를 따라 내려오고 있던 때, 아직 또 한 명의 앞챙 달린 모자 쓴 이가
내 동족 아이에게 "아쉬케나즈"의 의미를 묻고 있었을 때,
[입과 코에 마스크를 착용하세요],
그 연기가 아우슈비츠 위로 내던져지고 마구 흔들림에 따라
내 떨림은 갈수록 심해졌다.
나는 〈보스코벨 비치〉인척 상상했던 곳에서 시선을 들어
사사프라스나 플라타너스의 타버린 그루터기를 보았다.

morning after Hurricane Floyd as yet another 1921 Benz or 1924 Bugatti
came down Canal Road and yet another peaked
cap was enquiring of my child-kin the meaning of "Ashkenaz,"
Place Mask over Mouth and Nose.
my trepidation becoming more and more
pronounced as that smoke would flail and fling itself over Auschwitz.
I looked up from our make-believe version of Boscobel Beach
to a cauterized stump of sassafras or sycamore

그때 짐바구니 수레꾼들은, 홍수 진 물가에
늘어선 소형 이륜마차와 큰 짐마차에,
더욱 더 많은 진흙, 건초, 머리카락, 안경테를 싣고 있었다, [환영],
격렬한 회상 속에서 [노동이 자유롭게 하리라]라는 표어가 걸린 교각의 아치들
을 생각하고 있는 저 짐바구니 수레꾼들,
그때 나는 무성하게 흔들리는
연기의 습지를 통해 올려다보다가, [삐 소리 후에 메시지를 남겨주세요],
한두 해 전에 우리가 상실했던 케밥 좋아하는 아이가 가장 좋은 턱받이와 가슴
받이를 걸치고
온통 숯 검댕으로 얼룩진 날개를 약간 내미는 것을

as the creel carters piled more and more clay, hay, hair, spectacle
frames, Willkommen,
onto the line of carrioles and camions
by the edge of the flooded stream, those creel carters imagining in
excited reverie
the arches of the bridge wrought with the motto Arbeit Macht Frei,
while I looked up through the swing
and swale of smoke, Please Leave a Message after the Beep,
and watched the kebab-babby we had lost a year or two back put on its
best bib
and tucker, watched it put out its little bit of a wing

지켜보았다.
그건 마치 사방에서 떠내려 온 머리카락, 안경테, 아기양말, 단화 더미들을 다
잊고
실제 〈보스코벨 비치〉를 찾아 (그곳에서 우리는 〈산드라 휴즈〉와 〈안톤 하자
르〉를 만났다)
출발하려는 것 같았다. "이름을 제대로 대자면 아우슈비츠-비르케나우란다,"
라고

샘은, 스스로 소환되어 어떻게든 나타난 〈안톤〉과 〈산드라〉에게, 설명하고 있
었다.

아구창에도 불구하고,

기저귀 피부염에도 불구하고, 물론, 〈애쉬〉는 계속 자고 있었고,

홍수는 찻길에서 물러나고 있었다. 그 지점은 수호초가

all tinged with char

as if to set off for the real Boscobel Beach (on which we had met Sandra

Hughes and Anton Hajjar),

oblivious to the piles of hair, spectacle frames, bootees and brogans

borne along from wherever. "The full name is Auschwitz—Birkenau,"

Sam was explaining to Anton and Sandra,

who had somehow summoned themselves. Asher slept on, of course,

despite his thrush,

despite his diaper rash,

the floodwater having receded from the point on the driveway at which

the pachysandra

예전에 무성했던 곳, 그 지점은 〈아니〉가 상당히 질 좋은 견인줄을

〈스튜더베이커〉 차대에 묶었던 적이 있는 곳. 그는 짐수레 끄는 노새의 멍에에

밧줄을 걸면서, 한 줌의 털을 붙잡아 몸의 균형을 잡고,

"난 간단하게 말해 선수에게 뇌물을 줄 마음이 없어요," 라고 주장

하고자 했다. [광폭

우회전 차량], 〈애쉬〉의 털 없는 얼굴에 겹치는 다수의 대화자들 중에

이제 무엇보다 멧돼지 새끼가 포함되었다는 사실이, [쓰레기를 버리지 마시오],

나를 아주 놀라게 했다,

had earlier been swamped, the point at which Arnie had fixed some

class of a tow rope

to the chassis of the Studebaker. "I simply don't have it in me to bribe a ballplayer," he would main—

tain, steadying himself with a handful of mane

as he hooked the rope to the hames of a draft mule, This Truck

Makes Wide Right Turns. The fact that the slew of interlocutors

in Asher's glabrous face now included, of all things, the peccary runt,

Do Not Litter,

left me no less awestruck

만약 〈스튜더베이커〉가, 처음 출하되었던 〈사우쓰 벤드〉 공장으로,

갑자기 확 옮겨진다면, 그에 따라 놀라게 될 정도에 못지않게, [이쪽 끝을 개봉

하시오],

만약 〈패니〉의 아스트라한 모피에 꿰매진 열두 마리 사산 양들 중 한 마리의 영

혼이

근본적 순수를 회복하여 배우게 된다면, 그에 따라 놀라게 될 정도에 못지않게,

만약 아주 홀쭉하고 깡마른 멧돼지를 잡았던 덫을 문질러 닦는 짓이,

그 자그만 뒷다리로,

[걷지 마시오], 만약, [걷지 마시오], 만약, [걷지 마시오],

만약, 문질러 닦는 짓이 그걸 깨끗하게 해준다면, 그에 따라 놀라게 될 정도에

못지않게.

than if the Studebaker were to be suddenly yanked back to the factory

in South Bend

from which it had been packed off, Open This End,

than if the soul of one of the dozen stillborn

lambs sewn into Fanny's astrakhan were to recover radical innocence

and learn,

than if scouring the trap by which I had taken that peccary, so lank

and lean,

by its dinky hind leg,

Don't Walk, than if, Don't Walk, than if, Don't Walk,

than if scouring might make it clean.

데자부의 압도적 감각. 〈팀버크투〉로 진입하는 소금 길을 따라
흔들리며 가고 있는 짐바구니 대상(隊商). 마이크를 손에 쥐고
「중고 장미」를 시작하고 있는 〈패니〉. 단 한 번에 동시에
삽자루를 내려놓는 상인들의
호송. 곡조가 맞는 놈을 찾아 연속 세 그루 째 플라타너스
나무껍질을 쪼고 있는 볏 달린 딱따구리.
진흙, 건초, 머리카락, 안경테, 물려받은
아기양말 그리고 단화의 더미들이 이제 방주(方舟)에 실려

An overwhelming sense of déjà vu. The creel caravan
swaying along the salt route into Timbuktu. Fanny taking up a hand-
                                             held microphone
and embarking on "Secondhand Rose." The convoy
of salt merchants setting down their loys
at one and the same moment. our piliated woodpecker tapping at the
                                                          bark
of three successive sycamores in the hope of finding one in tune.
The piles of clay, hay, hair, spectacle frames, hand-me-down
bootees and brogans now loaded onto the ark

그것이 물에 아주 낮게 떠있게 되자 삼촌 〈아니〉가 〈패니〉에게
「중고 장미」의 합창부분을 잘라내고 배에서 뛰어내리라는
강한 암시를 준다. 〈헬렌〉이
"측면에 흰줄이 들어갔던 타이어가 현관에 놓인 유모차의 효시였다"는 데 동의
                                                          한다.
〈애쉬〉가, 두 마리 테디 곰의 시중을 받으며, 계속 자고 있지만,
그의 영혼이 근본적 순수를 회복하고, 그것이 저절로 기쁨을 준다는 것을
마침내 배우게 될 가능성이 그 어느 때보다 줄어들고 있다. 〈샘〉의 과부 〈애다

〈코레리츠〉 선조의 목록을 알파벳순으로 작성하고 있다.

causing it to lie so much lower in the water that Uncle Arnie gives a
heavy hint
to Fanny that she should cut the chorus of "Secondhand
Rose" and jump ship. "The whitewall
tire," Helene concurs, "is the beginning of the pram in the hall."
Asher sleeps on, attended by two Teddy bears,
his soul less likely than ever to recover radical innocence and learn at
last
that it is self-delighting. Ada Korelitz, Sam's widow, is drawing up A-,
B-, and C-lists
of the Korelitz forebears

그녀는 1919년 월드시리즈를 우승한 〈신시내티 레즈〉 팀을 위해
자신과 〈아니〉가 여는 축하연회에 그 선조들을 초대할 것이다. [불허 도로],
〈아이삭 울프〉가 "마음 속에 증오가 없다면,
바람의 공격과 강타도 나뭇잎에서 데-다를 찢어낼 수 없다"고 쿵쾅거리면서
설명한다. 〈헬렌〉이 〈패니〉의 것과 거의 마찬가지로 세련된 아스트라한 모피
자락 밖으로
살짝 훔쳐보면서, "당신이 생각하고 있는 게 물총새라면, 그건 〈페린다〉의 물
총새일 가능성이
아주 높아요."라고 말한다. 방주가 이제 아주 낮게 물에 떠있어서, [전방 정지],
삼촌 〈아니〉가 〈신시내티 레즈〉 팀에게 다시 한 번

whom she'll invite to a reception thrown by herself and Arnie,
Unapproved Road,
for the 1919 World Series—winning Cincinnati Reds.
"If there's no hatred in a mind," Isaac Wolf

pounds and expounds, "assault and battery of the wind can never tear
the deh-dah from the leaf."
"As for the killdeer," Helene peeks from an astrakhan almost as natty
as Fanny's, "you're thinking, in all likelihood,
of the killdeer of Perinda." The ark now lies so much lower in the water,
Stop Ahead,
that Uncle Arnie gives another heavy hint to the Cincinnati

그들 또한 배에서 뛰어내려야 한다는 강한 암시를 준다, ['조심'].
독일군이 〈비알리스톡〉 유태인 대학살을 자행한 후 강제이주지역을 통해,
팬더 전차가 만족스러운 듯이 끄덕대며 가고 있는 바로 한 걸음 앞에
1920년 산 스튜더베이커가 있다. 대서양에서 세력을 키운 바람이 〈벨마〉와 〈씨
거트〉를 부쉈다.
〈바운드브룩〉이 부숴졌다. 지붕 무너뜨리는 바람, 불경하고 무관한 바람,
방주 공격의 선봉에 나선 바람,
거의 들리지 않는 바람. 삼 개월 성장의 기억이 분출하는 것은
고작 실룩거림, [임대].

Reds that they should also jump ship, *Achtung*.
The 1920 Studebaker's just one step ahead of a Panther tank
nodding approvingly through the ghetto after the Germans have
massacred
the Jews of Bialystok. The wind bred on the Atlantic has broken Belmar
and Seagirt.
Boundbrook is broken. The roof-leveling wind, profane and irreverent,
the wind which was at the spearhead
of the attack on the ark, almost inaudible. The memory of a three-
month growth spurt
no more than a flicker, For Rent,

〈애쉬〉 눈꺼풀 뒤의 실룩거림뿐. 그의 털 없는 얼굴에 어린 선조들의 알파벳순
목록.
〈한프〉. 〈울프〉. 〈라인하트〉. 〈에이브람스〉. 〈라인하트〉씨가 떠들어대기 시작
할 때
앞챙 달린 모자 쓴 이가 흰 주둥이 멧돼지를 먹는 것에 관한
정통교리의 입장에 관해 묻는다. 기차는 〈비알리스톡〉 역에 멈췄다, 모스크바
에도
레닌그라드에도 가지 않았다.
〈헬렌〉이 욕을 좀 내뱉는 동안
그 별표의 노랑이 그녀가 한때 〈채링 크로스 길〉에서 본 적이 있는 가스 실린더의
밖으로-밖으로 퍼져가는 노랑의 성질을 다시 생각나게 했다. 이제 예일 졸업생
인 〈아이삭 울프〉가

behind Asher's sleeping lids. The A-, B-, and C- lists of forebears in
his glabrous face.
Hanff. Wolf. Reinhart. Abrams. A Reinhart beginning to fuss
as a peaked cap inquires about the Orthodox
position on the eating of white-lipped peccary. The train stopped in
Bialystok's
running neither to Warsaw nor Leningrad.
Helene uttering a little cuss
as the yellow of that star brings back the out-and-out yellowness of a
cylinder of gas
she once saw on Charing Cross Road. Now Isaac Wolf, a Yale grad,

하릴없이 용수로를 바라본다. 거기 떠내려가는 것들, 표지판, 간판, [새 모이],
[출입금지],
[도로 앞 다리 결빙], [갓길 운행 금지], [신선 미끼]
나의 나선형 미끄럼틀, [벌금 500불],
대용 오븐

그 안에 우리가 의도했던 것은, [청결유지], [모든 방향 허용], 〈부가티〉 적재량
에 관한
〈버몬트〉 주 스티커, [속도를 줄이시오],
밖으로-밖으로 퍼져가는 노랑의
표지판이 가리키는 지점은 바로 영혼이 근본적

looks on helplessly at the millrace on which signpost, signboard,
Birdseed, Keep Out,
Bridge Freezes Before Road, Don Not Drive in Breakdown Lane, Live
Bait,
my lonely helter-skelter, $500 Fine,
the makeshift oven
in which we meant, Keep Clear, All Directions, the Vermont decal
on that Bugatti-load of grain alcohol, Slow,
the out-and-out yellow
of this signpost that points toward the place where the soul might
recover radical

순수를 회복할지도 모를 곳, [수리할 때 외 정차금지], 대용 오븐 안에 우리가
굽고자 했던 것은
멧돼지 앙크루트, [압착 내용물], 우리가 〈사하라〉에서 사들고 나온 것을
마구 넣은 냉동용 자루,
아직은 물이 불어나지 않은 미주리 주를 가리키고 있는
표지판, [과속 방지턱], [갓길 없음], [철로 없음],
모든 것들이 통행료접수대를 따라 떠내려가다가
삼촌 〈아니〉의 아버지이고 〈베쓰 이스라엘〉
(그래요 바로 그 베쓰 이스라엘) 창립자들 중의 한 분인 〈아브라함 로쓰타인〉이

innocence, No Stopping Except for Repairs, the makeshift oven in
which we meant to bake

the peccary en croute, Contents Under Pressure, the freezer bag
into which we've bundled the carryout from the Sahara,
the signpost that points to where the Missouri
had not as yet been swollen, Hump, No Shoulder, No Rail,
are all borne along Toll Booth,
to where Uncle Arnie's father, Abraham Rothstein, one of the founders
of Beth

Israel (yes, Beth Israel),

『지그펠드 풍자극』에서 〈패니 브라이스〉와 함께 처음 불렀던 「내 남자」를 노래
하는 곳으로 흘러가고 있다.
눈꺼풀 뒤의 실룩거림. 마치 저 동족의 아이들이 도망칠 수 있다는 듯이,
그들이 우크라이나에서 코사크 사람들에게서 도망쳤던 대로,
[기차 내릴 때는 모든 소지품 꼭 가져가세요],
그들이 비록 지금 플라타너스에 못질을 해대고 있는
관모 쓴 〈롤런드 앤 버베커〉 직원에 의해 잠깨고 있다고 해도, 〈애쉬〉의 얼굴
은 여우 가면,
한 국자 럼주를 위해 궂은일 마다하지 않을 게 빤한 아일랜드 바보가
오래전 사라진 문기둥에 못질해 놓은 가면. "찰리 베커처럼 구는 이 경찰 지구
대장들은 대체 뭐야?"

joins Fanny Brice in the version of "My Man" she first sang in the
Ziegfeld Follies.
A flicker from behind the lids. As if those children-kin might flee
as they fled the Cossacks in the Ukraine,
Please Remember to Take Your Belongings When You Leave the Train,
woken as they now are by a piliated Rowland and Berbecker
tapping into a sycamore. Asher's face a fox's mask
nailed to a long-gone doorpost by an Irish schlemiel as likely as not to
mosk

his brogans for a ladle of rum. "What's with these police captains, like
Charlie Becker,"

〈아니〉가 〈헬렌〉의 허리에 팔을 두르지만, 그녀는, 선택되었어도, 삶이 맥 빠
진 것을 발견한다,
[비행 중 내용물이 움직였을 수 있습니다],
"누가 그들이 법 위에 있다고 생각하겠어요, 누가 그들이 우리와 다르다고 생각
하겠어요?"
근처에서 작전수행 중인 경찰대가, 떠오르게 한다,
폭동 진압용 봉과 방패를, 콜라비 채소를 집어먹고 있는 내 아이들의 동족인 어
느 아이를.

이제 〈헬렌〉이, 솥 속에 있는 게 뭐든지 그 둥근 데에
옥수수 녹말 개어 넣는 일을 그만두고,
〈콜리브리〉 라이터 작은 부리를

Arnie puts his arm around Helene, who, being chosen, finds life flat,
Contents May Have Shifted During Flight,
"who think they're above the law, who think they're born without belly
buttons?"
The police launch maneuvering by brings back riot shields and batons,
some child-kin of my children picking at this kohlrabi.
Now Helene leaves off rubbing cornstarch
into the arch
of whatever lies in the autoclave, sets the little beak of her Colibri

떨면서 담배에 불을 붙이고, [열려면 당기세요],
서랍을 뒤져 가금(家禽) 손질용 가위를 찾는다. 아기 뼈를 파고드는 난도질.
〈그레고리〉 숲과 헐벗은 언덕 외에,
장애물은 없다, [젖은 바닥 미끄러짐 조심],
그 언덕이 〈파텔〉 박사가 〈진〉의 자궁에서 체계적으로 아이를 꺼냈던 날

그날 아침을 생각나게 한다, [일자리 구함],
삼촌 〈아니〉는 그동안 내내 짐수레 끄는 노새의 목에
측면에 흰줄이 들어간 타이어를 걸고 있다. 노새의 고집이 만만치 않아서

wobblingly to a cigarette, Pull to Open,
and reaches into a drawer for the poultry shears. The hacking through
a babby bone.

No obstacle but Gregory's wood
and one bare hill, Slippery When Wet,
bringing back the morning Dr. Patel had systematically drawn
the child from Jean's womb, For Hire,
Uncle Arnie all the while hanging a whitewall tire
about the draft mule's neck, the draft mule no less thraward-thrawn

현관의 유모차를 기교의 궁극으로 간주하는 〈워〉의 방식이 무엇이든 그만큼이
나 완고했다.
저 젊은 〈에이브럼스〉나 〈라인하트〉에게 와플텐 통조림을 주면서
달콤한 말을 쏟아내고 있는 저 앞챙 달린 모자 쓴 이는
〈비알리스톡〉 강제이주지역의 특정 집에 있는 그를
그곳에 그의 삼촌이 몸을 숨기고 있는데
정말 교화할 수 있다고 느꼈을까. 〈애쉬〉가 오래전에 사라진 고무젖꼭지의
뽈피리에 입술을 갖다 대는 동안
〈아이삭 울프〉는 〈패니 브라이스〉에게 설명한다 (그건 '주조공장'이란 뜻의 '게
토'에서 온 말이지 '자치구'를 뜻하는

than whichever Waugh deemed the pram in the hallway the end of art.
The peaked cap sweet-talking that young Abrams or Reinhart
with the offer of a tin of waffeletten
should he feel able to enlighten
him on the particular house in the Bialystok ghetto

in which his uncle is hunkering down. Asher puts his lips to the shofar
of a long-gone pacifier
as Isaac Wolf expounds to Fanny Brice ("it's from getto, 'a foundry' not
borghetto,

'보게토'에서 파생한 게 아니야"), 그 작은 헝겊 조각, 그 작은 천 조각의
땅에 내가 출연시킨
수천 명의 아일랜드 바보들이 몰려들었다. [정지],
〈애쉬〉가 눈을 뜬다. 다시 한 번 폭풍은 예전처럼 울부짖는다.
〈아이삭〉이 예일대 게시판 아래쪽에서, 흑마주점은 여전히 맥주 영업 중이라고
소리쳤을 때처럼,
모든 반지를 도단당한 한 마리 꼬마물떼새 〈소피〉가
욕조에서 사체로 발견되었을 때처럼, [덮어주세요],
〈샘〉이 소파 덮개 고정용 못 가업 〈버베커 앤 롤런드〉를 접었을 때처럼, [판매
용],

a 'borough'"), on that little gore, that little gusset
of ground into which my cast
of thousands of Irish schmucks have been herded, Halt,
Asher opens his eyes. Once more the storm is howling as it howled
when Isaac shouted down the board of Yale, the Black Horse Tavern
still served ale,
when Sophie was found dead in the bath, a ringed plover
with all her rings stolen, Please Cover,
when Sam discontinued his line of Berbecker and Rowland upholstery
nails, For Sale,

우리가 언덕을 올라 〈코퍼마인〉 강을 지나 아직 탈출할 수 있었을지도 모를 때
처럼,
입술을 꼭 다문, 속을 읽을 수 없는 표정의 채무에 대한 불이행으로

삼촌 〈아니〉가 거트 샷을 당했을 때처럼 (〈조지 맥매너스〉에 의해 그리 되었던
가?), 유명인
〈헬렌 한프〉가 〈드윗〉 양로원에서 〈불워-리턴〉의 팔에 안겨
잠든 채 발견되었을 때처럼, [우회하시오],
〈패니〉가 그녀의 전남편 〈니키 안스타인〉을 밀고했던
〈조셉 그룩〉의 소위 고백이라는 것이
새나가는 것을 막으려 했던 때처럼, 내 외로운 '탑'의 투석기가

when we might yet have climbed the hill and escaped by Coppermine,
when Uncle Arnie was gut-shot (by George McManus?)
for nonpayment of tight-lipped, poker-faced debts, when Helene
Hanff, the celeb,
was found asleep
in the De Witt Nursing Home in the arms of Bulwer-Lytton, Follow
Detour,
when Fanny tried to stop the leak
of a so-called confession by one Joseph Gluck
which fingered her ex-husband, Nicky Arnstein, when the trebucket of
my lonely *túr*

바로 그 마지막 순간에 〈조 한프〉에 의해 작동되었을 때처럼, [외출 금지],
어느 성미 고약한
젊은 〈라인하트〉나 〈에이브럼스〉가, [이 지점 이후 어린이 출입금지],
앞챙 달린 모자 쓴 이에 의해 어깨 높이로 데려가졌을 때처럼, [한계 이탈],
빗물에 잠긴 개갓냉이 잡풀 더미에서, 데-다, 밀 배유를 씻어내던 한 굶주린 아
일랜드 바보에게서,
예선(曳船) 길의 터무니없음과 강둑 벼랑길의 터무니없음 사이에서
여직 축 늘어져, 여직 축 늘어져, 맥 빠져 있는
저 수천 아일랜드 바보들 중의 한 명에게서, 비명이 솟구쳤던 때처럼

was tripped for the very last time by Joe Hanff, No Egress,
when a cantankerous
young Reinhart or Abrams, No Children Beyond This Point,
was borne along at shoulder height by the peaked cap, Out of Bounds,
when the cry went up from a starving Irish schlemiel who washed an
endosperm
of wheat, deh-dah, from a pile of horse keek
held to the rain, one of those thousands of Irish schmucks who still loll,
still loll and lollygag,
between the preposterous towpath and the preposterous berm.

(*Moy Sand and Gravel* 84-105)

III

　멀둔이 「흑마의 표지」에서 보여주는 구조화의 기교는 우선 연상에 의
존한다. 한 파편이 다음 파편으로 전이되는 과정은 논리적 통일성을 결
여하고 있고 즉흥적이다. 그런데 시가 진행할수록 가까이 혹은 멀리 떨
어져 있는 부분들이 서로 상보적으로 연결되면서 뭔가 이야기를 형성해
간다. 그래서 이러한 연결이 충분히 강화되면 자전적인 것과 역사적인
것 그리고 철학적인 것이 함께 겹치고 섞이는 어떤 방식을 도출한다. 그
렇다고 이런 섞임이 작품 자체의 자율적 구조에 따라 어떤 융합이나 발
전을 지향한다고까지는 말할 수 없다. 시인의 세상에 대한 관심과 역사
의식은 예민하게 감지되지만 그것은 냉정한 관찰과 말없는 사유의 방식
으로 움직일 뿐 직접적 개입이나 해결의 기미가 도통 보이지 않는다. 그
래도 적극적인 독자는 여러 부분들 간의 어떤 연결에서 동일한 것의 재
생산을 발견하지 않고 새로운 단서를 찾아냄으로써 뭔가 의미하는 바를
드러낼 수 있다는 기대를 갖는다. 그런 가운데 이 시는 여전히 언어의

기교와 주제의 심도에서 그 속내를 쉽게 드러내지 않는 단단함을 지니고 있다. 이 시는 읽는 행위가, 더 나아가 번역하는 짓이, 옮길 수 없는 것에 대한 고통스럽고 즐거운 도전이라는 것을 새삼 실감하게 해준다.

08
잔인한 사진가
─ 나타샤 트레써웨이

I. 나는 혼종의 국외자다: 『집안일』(*Domestic Work*)

"사람들은 역사 속에 갇혀 있고 역사는 사람들 속에 갇혀 있다"라고 볼드윈(James Baldwin)은 말했다. 누구도 역사에서 다소간에 자유롭지 못하다. 그런 사람들 가운데서 누구는 역사가 삶의 가장 핵심적인 문제로 드러날 수밖에 없는 운명에 처한다. 이러한 운명은 아프리카계 미국 시인들의 경우에 더욱 두드러지는데 최근 젊은 여성시인으로 트레써웨이(Natasha Trethewey)가 주목을 받고 있다. 그녀는 2007년에 세 번째 시집 『원주민 수비대』(*Native Guard*)로 퓰리처상을 수상했다. 이 수상은 예전의 수상자들이 대다수 오랜 시적 경력을 지녔던 점을 고려할 때 이례적이라고 할 수 있다. 미국 내 소수민족의 정체성에 관한 문제는 전

세기부터 꾸준하게 다뤄져온 터여서 그녀에 대한 독자와 비평계의 새로운 관심은 시의 주제 자체보다 그것을 다루는 언어의 방식에 더 집중되고 있다고 여겨진다. 미국 계관시인을 지낸 바 있는 도브(Rita Dove)는 그녀의 가치를 일찍 눈여겨보고 첫 시집 『집안일』에 서언을 달아주었다. 여기서 그녀는 트레써웨이가 볼드윈이 말한 대로 역사와 사람들이 하나로 묶여 있는 "양날의 칼"을 쥐고서 "옛날의 기사처럼" 세상에 임한다고 진단하고 있다. 트레써웨이 자신도 시적 작업의 방향성과 관련하여 "공적 기록에서 종종 배제되었던 사람들에 대한 공적 기록을 창조하고 싶다"(*Calloloo* 1025)고 언급하고 있다.

트레써웨이의 첫 시집에 실린 첫 시 「진행 중인 여성의 몸짓」("Gesture of a Woman-in-Process")은 향후 시집들에서 발견되는 시인의 일관된 관심사들 중의 하나를 압축한다. 이 시에는 "1902년의 한 사진에서"라는 부제가 달려있다. 이 사진은 시인에게 과거를 불러내 관찰할 수 있는 계기를 준다.

앞쪽에 찍힌 두 여인
슬쩍 바라보는 얼굴이
주름져 형성하는 짜임새—

깊은 안도의 표정—손금 같은
저 금들
만질 수만 있다면 읽을 수 있을 텐데.

그들 주변에 펼쳐진 일상:
린넨 천으로 축 처진 빨래줄,
밭 한 뙈기의 푸성귀와 고구마,

꼬투리를 까야할 서너 양동이 완두콩.

한 여인이 사진을 위해 포즈를 취해줘요,
다른 여인은 가만있으려하지 않지만.

그녀의 두 손은 지금까지도 원을 긋는 중
하얗게 흐려진 앞치마도
움직이고 있어요, 여전히.

In the foreground, two women,
their squinting faces
creased into texture—

a deep relief—the lines
like palms of hands
I could read if I could touch.

Around them, their dailiness: squinting
clotheslines sagged with linens,
a patch of greens and yams,

buckets of peas for shelling.
One woman pauses for the picture.
The other won't be still.

Even now, her hands circling,
the white blur of her apron
still in motion. (*Domestic 3*)

20세기 초엽은 사진술이 널리 보급되기 이전이다. 피사체는 그야말로
포즈를 취하고 움직이지 않아야 했다. 두 여인이 곁눈으로 "슬쩍 바라

보는" 긴장의 자세를 취하다가 마침내 사진가의 요청에 응하거나 개의치 않게 되는 "깊은 안도"의 순간으로 넘어간다. 사진가가 포착한 이 순간에서 두 여인의 얼굴에 그어진 금들은 어떤 짜임새를 조직한다. 금이 얼굴의 주름을 뜻하는지 사진이 접히고 구겨진 자국을 뜻하는지 모호하다. 화자의 눈에는 그것들이 다 한 가지일 수 있다. 화자는 그 금들을 마치 손금을 보듯이 들여다보고자 한다. 화자의 손금 읽기 아니 사진 읽기는 접촉의 감각을 전제한다. 그만큼 화자의 상상력은 사진의 낱낱을 구체적 경험의 차원으로 재구성한다. 이 방식에서 그냥 지나쳐버렸거나 유의한 것으로 주의하지 않았던 역사의 한 순간이 되살아난다. 사진의 전면에 두 여인이 있다면 주변에는 삶의 세부가 있다. 화자는 한 장의 사진을 통해 한 때 한 곳의 생활방식을 재현한다. 그 가운데서 화자는 특히 "가만있으려하지 않"는 여인에게 이끌린다. 사진 속에서 그 여인은 두 손과 앞치마 부분이 흐리게 찍혀 있다. 셔터가 닫히는 순간에 초점이 맞춰지지 않은 부분들이 존재하는 것이다. 화자는 "여전히" "움직이고 있"는 여인과 세월을 뛰어넘는 연대를 느끼면서 그녀가 미국의 역사와 사회 속에서 정체성의 혼돈을 겪고 있는 흑인 여성을 대표한다고 판단한다.

트레써웨이는 이 "진행 중인 여인"의 움직임에서 아직 정체성에 이르지 못하고 형성의 과정을 겪고 있는 존재들을 떠올리고 있다. 이 시가 첫 시집의 첫 시로 제시되는 것은 우연이 아니다. 그녀는 첫 시집 이후 그 존재가 뭉그러지고 흐려져 있는 흑인 여성의 경험을 미국시의 공적 영역 속에 새겨 넣는 작업을 지속하고 있다.

트레써웨이의 시에서 주인공은 화자 "나"가 아닌 경우가 많다. 그녀의 관심은 "나"가 그 안에서 빠져나올 수 없는 역사와 그 속에 자리한 동병상련의 인물들을 향해 열려있다. 「그의 손」("His Hands")에 나오는 부부는 시인이 역사 속에 복원시켜 기록하고자 하는 인물의 성격을 보여준다.

그의 손은 크기가 충분하지 않을 거예요.
그의 얼굴을 들여다보는 여인에게는 그럴 거예요.
그녀가 기억할 수 없는 아버지,
혹은 두 아내를 가졌던 그녀의 첫 군인 남편—
그저 받기만 하려는 모든 남자에게는 그럴 거예요.
그녀의 날선 말들이 빗겨가게 할 만큼
그렇게 충분히 크지는 않을 거예요.

그래도 그는 직장에서 인정받으려 애쓰지요.
틀상자 들어 올리는 굳은 살 박힌 두 손으로
하루 종일 선착장에서 일해도 지출은 수입의 두 배.
가능한 대로 모든 걸 집으로 가져오지요, 아침 덫에서 잡아 올린
서너 양동이 게, 서너 송이 녹색 바나나.

보온 솥에 대기 중인 저녁식사
부엌은 어둡고 차양은 드리워졌지요.
손을 부드럽게 만들어야지, 라고 생각하면서
가볍게 뒷문을 두드려요.
열쇠를 가지고 다닌 적이 없어요.

그녀가 손으로 손을 잡아 끌어들여
난롯가에 그를 앉혀요. 그의 갈라진 손바닥에 천천히
오일을 발라 쑤시는 부기를 가라앉히고
가시들을 제거하면서 그의 두 손이 주는 것은
그게 뭐든 받아들이지요.

His hands will never be large enough.
Not for the woman who sees in his face

the father she can't remember,
or her first husband, the soldier with two wives—
all the men who would only take.
Not large enough to deflect
the sharp edges of her words.

Still he tries to prove himself in work,
his callused hands heaving crates
all day on the docks, his pay twice spent.
He brings home what he can, buckets of crabs
from his morning traps, a few green bananas.

His supper waits in the warming oven,
the kitchen dark, the screens hooked.
He thinks, make the hands gentle
as he raps lightly on the back door.
He has never had a key.

Putting her hands to his, she pulls him in,
sets him by the stove. Slowly, she rubs oil
into his cracked palms, drawing out soreness
from the swells, removing splinters, taking
whatever his hands will give. (*Domestic* 22)

아내가 남편을 기다린다. 아내는 남편이 귀가하면 오늘 얼마나 벌이가
있었는지 빤히 그의 얼굴을 들여다볼 것이다. 그녀에게는 일찍 죽은 아
버지와 이혼한 남편이 남긴 상처들이 있다. 새 남편이 그마저도 이해하
고 돌봐줄 수 있다면 좋은 일이다. 하지만 삶의 현실에서 남편은 늘 그
렇게 큰 손을 내밀지는 못한다. 크고 믿음직스러운 손을 가진 이가 그

손으로 여러 문제를 척척 해결해 줄 수 있으면 얼마나 좋겠는가.

그렇다 하드라도 남편은 최선을 다한다. 집에 오면 그의 손은 부르트고 갈라져 있다. 그리고 남편의 늦은 귀가와 낮은 임금에도 그를 따뜻이 대하는 아내가 있다. 이들 부부의 사랑은 맹세와 선물로 유지되는 종류의 것이 아니다. "날선" 아내의 말을 비껴갈 만큼 남편의 도량과 재주가 큰 것도 아니다. 그렇지만 남편은 열쇠로 문을 열어본 적이 없다. 아내가 항상 열어주고 남편의 손을 잡아 불가에 앉힌다. 따뜻한 저녁을 대접한다. 갈라진 손바닥에 "천천히" 오일을 발라준다. 조금이라도 덜 아프도록. 이런 관계를 사랑이라고 간단히 표현할 수 있을지 모르겠다. 그것은 삶의 유지를 가능하게 해주는 신뢰와 의존에 관해 더 많은 것을 말하고 있다.

시인은 미시시피 주 걸프트(Gulfport)에서 태어나 성장했다. 흑인 원주민에게 가난과 소외는 피할 수 없는 운명이었다. 그녀의 뛰어난 시에서 등장인물은 역사의 한 순간에 대한 시인의 비판의식을 전달하면서도 관념의 등가물로 쉽게 치환되지 않는 직접성을 구현한다. 그 인물은 살아있는 인간의 느낌을 재현함으로써 독자로 하여금 그 시대와 장소를 느끼게 한다.

시인은 백인 아버지와 흑인 어머니 사이에 태어났다. 1960년대 당시만 해도 미시시피 주에서 이종결혼이 법으로 금지되어 있었다. 시인의 부모는 미시시피 주 밖에서 결혼하고 다시 돌아와 살게 되었는데 이것 또한 위법한 일이었다. 시인은 역사의 굴레 속에서 사회적으로 인정받지 못하는 존재로서 어린 시절을 보낼 수밖에 없었다. 그렇지만 그녀의 기억이 분노와 울분으로 가득 차 있는 것만은 아니다. 그녀의 정서는 이혼한 어머니와 함께 했던 모계의 삶에서 형성되었는데 그 세계에는 시 「넙치」("Flounder")에서처럼 이야기꾼 큰할머니가 든든하게 자리하고 있기도 하다.

자, 이걸 머리에 써, 라고 말하면서
그녀는 내게 모자를 내밀었어요.
넌 아빠만큼이나 하얗구
죽 그럴 거야.

큰할머니 앤슈거가 흑단 발목마다
나일론 스타킹을 말아 내리는 동안
나도 흰 무릎양말 말아 내려
여윈 두 다리 흔들대다가

양지와 그늘 사이
여기저기에 휙 오가는
피라미 떼 은빛 등짝
그 물길 바로 위에 둥글게 돌리고 있었는데

낚싯대는 이렇게 잡고서
똑바로 줄을 던지는 거란다.
이제 벌레를 바늘에 꿰서
내던지고 기다리거라.

그녀는 앉은 채로 커피 잔에
담배 즙을 뱉었어요.
입질이 올 때마다 쭈그리고 앉아
낚싯대를 번쩍 곧추 세웠지요.

꿈틀대며 저항하는 물고기
릴을 감아 세게 끌어당겼지요.
그녀가 말하길, 넙치구나, 쉽게 구분할 수 있지.
왜냐면 그 녀석 옆구리가 한쪽은 검고

다른 한쪽은 검거든.
그놈이 툭 땅에 떨어졌어요.
거기 서서 그놈이 팔딱거리는 걸 지켜보고 있는데
뛰어오를 때마다 다른 옆구리예요.

Here, she said, *put this on your head.*
She handed me a hat.
You 'bout as white as your dad,
and you gone stay like that.

Aunt Sugar rolled her nylons down
around each bony ankle,
and I rolled down my white knee socks
letting my thin legs dangle,

circling them just above water
and silver backs of minnows
flitting here then there between
the sun—spots and the shadows.

This is how you hold the pole
to cast the line out straight.
Now put that worm on your hook,
throw it out and wait.

She sat spitting tobacco juice
into a coffee cup.
Hunkered down when she felt the bite,
jerked the pole straight up

reeling and tugging hard at the fish
that wriggled and tried to fight back.
A flounder, she said, and you can tell
'cause one of its sides is black.

The other side is white, she said.
It landed with a thump.
I stood there watching that fish flip-flop,
switch sides with every jump. (*Domestic* 35-36)

기억이 생동한다. 담배를 씹는 큰할머니가 손녀에게 낚시를 가르친다. 둘 다 물가에 앉아 각자 스타킹과 양말을 둘둘 말아 내린다. 아이가 맨발로 둥글게 휘젓는 물아래에서 피라미 떼 등짝이 햇살에 반짝인다. 시인은 한 대담에서 자신의 시 속에 등장하는 Aunt Sugar가 외할머니의 열 살 터울 언니로서 자신에게 "시신"(muse)과 같은 존재였다고 언급한 적이 있다(*Callaloo* 367).

이 시는 트레써웨이의 재주가 이야기에 있다는 것을 증명한다. 시인이 풀어내는 이야기는 보다 큰 이야기를 끝없이 이끌어낸다. 그것은 어떤 큰 전체의 부분인 것 같은데 그것이 전체를 다 이야기한 것보다 효과적으로 무언가를 전달한다. 흑인 어머니가 언급하는 백인 아빠는 한 줄에 그친다. 아빠의 존재는 다른 시에서도 그의 부재에 대한 짧은 의식에서 역설적으로 존재한다. 큰할머니의 스타킹은 싸구려 나일론이고 그녀의 이름 중에 "슈거"는 사탕수수 집단농장을 연상시킨다.

기억은 아름답다. 그런데 꽃처럼 아름다운 것은 아니고 씹는담배의 즙을 커피 잔에 주저 없이 뱉는 할머니와 꿈틀대는 벌레를 낚시 바늘에 꿰는 어린 손녀가 나란히 앉아 있는 그런 종류의 아름다움이다. 아빠를 닮아 거의 흰 피부색을 하고 있는 어린 소녀는 아빠 없이 그 자리에 혼종의 흑인으로 있다. 시인은 한 대담에서 이 시가 실제로 겪은 일에 대한 회고에서 만들어졌다고 밝힌 바 있다. 당시에는 그저 신기하고 멋지게 보였을 넙치의 뒤집기가 이제 시인에게 그리고 독자에게 혼종의 일생을 축약하는 상징이 된다. 시의 결구에서 화자는 넙치의 옆구리가 팔딱 흰색에서 검은색으로 다시 흰색으로 바뀌는 것을 지켜보고 있다.

혼종의 국외자로서 시인이 자신의 정체성을 되새기는 일은 미국의 역사에서 그간에 도외시되고 망각된 사람들을 역사 속에 제대로 복원하는 일과 맥을 같이한다. 시인의 그러한 노력은 그녀가 제기하는 인종차별의 문제에서보다 그녀가 창조해낸 인물의 생생한 삶에서 더욱 큰 성공을 거둔다.

II. 사진은 잔인하다: 『베로크의 오필리아』(Bellocq's Ophelia)

트레써웨이는 "사진이 순간에서 사물을 잡아내고 창조하는 방식에 대해 항상 약간 매료되어왔다"고 말한다. 그녀는 사진이 "사라져버린 존재의 양식"과 "더 이상 존재하지 않는 순간"을 재현할 수 있다고 생각한다. 그녀는 손탁(Susan Sontag)이 자신의 저서 『사진술』(On Photography)에서 사진을 찍는 행위가 어느 정도 잔인하고 비열한 속성을 지니고 있다고 언급한 데 주목한다. 손탁에 의하면 예술가로서의 사진가와 시인은 차이가 있다. 시인은 자신의 내면을 밖으로 표출하면서 자신의 삶과 고통의 본질을 탐색한다. 그렇지만 사진가는 다른 사람들의 고통을 자발적으로 찾아 나선다. 트레써웨이는 이러한 손탁의 구분에 여러 면에서 동의를 표하면서 자신의 시에 사진가의 작품에서 발견되는 "약간의 잔인성과 내적 성찰"이 존재한다고 하였다(Callaloo 365).

트레써웨이의 뛰어난 시는 다른 사람들의 삶과 고통 속으로 파고드는 경우가 많다. 시인은 할머니의 노동과 인생에 관한 일련의 시들을 발표했는데 여기서 그녀는 할머니가 이야기하는 구체적 사건들의 특별한 고통들 속에 빠져들 수밖에 없다. 할머니가 직접 경험했던 느낌들은 실제로 시인 자신이 아주 잘 아는 어떤 것이거나 자신에게 아주 가까운 어떤 것이 되고 만다. 그렇지 않았더라면 시인은 그것들을 작품 속에 성공적으로 구현할 수 없었을 것이다. 트레써웨이의 어떤 시들은 타인의 삶을 취하여 거기서 그림을 그려내는 시적 방식을 택하고 있다. 여기서 그녀는 잔인한 사진가가 되고 만다.

트레써웨이의 두 번째 시집 『베로크의 오필리아』는 루이지애나 주의 뉴올리언스 시에 소재하는 스토리빌(Storyville)을 무대로 삼는다. 이곳에는 1897에서 1917년까지 미국에서 가장 잘 알려진 홍등가가 있었다. 시인은 이곳에서 활동했을 것으로 추정되는 한 창녀에게 '오필리아'라는 가공의 이름을 붙여준다. 이름 자체는 허구라고 하더라도 시인에게 창조의 동력을 제공했던 그런 인물이 실존했던 것은 사실이다. 시인은 사진사 베로크(E. J. Bellocq)의 사진집 『스토리빌의 초상』(Storyville Portraits)에서 오필리아를 처음 발견했다. 그녀는 이 인물을 역사 속으로 되살려내기 위해 스토리빌 창녀들의 삶의 방식을 연구하기까지 하였다. 1912년경에 찍힌 것으로 추정되는 한 사진 속의 인물 오필리아는 시인의 조사에 의하면 "매우 흰 피부를 한 흑인 여성"으로서 "2분의 1 흑인이거나 4분의 1 흑인 또는 8분의 1 흑인"일 수도 있는데 당시의 사창가 스토리빌에서 거주했을 것으로 추정된다(*Ophelia* 6).

오필리아는 "남부 끝자락에서 성장한 [시인의] 혼종경험의 양상을 탐색하기 위한 페르소나"(*Callaloo* 1027)로서 창조되었다. 시 「베로크의 오필리아」("Bellocq's Ophelia")에는 "1912년경의 한 사진에서"라는 부제가 달려있다.

미레이의 그림에서, 오필리아는 얼굴을 위로 한 채 죽는다.
마지막 말이나 숨을 내쏟듯이 눈 뜨고 입 벌린다.
못에서 자란 꽃과 갈대가
그녀 둘레에 떠다니고
있다. 욕실에 누워 서너 시간
자세를 취해온 젊은 여인, 감기에 걸려
떨면서, 아마 상상하고 있을 게다, 물고기가
머리칼에 엉키거나 흰 피부에서 자란
검은 사마귀를 조금씩 물어뜯고 있을 거라고 여길 게다.
오필리아의 마지막 응시가
하늘을 겨누자 두 손바닥이 펼쳐진다,
날 데려가요, 라고 그저 말하는 듯이.

베로크의 사진을 보면 그녀가 떠오른다―
가는 가지로 엮어 만든 긴 의자에 자세를 취한 여인
머리칼이 쏟아져 내린다, 주변에는 꽃들이―
베개위에도 두꺼운 양탄자에도.
이토록 낡은 사진은 파손된 자취마저도
그녀의 허벅지에 수련을 피워낸다.
얼마나 오래 저러고 있었을까, 여기 또 한 명
오필리아, 스토리빌의 이름 없는 수감자,
나체가 되어, 그녀의 젖꼭지는 추위에 단단해진 것일까?

작은 둔덕의 배, 창백한
음모(陰毛)―이런 것들―그녀의 육체는

고객의 선택을 기다려 거기 있다.
하지만, 도전의 눈빛으로 카메라를 응시하는 그녀는
가냘픈 사지(四肢)로부터 끌어낸 모든 움직임을
무거운 눈꺼풀의 두 눈 속에 유지하고 있는 듯.
육체는 죽은 오필리아처럼 흐느적거리지만
입술은 열려 말하려 한다.

In Millais's painting, Ophelia dies faceup,
eyes and mouth open as if caught in the gasp
of her last word or breath, flowers and reeds
growing out of the pond, floating on the surface
around her. The young woman who posed
lay in a bath for hours, shivering,
catching cold, perhaps imagining fish
tangling in her hair or nibbling a dark mole
raised upon her white skin. Ophelia's final gaze
aims skyward, her palms curling open
as if she's just said, Take me.

I think of her when I see Bellocq's photograph—
a woman posed on a wicker divan, her hair
spilling over. Around her, flowers—
on a pillow, on a thick carpet. Even
the ravages of this old photograph
bloom like water lilies across her thigh.
How long did she hold there, this other
Ophelia, nameless inmate in Storyville,
naked, her nipples offered up hard with cold?

The small mound of her belly, the pale hair

of her pubis—these things—her body
there for the taking. But in her face, a dare.
Staring into the camera, she seems to pull
all movement from her slender limbs
and hold it in her heavy-lidded eyes.
Her body limp as dead Ophelia's,
her lips poised to open, to speak. (*Domestic* 3)

시인이 베로크의 사진 속 여인에게 다가간다. 타인의 삶과 고통 속으로 들어간다. 베로크의 사진이 사진술의 고전으로 평가되는 이유는 그의 작업이 없었더라면 영원히 사라져버렸을 피사체의 삶의 양식이 그 속에 새겨져 있기 때문이다. 시인이 사진가의 시선으로 다가갔을 때 사진 속 여인은 1910년대 스토리빌의 역사를 들려준다. 나체의 그녀는 시인에게 미레이(Sir John Everett Millais)가 1852년에 그린 오필리아를 생각나게 한다. 죽은 오필리아의 얼굴과 창녀의 얼굴이 겹치면서 거기서 어떤 도전의 시선이 뿜어져 나온다.

두 오필리아의 삶은 원망을 품고 있는 면에서 닮아있다. 마지막 순간에 미레이의 오필리아는 하늘을 응시하면서 자신의 고통스런 목숨을 이제 거둬가라고 말하는 듯하다. 스토리빌의 오필리아 또한 고객의 선택을 기다리는 일을 하고 있다. 그렇지만 스토리빌의 오필리아는 고객의 요구에 맞춰 육체의 모든 것을 내놓은 상태에서도 온몸에서 짜낸 힘을 눈빛에 실어 보낸다. 그것은 사진가에게 감지되는 피사체의 저항정신이면서 1912년의 흑인 여성이 21세기의 흑인 시인에게 보내는 질문이기도 하다.

시인은 사진 속 여성을 시 속으로 옮겨오고 있다. 이 방식에서 그녀는 성매매 흑인 여성에 대해 쉽게 감상에 빠지지 않으면서 또한 관념적 논평을 끌어들이지 않는다. 그때 그곳의 오필리아를 삶 속의 인물로 살려내면서 그녀가 겪었을 자신의 정체성에 대한 자각을 재구성한다. 스토리빌의 오필리아는 직업상 남성의 기대치에 맞춰 자신의 정체성을 설정해야 했다. 스토리빌에 대한 연구는 성매매 흑인 여성이 흰 피부를 위해 비산을 사용했다고 밝히고 있다. 시인은 할머니와 어머니 그리고 자신에게로 이어지는 정체성 추구의 역사에 대한 의식에서 사진 속 오필리아의 고통에 동참하는 잔인한 연대를 형성하고 있다. 시인은 사진 속 여인이 피사체의 위치에 있으면서 또한 스스로의 힘을 짜내 카메라 렌즈를 응시하는 위치에 있기도 하다고 말한다. 피사체의 여인은 자신을 쳐다보는 보는 시선에 대해 "도전의 눈빛으로" 응수하면서 뭔가 말하고자 입을 열려 하고 있다.

시인 트레써웨이는 코문야커(Yusef Komunyakaa)와 도브(Rita Dove)의 뒤를 이어 당대 미국시의 영토에서 아프리카계 미국인의 목소리가 분명하게 들리도록 하는데 기여하는 촉망 받는 시인이다. 그녀는 1966년생이고 상대적으로 젊은 시인으로서 세 권의 시집을 상재했다. 최근의 저서로는 2010년의 『카트리나를 넘어서』(Beyond Katrina)가 있다. 그녀는 여기서 시와 산문 그리고 서한을 엮어 카트리나가 자신의 가족과 고향의 흑인공동체에 끼친 통절한 영향을 그려내고 있다. 그녀는 자신의 시를 통해 유럽계 미국인이 지워버리거나 혹은 임의적 틀 속에 가둬버린 아프리카계 미국인의 역사를 원래의 가치대로 복원하려 노력한다. 그렇지만 주제가 위대하다고 시인이 주목을 받는 것은 아니다. 그녀의 시는 과거의 인물을 되살려내는 방식에서 빛을 발한다. 그 되살림의 방식은 과거의 삶의 방식에 대한 총체적 감수성에 의존한다. 그녀의 시에서는 잊히고 왜곡된 인물이 구체적 삶의 세부 가운데서 생생하게 살아나 역사 속에 새롭게 각인된다. 트레써웨이의 시가 시 자체의 매력으로서 미국시의 정전 속에 확고히 자리를 잡을수록 아프리카계 흑인 여성의 삶과 고통은 모두의 기억 속에 뚜렷하게 살아날 것이다.

09

기억과 자연
— W. S. 머윈의 『시리우스의 그림자』

Ⅰ. 가진 것은 기억뿐

　기억과 자연은 2009년도 퓰리처상 수상시인 머윈(W. S. Merwin)의 시에서 가장 빈번히 발견되는 시적 제재들 중에 속한다. 특히 말년에 가까울수록 그는 생태주의적 관점에서 자연을 대하면서 자신의 과거를 회상하고 기록하는 일 자체에 큰 의미를 두고 작품을 써오고 있다. 그가 상재한 자전적 회고록들 중에는 2007년의 『우화집』(*The Book of Fables*), 2005년의 『여름의 문』(*Summer Doorways: A Memoir*), 2004년의 『지상의 끝』(*The Ends of the Earth*), 2002년의 『벤타돈의 오월』(*The Mays of Ventadorn*), 1992년의 『상실의 고지』(*The Lost Upland: Stories of Southwest France*), 그리고 1982년의 『무정형의 근원』(*Unframed*

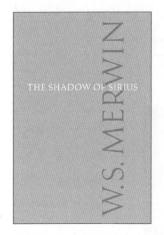

Originals: Recollections) 등이 포함되어 있다. 이러한 산문집들과 마찬가지로 그의 시 또한 특히 『시리우스의 그림자』(*The Shadow of Sirius*)에서 다루고 있는 자전적 시들은 시인에게 끼쳐진 기억과 자연의 영향에 집중적으로 시선을 돌리고 있다.

　이 글은 기억과 자연이 머윈의 말년의 삶과 시에 작용하는 방식을 『시리우스의 그림자』를 중심으로 살피고자 한다. 그는 이 시집에서 죽음과 상실 그리고 노화의 문제를 직접적으로 다루고 있다. 그런데 그의 시는 이러한 제재들이 내재적으로 안고 있는 고통과 불안에도 불구하고 그것들과의 어떤 평온한 대면을 특징적으로 보여준다. 시인이 인생의 피할 수 없는 결과들에 대해 보여주는 이러한 대면은 낙담이나 초월로 진행하지 않고 지상에 머물면서 그것들 사이에서 삶 그 자체의 가치를 긍정하는 방식으로 이뤄진다. 그로 하여금 삶을 긍정할 수 있게 해주는 힘은 우선적으로 기억이다. 기억은 거의 모든 것이 사라져버린 현재의 시간을 결코 사라지지 않는 과거의 시간으로 채운다. 시인에게 기억은 고통의 순간들에 대한 것이기도 하지만 그것들을 견뎌내면서 삶을 가꿔온 순간들에 대한 것이기도 하다. 시인은 또한 자연에서 힘을 얻는다. 그의 시에서 자연은 한 인간의 일생을 넘어서 항상 그 자리에 있는 어떤 근원적인 것으로 제시되기도 한다. 그렇지만 그의 자연은 죽음을 자연에의 귀의로 간주하고 위로하는 낭만주의자의 방식과는 다르게 굳이 초월의 가능성을 암시하지 않고서도 피할 수 없는 상실들 가운데서 시인에게 매 순간 그 자체가 아름다운 것으로서 다가온다.

　시 「닮은꼴」("A Likeness")은 기억을 대하는 머윈의 특징적 태도를 압축한다.

곧 그대의 생일이에요
나 혼자 집에서 옷을 입고 있어요
단추가 하나 툭 떨어지면 일단
실로 꿰어볼 마음이 들만큼
귀가 큰 바늘을 찾아요
드디어 단추를 꿰매 붙인 순간
그대의 옛 사진 한 장 펼쳐요
그런 일들을 항상 마법으로 해내던 그대
그대가 멀리 떠난 후 발견한 사진
어떤 방식에선가 아름다운
20대 때 그대의 모습
다신 볼 수 없겠지요
그건 내가 태어나기
9년 전 모습이니까
그런데 사진이
갑자기 흐려졌어요
얼룩 탓에 망쳐졌어요
아마 수리조차 안 되겠지요
내가 가진 것은 기억뿐

Almost to your birthday and as I
am getting dressed alone in the house
a button comes off and once I find
a needle with an eye big enough
for me to try to thread it
and at last have sewed the button on
I open an old picture of you
who always did such things by magic

one photograph found after you died

of you at twenty

beautiful in a way

I would never see

for that was nine years

before I was born

but the picture has

faded suddenly

spots have marred it

maybe it is past repair

I have only what I remember (*Sirius* 25)

화자의 기억은 상실의 고통 속에서도 "어떤 방식에선가 아름다운" 보상을 받고 있다. 어머니는 돌아가신 후에도 아직 집안의 공간을 점유하고 있다. 단추가 떨어지는 지극히 소소한 사건이 촉매가 되어 어머니와 아들이 다시 이어진다. 화자는 집안일을 돌보던 어머니의 역할과 사랑을 고스란히 떠올린다. 존재는 부재의 배경에서 드러나는 것일 수 있다. 기억은 옛일이 떠오르는 수동적 연상의 행위가 아니다. 그것은 예전에는 있었으나 지금은 없고 예전에는 제대로 몰랐으나 지금은 그 가치를 통렬히 깨닫고 있는 어떤 것에 대한 자각일 수 있다. 망자의 생일이 다가오고 있다. 이것을 생각하는 화자의 마음은 다분히 과거로 기울어 있다. 과거는 피해 나오고 싶은 곳이 아니라 화자가 현재를 살아가기 위해 의지해야할 어떤 것이 있는 곳이다.

화자가 펼쳐든 어머니의 사진은 그가 태어나기도 전에 찍혔고 그녀의 20대 때 모습을 담고 있다. 이러한 상황은 기억의 의미를 보다 넓게 확장시킨다. 나이가 80이 넘은 시인이 돌아가신 어머니를 회상하고 있다. 여기서 어머니는 돌아가신 분으로서만 고려되는 게 아니다. 그녀는 시인 자신이 직접 본 게 아니므로 확신할 수 없으나 "어떤 방식에선가" 아름다웠던 분으로서 (그러다 자신처럼 늙어서 결국 돌아가시게 된 분으로서) 접근되고 있다. 그녀의 죽음은 한편으로 자신을 돌봐주던 어머니의 죽음이지만 다른 한편으로 자신이 존재하기 전에 젊음을 구가했던 한 인생의 종말이기도 하다. 시인의 손에 들린 어머니의 사진은 임종 직전의 모습을 담고 있지 않다. 하지만 젊고 아름다운 어머니의 모습은 "갑자기" 얼룩지고 흐려져서 수리가 불가능할 정도로 망가져버린다. 이 극적 전개에서 시인은 보다 폭넓게 노화의 문제에로 나아가면서 자신이 처한 현 상황을 반영하고 있다.

"가진 것은 기억뿐"이라는 화자의 마지막 언급은 그의 현재의 삶이 얼마나 기억의 힘에 의존하고 있는가를 단적으로 표현한다. 그것은 내세울 정도로 성취한 것이 아무 것도 없다는 것에 대한 자조적 표현으로 비칠 수 있다. 하지만 그것은 기억에 전적으로 의존하는 존재의 방식에 의해서만 어머니의 아름다움이 유지될 수 있다는 자각을 역설적으로 표현하는 것일 수 있다. 화자는 자신이 어머니의 "닮은꼴"이라고 여긴다. 혹은 반대로 어머니 또한 자신처럼 젊음 후에 노화의 과정을 거쳤다는 인식에서 그녀가 자신의 "닮은꼴"이라고 여겼을 수 있다.

시인의 현재는 그 자체로서는 무의미하다. 그것은 숱한 과거의 의미들과 섞이고 재구성됨으로써 유의한 것이 된다. 기억은 시의 원천이다. 시인이 현재의 시공에서 시적 소재를 취하는 경우에도 그것은 불가항력적으로 과거의 것들과 뒤섞인다. 위대한 시인치고 창작에 작용하는 기억에 주목하지 않은 이가 드물다. 콜리지(S. T. Coleridge)는 굳이 기억과 상상력을 구분하여 전자가 선택적 속성을 띠더라도 본질적으로 수동적 연상에 의존하는 반면에 후자가 통일성을 꾀하려는 의식과 의지에 따른다고 했다(Selden 145). 그의 구분을 의미 있게 받아들이는 경우에도 기억이 창조의 재료를 제공한다는 데는 이의를 달 수 없다. 창조의 성패는 기억이 느슨한 전후관계의 진행양식에서 벗어나 얼마나 유기적으로 재조정될 수 있느냐에 달려있다. 훌륭한 작품은 기억에 상상력이 가해져서 새롭게 창조된다고 말할 수 있는 것이다.

엘리엇(T. S. Eliot)은 개성 배제의 시론을 통해 시인의 정신 안으로 끊임없이 유입되는 것들이 "특이하고 예기치 못한 방식으로"(*SE* 20) 결합하는 상태에 주목했다. 시인의 정신에 저장되는 것들은 기억의 양식에서 시간과 공간의 제약을 벗어나 있다. 모든 것이 동시적으로 한 곳에 혼재하고 있다. 이들 간의 상호관계는 의식적으로 추구될 수도 있고 무의식적으로 이뤄질 수도 있다. 또는 숱한 과거의 편린들이 어떤 전체의 구도로 재조직되지 못하고 연상적으로 떠올랐다 사라져버릴 수도 있다. 엘리엇의 경우에 이들 간의 융합이 이뤄지는 곳은 개성이 배제된 자아 내부이다. 기억 속으로 들어온 것들은 시인의 자아가 어떤 것도 더 해주지 않는 때에도 서로 간에 뛰어난 융합을 완성할 수 있다. 그렇다고 융합을 이뤄내는 힘이 무의식적이라고 할 수는 없다. 시인의 정신은 다만 촉매로서 작용하는 경우에도 활발하게 움직이고 있다. 엘리엇은 기억의 내용보다 기억에 작용하는 융합의 힘에 더 관심을 두었다. 과거의 의미 있는 순간들은 이 힘에 의해서 서로 모여 "동시적 질서"(*SE* 14)를 형성할 수 있었다.

시인에게 기억은 과거의 무수한 경험들이 활기 없이 가라앉아 있는 곳이면서 또한 콜리지의 상상력이나 엘리엇의 촉매로서의 정신 등과 같은 힘에 의해 전혀 다른 결합체가 생성되어 나오는 곳이기도 하다. 워즈워스(William Wordsworth)는 1802년의 『서정민요시집』(*Lyrical Ballads*) 서문에서 시가 "힘센 느낌이 저절로 넘쳐흐른 것"으로서 "평정 속에 회상된 정서에서" 발생한다고 했다(Selden 177). 여기서 회상은 예전에는 몰랐으나 지금은 그 의미를 깨닫게 된 과거의 느낌을 다시 불러내는 기억을 뜻한다. 그래서 그것은 단순한 떠올림이 아니라 잃어버린 것에 대한 소환으로서 과거에는 누렸으나 지금은 허용되지 않는 어떤 것을 지금 이곳에 되살림으로써 과거와 현재를 맺어주는 역할을 한다.

머윈의 기억은 엘리엇의 "역사의식"처럼 전통의 무질서를 형성하지 않는다. 또한 콜리지의 재창조를 꾀하는 제2차 상상력처럼 초현실적 실체를 만들어내지도 않는다. 그의 기억은 부재에 의해 더 분명해지는 존재의 방식으로 작용한다는 점에서 워즈워스의 회상과 닮았다. 워즈워스는 어린 시절 자연과의 일체화에서 누렸던 충만한 느낌을 회상하고 위안을 추구했던 시인이었다. 그는 시 「구름처럼 외로이 떠돌았네」("I wandered lonely as a cloud")에서 "고독의 축복" 속에 "마음의 눈"에 일시에 출렁였던 수선화의 군무를 허용 받고 있다. 하지만 머윈에게는 이러한 온전한 축복이 주어지지 않는다. 그의 기억은 상실로 가득 차있다. 그런데 그는 절박한 상실감에서도 그리고 인생의 종말이 다가오는 가운데서도 뭔가 자신을 지탱해줄 것을 찾아낸다. 그가 직면하고 있는 현재의 처지는 따라오는 과거들과 융합하면서 거창한 상상력의 조화가 없이도 그냥 그대로 참을만하면서 때로 아름다운 어떤 것이 된다.

II. 한 번에 하나씩

기억은 시간의 경과에 따라 숱하게 사라진 것들을 떠오르게 한다. 그런데 기억은 머윈에게 부재의 쓰라림뿐만 아니라 존재의 감미로움도 생생하게 되살려준다. 「어두워진 후 블루베리」("Blueberries After Dark")에서 화자는 상실의 아픔을 달콤하게 씹어내고 있다.

그러니까 밤(夜)을 맛보는 방식은 이런 것이다
한 번에 하나씩

너무 이르지도 늦지도 않게

어머니는 내게 일러주셨지
내가 어둠을 두려워하지 않았다고
그런데 그게 사실이란 걸 보게 되었을 때

그녀는 어떻게 알았던 걸까
그토록 오래전에

그녀의 아버지는
거의 기억도 나지 않는 옛날 돌아가셨고
머지않아
어머니가
그리고 자신을 길러준
할머니가 그의 뒤를 따랐는데
조금 후에
유일한 동생이
그리고 나서 첫 아이가
태어나자마자
사라져버렸는데
그녀는 알고 있었지

So this is the way the night tastes
one at a time
not early or late

my mother told me
that I was not afraid of the dark
and when I looked it was true

how did she know

so long ago

with her father dead

almost before she could remember

and her mother following him

not long after

and then her grandmother

who had brought her up

and a little later

her only brother

and then her firstborn

gone as soon

as he was born

she knew (*Sirius* 6)

화자는 어머니와 함께 했던 어느 저녁시간을 회상한다. 어두워진 후 화자는 어머니와 블루베리를 나눠먹고 있다. 밤 시간이라는 것은 잘 익은 블루베리를 한 알씩 입에 넣고 오물거리면서 그것도 어머니와 함께 보낼 수 있다면 좋을 것이다.

그렇지만 이렇게 어둔 밤을 맛보는 방식은 머윈의 독특한 어법에서 금방 중의적 의미를 내뿜는다. 어둔 밤이 내는 맛은 어머니가 겪은 상실들에 대한 기억에서 쓴 맛으로 바뀐다. 어머니는 주변 가족들의 죽음을 목격해왔다. 화자는 시 도입부에서 어머니가 "어떻게 알았던 걸까 / 그토록 오래전에"라고 묻다가 "그녀는 알고 있었지"라고 시를 마무리함으로써 그녀가 뭔가 오래전에 알고 있었다는 사실에 경탄을 표하고 있다. 화자에게 어머니는 감내하기 어려운 일들 가운데서도 심지어 갓 태어난 첫 자식마저 잃어버린 상태에서도 성실하게 인생을 이끌어온 존재이다.

어머니를 기억하는 것은 고통을 견뎌내는 법을 기억하는 것과 같다.

"한 번에 하나씩"은 블루베리를 느긋하게 씹는 요령이면서 또한 아무리 많은 어려움들이 닥쳐도 한 번에 하나씩만 부딪치라는 충고이기도 하다. 고통이 크면 무너질 수 있다. 피할 수 없는 것이라면 감내할 수 있을 정도로 여럿으로 나눈 후 하나씩 견뎌보는 것이 방법일 수 있다. 화자는 어둠의 세력에 굴하지 않고 살아온 자신의 인생을 되돌아본다. 그는 자신이 어둠을 무서워하지 않는다는 것을 어머니가 어찌 알고 있었을까 묻기도 하지만 종국에 알고 계셨다고 확신하게 된다. 어머니는 자신의 아들이 자기처럼 견뎌 내리라 믿고 계셨을 것이다. 어머니와 그녀 주변의 숱한 죽음들에 대한 기억은 반드시 고통스럽기만 한 것은 아니다. 그것은 어머니와 한담을 주고받으면서 나눠먹었던 블루베리의 달콤함을 간직하고 있기도 하다. 어둔 밤이 아무리 암울해도 이런 모자라면 인생을 어떻게든 이끌어갈 수 있지 않을까?

Ⅲ. 나이 들지 않는 자아

머윈은 계관시인에 임명된 후 2010년 11월에 진보성향의 잡지 『프로그레시브』(The Progressive)와 대담을 나눈다. 여기서 그는 현재 미국 경제체제에 관한 질문에 답하면서 암울한 전망을 내놓는다. "저는 인류의 미래에 대해 매우 비관적이에요. 우리는 삶에 대해 전반적으로 무관심해 왔기 때문에 그 대가를 치르게 될 거에요. 곤경을 겪고 있는 것은 북극곰만이 아니지요. 우리가 하고 있는 일이 인생의 나머지 전부를 점진적으로 열악하게 하고 독살하고 있으니까요"(2-3). 머윈의 생태계 교란에 대한 걱정은 사변적 반성에 그치지 않는다. 그것은 주변 환경에 끼친 인간의 악영향이 돌이킬 수 없는 정도로 진행되었다는 절박한 인식에로 그리고 이를 개선하기 위해 뭔가 행동을 취해야 한다는 실천적 의지에로 발전한다. 그는 하와이 마오이 섬 북부 해안의 하이쿠라고 불리는 지역에 거주하고 있다. 이곳은 애초에 황지에 가까웠지만 1970년대 이후 시인이 손수 가꿔 이제 19에이커에 달하는 거대한 정원이 되었다. 개발에 의해 사라질 위기에 처한 종들을 포함하여 그가 심은 나무가 종려나무만 해도 800종이 넘는다.

머윈은 인생의 조건에 대한 비판적 성찰에서 실천적 움직임으로 나아간 시인이다. 그렇다고 그가 인생의 가치를 어떤 대의의 추구에서 찾고 그것의 성취에서 만족을 추구한다고 단정할 수 없다. 그는 심지어 살아가는 데 이유나 목적이 있어야 한다고 여기지 않는 경우마저 있다. 그는 한 대담에서 "목적 없이 존재하는 것들이 있다고 생각해요. 왜 태어났는가? 내 생각에 그건 글쎄 난 그저 태어난 게 기쁠 따름이죠"(*Progressive* 16)라고 말하고 있다.

머윈이 인생을 대하는 유연성은 여러 곳에서 관찰된다. 그는 영어와 스페인어 외에 유럽의 언어들을 구사하면서 심지어 하와이 토속어까지 사용할 수 있다. 머윈이 젊은 시절 시인이 되고자 대시인 파운드(Ezra Pound)를 찾았을 때 외국어를 공부하라는 그의 충고를 따른 것이라고 하는데 이러한 다중언어구사력이 그에게 문화의 다양성을 포용하고 여러 집단 간의 갈등과 차이를 융통성 있게 대하도록 하는 데 도움을 준 것으로 보인다. 그는 미국의 독자들이 영어 하나에만 의존하게 되면 그 언어가 사용할 가치가 있는 유일한 것으로 생각하게 되는데 이것은 좋지 않다고 지적한다. 그는 또한 비슷한 맥락에서 자신의 시가 다른 시인들의 시보다 더 우선하는 것이 아니라고 함으로써 자신과 다른 방식으로 존재하는 것들을 수용하는 자세를 근본적으로 견지한다. 사실 이런 태도는 대다수 시인들에게서 발견되는 것이기도 하지만 머윈의 경우에 보다 의식적인 것으로 보인다. 그는 "랩(rap) 시를 좋아하느냐?"는 질문에 대해 "별로 좋아하지는 않지만 그런 게 존재해서 기쁘다"고 답한다 (*Progressive* 13-14). 하와이의 삶의 방식과 관련한 대담에서 그는 "대결에 반대되는 것으로서 합의를 추구하는 것"이 중요한데 그것이 불가능한 경우에도 하와이 사람들이 심각한 인종차별의 문제 속에서 "함께 살아가야 한다는 것을 깨닫고 있다"(*Progressive* 18)고 진단한다. 이렇게 머윈의 유연성은 세상을 의도적으로 해석하려 하거나 자신의 대의에서 세상을 주도하려 하지 않는 데서 생긴다. 그는 "난 있는 그대로의 현실을 좋아해요"(*Progressive* 13)라고 말한다. 그는 그 모든 어려움과 추함이 함께 하고 있는 세상을 주어진 대로 좋아함으로써 자신을 해방시키고 있다.

머윈의 걱정은 사라진 것에 대해서가 아니라 남아있는 것에 대해 주어진다. "한번 사라진 종은 사라진 거예요. 다시는 못 보지요"(*Progressive* 3)라는 그의 언급은 모든 종이 서로 연계하여 이루는 피라미드 체계에서 한 종의 소멸이 다른 종들에게 끼치게 되는 치명적 영향의 위험성을 요약하고 있다. 머윈이 취하고 있는 보다 넓은 생태계의 관점에서 보면 인간이 자연에 대해 취해온 우월의 태도가 모든 재앙의 원인이다. 머윈이 환경보존의 중요성에 대해 보여준 지속적 관심의 연장선상에서 그의 시에 반복적으로 등장하는 자연의 주제는 더 나은 삶의 조건에 대한 시인의 고민을 반영한다.

머윈은 인류의 미래에 대해 염세적이고 회의적이다. 그런 가운데서도 그는 어떤 방식으론가 삶에 대한 놀람의 느낌을 유지하고 있다. 그의 시는 통찰과 구도에 의지하지 않으면서도 어떻게든 독자에게 긍정의 기운을 전달하는 방식에서 그 특징을 형성한다. 그의 시 「아직 아침」("Still Morning")은 그가 엮어내는 부정과 긍정의 역학을 엿보게 한다.

이제 오직 하나의 나이만 존재하는 듯
나이가 나이에 대해 아무것도 몰라요
날아가는 새들이 자신들이 뚫고 날아가고 있는
공기에 대해 아무것도
자신들 사이로 자신들을 품어 올리는
하루에 대해 아무것도 모르는 거와 마찬가지죠
그래서 나는 말이 존재하기 전 어린아이에요
그늘 속에서 두 팔이 나를 들어 올려요
그늘 속에서 목소리들이 웅얼거려요
그 동안 나는 지켜봐요 오래 전 사라진
어느 건물에서 한 조각 햇살이
녹색 양탄자 가로질러 움직이는 것을 그때
그 모든 목소리들이 고요해져요 그 시절
그들이 말했던 각 단어가 이제 고요해져요
햇살조각을 내가 보고 있는 동안에

It appears now that there is only one
age and it knows
nothing of age as the flying birds know
nothing of the air they are flying through
or of the day that bears them up
through themselves
and I am a child before there are words
arms are holding me up in a shadow
voices murmur in a shadow
as I watch one patch of sunlight moving
across the green carpet
in a building
gone long ago and all the voices
silent and each word they said in that time

silent now

while I go on seeing that patch of sunlight (*Sirius* 7)

때는 아침이다. 세상이 너무 신선해서 낡아갈 어떤 기미도 보이지 않는다. 어린아이가 노화를 걱정할 이유가 없다. 늙는다는 것에 대한 상념은 중년이나 장년에야 절실해질 것이다. 그것은 날아가는 새가 공기를 의식하지 않는 것과 같다. 생명이 넘치는 젊은이는 생명의 원천에 대해 무감각하기 십상이다. 새는 자신을 날아오르게 하는 하루의 시간이 자신을 빠져나가는 것을 의식하지 못한다. 그만큼 아침 세상은 밝고 싱싱하다.

이와 같은 분위기에서 화자는 기억을 통해 채 말도 익히기 전의 어린이로 돌아간다. 노년의 화자가 유년의 자아와 일체화되고 있다. 일체화가 이뤄지는 순간은 시제에 있어서 현재이다. 그가 과거에 들었던 목소리들과 그를 그늘 속에 떠받쳐주던 손길들이 모두 현재에 살아나고 있다.

하지만 오직 하나의 나이로 통일된 고요한 아침의 순간은 오래가지 못한다. 나이를 잊은 한 순간의 일체화는 화자의 시선이 아침을 가로질러 가는 한 조각 햇살을 따라가면서 다시 분열된다. 유년과 노년이 갈라선다. 기억 속에 되살아났던 그 모든 목소리들이 다시 고요해지는 동안 화자의 시선은 여전히 "그 햇살조각"을 따라가고 있다.

시의 마지막에서 화자의 시선은 햇살의 움직임에 맞춰 시간의 경과를 따라가고 있다. 하지만 그의 마음은 엄연한 시간의 위세에도 불구하고 "오직 하나의 나이"로 다가오는 세상의 아침을 알고 있기도 하다. 그래서 이 시의 제목으로 붙여진 "Still Morning"은 유년의 목소리가 들리지 않는 "고요한 아침"이면서 또한 나이를 잊는 "아직 아침"이기도 하다.

노년의 화자에게 다가온 아침은 신선하다. 아침은 유년에도 그리고 이제와 노년에도 항상 그렇게 있다. 하루해가 한 자리에 머물러 있을 리가 없지만 날마다 그 자리에 찾아올 것도 틀림없다. 부정과 긍정이 하나의 역학으로 움직이고 있다.

머윈이 노년의 시에서 보여주는 자연은 아름답다. 그 아름다움은 워즈워스나 콜리지 시의 웅장한 숭엄미와는 다른 종류의 빛을 낸다. 머윈의 아침에 관한 또 한편의 시 「추운 봄 아침」("Cold Spring Morning")에서 자연은 항상 그 자리에 있는 어떤 것이다.

> 때때로 그렇게 보였지요
> 처음 이곳에 왔을 적만 해도
> 고요한 담과 저 아래 강에서 알아낸
> 내 모습이 늙은 자아로 보였지요
> 그러나 자아에는 나이가 없어요
> 당시조차도 그런 줄 알았고
> 기억보다 더 오랫동안 그리 알아왔듯이
> 오월 이토록 하얀 아침에는 하늘이
> 그 자체 외에 어떤 하늘도 갖지 못하듯이 그렇지요
> 안개가 지금은 빈
> 헛간과 옹이 많은 호두나무 이끼 낀
> 가지와 언덕을 따라 펼쳐진
> 초록 목장을 가리고 있는 동안
> 알지요 그것들이 어디 있는지
> 숨어서 외치고 있는 새들을 알고 있어요
> 추운 아침에
> 이곳 태생이 아니에요 나는 그저 오고 가요

> At times it has seemed that when
> I first came here it was an old self
> I recognized in the silent walls

and the river far below

but the self has no age

as I knew even then and had known

for longer than I could remember

as the sky has no sky

except itself this white morning in May

with fog hiding the barns

that are empty now and hiding the mossed

limbs of gnarled walnut trees and the green

pastures unfurled along the slope

I know where they are and the birds

that are hidden in their own calls

in the cold morning

I was not born here I come and go (*Sirius* 82)

화자는 두 가지 세상을 말한다. 하나는 "그렇게 보였"던(seemed) 세계이고 다른 하나는 "알았고"(knew) "알아왔"던(had known) "알고 있"는(know) 세계이다. 전자의 세계에는 늙은 자아가 자리하고 있는 반면에 후자의 세계에는 나이 들지 않는 자아가 있다. 오월 어느 차가운 아침에 화자는 안개 속에 있다. 그는 풍경의 주민으로서 안개에 가려진 채로 존재하는 것들의 소재와 그 뜻하는 바를 익히 알고 있다. 하늘은 어떤 변화에도 그 자체로서 거기에 있다. 세월의 경과에 따라 헛간은 비워지고 호두나무 가지에는 이끼가 얹혀간다. 목장 언덕은 오월이면 초록으로 덮인다. 삶은 숱한 변화 속에 제 색깔을 품고 또 빛을 낸다. 새들이 안개에 가려져 있어도 제 자신의 외침을 발하고 있다는 것을 화자는 이해하고 있다. 그는 "늙은 자아"가 풍경 속에서 어떤 방식으론가 나이 들지 않는 자아가 되어 있다는 것을 깨닫고 있다.

화자는 자신이 새로운 자아의 개념을 형성한 게 아니라 예전부터 그런 자아의 존재가 있었다고 말한다. 다만 화자는 그런 자아를 새롭게 각성하게 되는 계기를 가졌을 따름이다. 화자에게 그 계기는 자연에서 마련되고 있다. 그가 이 시에 재현하는 자연은 변하는 것과 변치 않는 것을 함께 포함하고 있다. 화자는 계절의 변화와 안개의 조화를 샅샅이 경험하면서 동시에 그 모든 것들을 안으로 품고 있는 보다 넓은 자연의 존재를 느끼고 있는 것으로 보인다. 자연을 구성하는 구체적 시간과 공간은 쉴 새 없이 바뀌고 있지만 그렇다고 자연 그 자체가 변하는 것은 아니다. "하늘은 그 자체 외에" 아무것도 아니다. 이러한 자연의 상태에서 화자의 자아는 숱한 변화의 이면에서 그 자체로서 존재한다.

　화자가 자연 그 자체 혹은 늙지 않는 자아의 존재방식을 알고 있다고 해서 그가 그런 상태에로 초월하고자 열망한다고 여길 필요는 없다. 그는 자연의 구체가 변화 속에서 제 소리를 생생하게 지를 수 있고 그래서 아름답다는 것을 알고 있기도 하다. 어쩌면 자연의 구체가 없이는 자연의 추상 또한 생각하기 어려운 것인지 모른다. 그래서 그는 "이곳 태생이 아니에요 나는 그저 오고 가요"라고 말할 수밖에 없다. 이 마지막 언급에서 화자는 곧 사라질 늙은 자아의 느낌을 언뜻 비추기도 하지만 오고 가는 모든 것들을 안고 있는 "이곳"의 존재를 또한 알고 있기도 하다. 자연의 품에서 화자는 한편으로 시간의 변화에 따르는 것들과 함께 있고 다른 한편으로 "그 자체 외에" 아무것도 아닌 하늘 아래에서 늙지 않는 자아를 누리고 있다.

　머윈은 자연 속에서 말년을 보내고 있다. 그는 노화와 죽음의 문제를 시의 제재로 직접 다루곤 한다. 이러한 제재는 상실의 고통이나 체념으로 또는 관념적 초월에로 진행하지 않고 오히려 어떤 겸허한 수용으로 발전한다. 바로 이 방식에서 머윈의 시는 독특한 목소리를 낸다. 그것을 가능하게 하는 것은 자연이다. 자연과의 교감을 중시한다는 점에서 그는 낭만주의 시인들과 유사할 수 있지만 자연의 추상에로 쉽게 넘어가지 않는다는 점에서 그들과 차이를 보인다.

머윈의 자연은 목적으로서 추구되지 않는다. 자연은 구도자의 추구의 대상에서 벗어남으로써 궁극의 의미를 드러낼 필요가 없고 그냥 거기 있으면 된다. 시인은 자연의 핵심을 찾는 데 자신의 상상력을 발휘하지 않는다. 그렇게 하는 것은 필히 자연을 어느 목적에 부합하는 것으로 만들어놓거나 그것에 이르지 못하는 자의 고통을 드러낼 것이다. 그는 오히려 자연을 놓아줌으로써 그냥 그대로 있는 자연의 아름다움을 발견하고 이유가 있어야 할 필요가 없는 삶의 지속에서 기쁨을 누린다.

Ⅳ. 빗물에 비친 빛

머윈의 시에서 자연은 공간적 배경에 머물지 않고 근본적 생태주의의 관점에서 접근되고 있다. 그것은 또한 이전 시대의 자연시가 시인의 자기중심적 정신을 구현했던 것과는 매우 다르게 시인의 일체화를 허용하지 않는 어떤 것으로서 다뤄지고 있다.

브라이슨(J. Scott Bryson)은 "생태중심적"이라는 용어를 "자기중심적 혹은 인간중심적 관점에 대비되게 지구를 주체상호간(inter-subjective) 공동체로 보고 그 숱하게 다양한 (인간 및 비인간) 구성원들을 소중하게 대하는 세계관을 묘사하기 위해" 사용하면서 머윈의 시가 생태시의 요소를 보여준다고 진단한다(Bryson Note 13). 그에 따르면 수세기 동안 느슨하게 "자연시"라고 불려온 것이 영문학을 지배해 왔는데 19세기 후반과 20세기에 이르러 대체로 과학의 결과로서 그 신뢰성을 상실했다. 다윈(Charles Darwin)의 진화론과 근대 지질학의 연구결과 탓에 독자들은 "인간에 대한 자연의 의도적 호의를 찬양했던 … 시"를 쉽게 받아들일 수 없었을 것이고 20세기 초쯤만 해도 옛 낭만주의 자연시와 같은 것은 좀처럼 써지지 않았고 설령 그랬더라도 심각하게 다뤄진 적이 거의 없었다. 오히려 자연을 대하는 옛 관점에 반대하여 새로운 자연시가 프로스트(Robert Frost)나 스티븐스(Wallace Stevens) 등과 같은 반낭만주의자에 의해 생산되었는데 20세기 후반에 이르러 바로 이들로부터 완전히 새로운 세대의 시인들이 성장해 나와 워즈워스나 롱펠로우(Henry W. Longfellow)와는 매우 다른 방식으로 자연의 주제를 다루게 되었다. 새 세대의 자연 시인들 중에는 스나이더(Gary Snyder)와 에먼스(A. R. Ammons) 그리고 머윈이 속해 있다(Bryson 2-3).

머윈은 다양한 문화를 흡수하고 동화함으로써 문체와 내용에 있어서 여러 변화를 겪어왔다. 그런 가운데 그가 지속적으로 관심을 쏟는 자연 세계는 시의 공간적 배경에 머물지 않고 시인이 마지막으로 의지하게 되는 어떤 것 혹은 시인이 일생에 걸쳐 사유하고 추구해온 어떤 것을 함축하고 있다. 프레이저(Jane Frazier)는 머윈의 작품에서 가장 자주 등장하는 주제가 자연의 세계라고 지적한 바 있다. 그녀에 따르면 머윈의 "분열의 시편들"은 "근원적 자아"의 상실에 관한 것이다. 애초에 자연과의 조화 속에서 인간이 가지고 있던 "근원" 혹은 "근원적 자아"는 인간의 "자기중심주의"에 의해 "망각"에 이르게 되었는데 머윈의 다수의 시들은 "근원"과 근대적 자아 사이의 "분열"의 문제를 고민하고 있다. 프레이저는 머윈의 시에서 "우리 자신의 토대를 이루는 자연의 체계가 없다면 그리고 우리 자신을 보다 넓은 자연의 환경의 부분으로 간주하지 않는다면 … 인간을 지탱해줄 어떤 것도 존재하지 않게 된다"고 평가한다(Weber 1).

프레이저는 "근원" 혹은 "근원적 자연세계"에 대한 추구가 1970년의 첫 퓰리처상 수상 시집 『사다리 운반자』(The Carrier of Ladders) 이후 머윈의 시에서 발견될 수 있는 "가장 명확하고 단일한 주제"라고 판단한다. 그녀는 머윈 시의 화자들이 자연에 참여하기 위해 "개인의 정체성을 거의 또는 전혀 드러내지 않고 있으며 종종 육체를 이탈하여 목소리를 내고 있는 듯이 보이기까지 한다"고 지적한다. 이 육체를 벗어난 목소리들은 특정 자아의 성격을 지니지 않음으로써 자기중심을 벗어나 자연에 나아갈 수 있는 보다 나은 여건을 갖게 된다고 할 수 있다. 대다수 머윈의 시에서 이러한 움직임은 근원의 회복을 궁극적으로 보여주지는 못하고 그것에 이르려는 여행 혹은 과정의 부분으로 남게 되지만 화자와 독자로 하여금 제한적 현실을 벗어나게 하는 데 도움을 준다(*Style* 1).

시 「빗빛」("Rain Light")에서 자연은 화자가 태어나기 이전에 지상에 존재했던 것으로 묘사된다.

먼 옛날로부터 별들이 온종일 쳐다봐요
어머니가 이제 떠나겠노라고 했지요
홀로 있어도 넌 괜찮을 거야
지금 모르더라도 넌 알게 될 거야
새벽 비에 젖은 저 낡은 집을 봐라
모든 꽃은 물의 형상이지
흰 구름 사이 태양이 그들에게 생각을 일으키지
네가 태어나기 오래 전에 그곳에 살았던
씻겨나간 내세의 색채
언덕에 펼쳐진 조각보를 만지지
한 점 의혹 없이 그들이 깨어나는 방식을 봐라
온 세상이 불타고 있는데도

All day the stars watch from long ago
my mother said I am going now
when you are alone you will be all right
whether or not you know you will know
look at the old house in the dawn rain

all the flowers are forms of water
the sun reminds them through a white cloud
touches the patchwork spread on the hill
the washed colors of the afterlife
that lived there long before you were born
see how they wake without a question
even though the whole world is burning (*Sirius* 111)

비가 그친 후 햇살이 비친다. 비와 빛은 하나가 되어 천지를 이룬다. 숨 막히게 아름다운 빗빛 풍경에서 화자는 무수히 반짝이는 별들이 먼 옛 날로부터 자신을 지켜보는 느낌을 받는다. 이 분위기에서 화자는 어머니의 목소리를 듣는다. 어머니는 이제 곧 화자를 떠날 참이다. 그녀는 홀로 남겨질 화자에게 그가 평생 의지하고 살아야할 어떤 것을 암시한다. 그것은 어머니가 찾아낸 것이면서 화자가 스스로의 인생에서 가꿔낸 것이기도 하다. 빗빛 풍경에서 두 인생이 하나로 묶이고 있다.

어머니는 새벽 비에 젖은 낡은 집을 보라고 조언한다. 그곳 주변에 핀 모든 꽃은 물에 젖어있다. 여기에 햇빛이 비치면 세상은 형형색색의 조각을 이어 짠 조각보와 같다. 그 아름다움은 화자에게 욕망의 원색을 드러내지 않고 "씻겨나간 내세의 색채"를 띤다. 강렬하게 응집된 빗빛의 순간에서 화자는 자연을 현세와 내세의 경계선에 위치시키고 있다. 그것은 지상의 것이면서 동시에 빗물의 조화로써 지상을 넘어서고 있다. 그것은 또한 화자가 태어나기 오래 전부터 그곳에 살았던 것으로서 한 개인의 인생 안에 갇힐 수 없는 것이기도 하다. 그것은 한 인간의 정신과 욕망에 의해 제한받을 수 없는 어떤 것이다. 어머니는 화자에게 비에 젖은 꽃을 보라고 충고한다. 그 꽃이 "한 점 의혹 없이 깨어나는 방식"을 주목하라고 가르친다. 그녀는 "온 세상이 불타고 있는데도" 생은 확실하게 계속된다고 말하고 있는 듯하다. 세상이 불타는 것은 태양이 중

천으로 향해가는 탓이고 세속을 씻어내는 물의 조화가 효력을 잃어가는 탓이면서 또한 세상이 욕망에 사로잡혀 요지경에 빠지는 탓일 것이다. 화자의 시선은 그래도 꽃이 "깨어나는 방식"에 향해 있다.

머윈은 자연이 일으키는 경이에 대해 종종 언급한다. 생태학적 관점에서 인류의 미래에 대해 의혹을 품고 노년에 이르러 상실과 죽음에 직면하는 가운데서도 그의 언어가 구현해내는 놀람의 느낌은 낭만주의자의 숭고미에 대한 경탄과 사뭇 다르다. 워즈워스의 자연은 외부의 세계이기보다 시인의 고고한 정신의 높이를 실현했다. 이에 비해 머윈의 자연에 대한 놀람은 그냥 거기 있는 어떤 것에 대한 자각을 반영한다. 펠스티너(John Felstiner)는 머윈이 "세계에 대한 자신의 언어에 의문을 제기하면서 알아냄과 이름 짓기에서가 아니라 신뢰하기에서" 수십 년 동안 "놀라운 존재"가 되었다고 평가한다(54-55). 그의 신뢰는 대상에 대한 통찰보다 그냥 거기 있는 것이 주는 놀람의 느낌에 더 의존하고 있다.

펠스티너는 머윈이 "반세기 넘도록 '지구와 침묵 사이의 영토'를 횡단하면서 언어에 대해 그리고 망가지기 쉬우면서도 곧 원기를 회복하는 우리의 행성에 대해 인간이 기울이는 관심을 대변해 왔다"고 진단한다. 그가 주목하는 머윈의 "마음의 움직임"은 자연과 상호침투의 관계 속에 있다. "그의 단어들은 그가 자신이 그려내는 세상의 밖에 서있지 않고 친밀하게 그리고 끝없이 관심을 쏟는 세계의 한 부분이 되어 있으며 세상 또한 쉴 새 없이 주의를 기울이고 있는 시인 자신의 마음의 움직임의 한 부분이 되어 있다는 느낌을 전달한다"(54).

이 방식에서 자연은 시인과 함께 하고 있지만 시인의 지배를 받는 것은 아니다. 자연은 시인의 중심에서 관계가 맺어지는 대상이 아니다. 그것은 인간의 관여를 허용하되 그를 한 부분으로 포용한다. 시인은 지속적으로 자연에 관심을 주고 자연 또한 시인의 마음속으로 끊임없이 유입되고 있다. 상호침투의 관계는 머윈이 인간중심에서 대상을 점유하지 못하도록 한다. 언어가 미처 도달하지 못하는 거리에서 세상은 그냥 거기 있으면서 때로 시인에게 놀람의 느낌을 일으킨다. 이 놀람이 시인과 자연으로 하여금 서로에게 관심을 지속적으로 쏟게 하면서 또한 어떤 거리를 유지하게 한다. 시인이 언어의 침묵을 의식하면서도 그 자연과 관계를 맺어줄 언어를 버리지 못하는 것은 이 때문이다. 언어에 대한 탐색에서 시인과 자연의 관계는 유지될 수 있기 때문이다. 설령 그 언어가 자연에 미치지 못하고 뒤쳐지는 경우에도 그러하다.

자연을 제재로 다룬 머윈의 시는 생태중심적이다. 그렇다고 그가 생태주의의 관점을 자신의 시에 정치적으로 드러내고 있는 경우는 드물다. 그는 인류가 자연에 대해 취해온 인간중심적 태도에 대해 비판을 가하고 환경론자의 원칙을 수행해 옮기는 적극성을 보여주지만 그의 뛰어난 생태시가 그러한 분노나 문제의식을 직접적으로 표출하는 일은 거의 없다. 그의 시가 생태중심적인 것은 그의 시에 표현된 자연이 인류의 중심을 벗어나 모든 것의 근원으로서 저만치 있기 때문이다. 그의 시는 자연을 인간의 손아귀에서 놓아주고 있다. 그가 말년의 시에서 보여주는 어떤 평온함은 이 놓여난 자연이 그에게 돌려준 어떤 보상일 수 있다.

Ⅴ. 염세주의자의 긍정

긍정의 힘이 머윈 시의 독특성을 형성한다. 이렇게 말하는 것은 시인을 낙관주의자나 신념을 지닌 구도자로 비치게 할 가능성이 있다. 하지만 그는 인간의 미래에 대해 전반적으로 비관적 태도를 취하고 있는 반전론자이고 환경주의자이다. 그의 비판적 사유는 관념에 그치지 않고 종종 실천을 동반하기도 한다. 그의 호소력의 일단은 그가 취하고 있는 이런 정치적 입지와 무관하지 않다. 그런데도 그의 뛰어난 시는 예지적 통렬함에서가 아니라 힘든 삶 가운데서 형성된 어떤 온화함에서 완성되고 있다는 느낌을 준다.

인생 그 자체는 우리에게 뿐만 아니라 우리가 누리는 기쁨의 모든 것과 우리가 사랑하는 모든 것의 원천에게도 무관심하다고 생각해요. 그 원천을 사랑하기 위해서라도 인생을 받아들일 필요가 있어요. 사람들이 내게, '60년대 이후에 그러니까 시집 『벼룩』(*The Lice*)과 기타 등등 이후에 당신은 너무 부드러워졌어요.' 라고 말한 적이 있지요. 그래 내가 말했죠. '글쎄, 그에 관해선 잘 모르겠네요. 난 60년대에 낙관적이 않았고 그에 못지않게 지금도 낙관적이지 않거든요. 뭔가 변화가 있다면 오히려 덜 낙관적이 된 것이겠죠. 왜냐하면 더 많은 결과물들을 목격해 왔으니까요.' 그러나 나는 사람들이 인생에 관한 분노에만 초점을 맞추면서 전 인생을 보낼 수 있다고 생각하지 않아요. 왜냐하면 사람들이 그렇게 할 경우 화를 내는 이유를 볼 수 없게 되니까요. 내 말뜻은 그것에 관해 화를 내는 그 무엇을 정작 잊게 된다는 것이죠. 그 [화를 내는] 이유는 사람들이 뭔가를 지키고자 하고 보호하고자 하고 보존하고자 하고 돌보고자 하기 때문이랍니다. 그 뭔가를 사람들이 사랑하지 않는다면 그것을 돌볼 의미가 없을 것이고 … 결국 소용없는 짓이 되고 말 겁니다. 그 일에 관해 오직 진실로 걱정하는 마음만이 그 일을 일어나게 하겠지요. 혹시 그 일이 일어난다면 말이죠… . 20세기 일본 작가에 관한 것을 읽은 게 있는데 그 사람이 이렇게 말했답니다. '사람은 계속해서 시도해야 한다. 설령 그것이 마치 한 마리 새가 가옥의 화재를 진화하기 위해 날개에 몇 방울 물을 실어 날랐다가 다시 몇 방울 더 구하기 위해 되돌아가는 짓과 같다고 하더라도 그러하다.' 가능성은 크지 않아요. 하지만 … 만약 도로상에서 차사고가 난지 10분 후에 당신이 현장에 도착했는데 사람들이 고속도로 사방에 피를 흘리며 누워있다면 당신은 할 수 있는 모든 일을 해서 그들을 구급차에 태워 병원에 데려가겠지요. 그들의 생존가능성이 얼마나 되는지 짐작해보려고 하면서 주변에 서있지는 않을 거란 말입니다.
(*Progressive* 7)

머원이 결정화시키는 긍정은 확신의 결과가 아니고 희망의 전언 또한 아니다. 소년의 무구한 순수에서 오는 것은 더더욱 아니다. 그는 반전시나 생태시의 경우에서처럼 더 나은 삶의 조건에 관해 확고한 생각과 행동을 보여주면서도 피할 수 없는 현실에 대해 분노를 터뜨리기보다 온화하게 끌어안는 자세를 보인다. 그의 말년의 시들은 『시리우스의 그림자』에서처럼 상실과 죽음의 문제에 직접적으로 대면하고 있다. 그런데 그의 시의 화자는 뭔가 의지할 바를 지니고 있고 그 힘에 의해 살아 있다. 겨우 숨만 붙어 있는 게 아니고 씩씩한 것은 아니더라도 평온하게 살아있다. 쉽게는 이것을 관조라고 말할 수 있을지 모르나 그렇지 않다. 그는 여전히 노화와 소멸의 문제를 상처를 핥듯 주목하는 사람이기 때문이다. 혹자는 시인이 수행하고 있는 불교의 가르침과 연계하여 그의 탈속의 성향을 언급할 수 있겠으나 시인 자신의 언급처럼 그의 시는 보편적 인간사의 관점에서 해석될 수 있다. 현대의 삶에 작용하는 암울한 조건들을 직시하면서도 부단한 성실성에 가치를 두고 생을 이끌어가는 자에게서 "빗빛"의 긍정이 발생한다. 머원의 시는 서늘한 긍정의 온기에서 독자에게 독특한 호소력을 띤다.

10
서정시의 실험성 혹은 실험시의 서정성
— 레이 아먼트라웃

아먼트라웃(Rae Armantrout)은 1947년생으로 현재 미국 샌디에이고 소재 캘리포니아대에서 시와 시학 교수직을 맡고 있다. 그녀는 시집 『조예가 깊은』(Versed)으로 2010년 3월에 전미서적비평가회상(National Book Critics Circle Award)을 그리고 곧이어 4월에 퓰리처상을 수상했다. 아먼트라웃은 그간 일반적으로 "언어시"(Language poetry) 시인들의 계열에 속하는 것으로 알려져 왔다. 이점을 감안하면 그녀의 이번 수상은 1970년대 무렵부터 미국 서부해안 시인들을 중심으로 추구되었던 언어시의 실험적 목소리가 그간 주로 변방에 머물렀다가 이제 주류의 경계선 안으로 편입될 가능성을 보여준다는 점에서 관심을 끈다. 그녀의 시집은 시선집을 제하면 이제까지 10권에 달한다.

1978, 『궁여지책』(Extrremities)

1979, 『배고픔의 발명』(The Invention of Hunger)

1985, 『선행(先行)』(Precedence)

1991, 『쿠베어튜어 초콜릿』(Couverture)

1991, 『강신술(降神術)』(Necromance)

1995, 『그럴성싶게 만들어진 것들』(Made to Seem)

2001, 『베일』(Veil: New and Selected Poems)

2001, 『구실』(The Pretext)

2004, 『속도를 내어』(Up to Speed)

2007, 『다음 생』(Next Life)

2009, 『조예가 깊은』(Versed)

I

언어시는 언어의 지시성 자체를 부정하는 태도를 취하면서 학계와 비평계의 주목을 끌어왔다. 시리먼(Ron Silliman), 번스틴(Charles Bernstein), 그리고 헤지니언(Lyn Hejinian) 등을 대표주자로 꼽을 수 있다. 이들은 1960년대 주류시의 언어가 확신에 찬 주관성의 환상을 만들어내고 우리의 지각과 행동을 사회적으로 구속하는 도구로 사용되었다고 비판한다. 이 아방가르드의 목소리는 시인들이 언어 그 자체에 대한 비평적 질문에 참여할 것을 요구한다. 탈구조주의의 맥락에서 언어는 진리와 존재에 우선한다. 언어의 중개가 없다면 세상에 대한 우리의 이해는 불가능하다. 우리가 낭만주의 시인들의 경우에서처럼 신뢰속에 의지했던 개인의 정신은 더 이상 진리를 통찰하는 힘을 유지하지 못한다. 개인의 정신은 초월적 존재의 지위를 누리지 못하고 언어에 의해 구조화되는 종속체로 전락한다. 그런데 이 언어라는 것 또한 더 이상

로고스와 등가적 관계에 있지 않다. 언어
는 사회적 구조물일 따름이지 그것이 지시
한다고 상정해온 초월적 진리를 떠받쳐 주
지 못한다. 당대의 현실에서 언어는 그 사
회적 규정성에 의해 오히려 경험의 총체성
을 제한하고 왜곡할 따름이다. 언어시 시
인들은 이렇게 언어의 한계에 관한 비평적
질문에서 동시대의 지적 성찰을 시 창작의
장 속으로 발전시키면서 언어가 오히려 경
험의 직접성을 해친다고 선언한다. 그리하여 언어시가 전략적으로 언어
의 지시성을 부정하는 데 특히 초점을 둘 때 그것은 극히 이해하기 어려
운 것이 되고 만다.

언어시 운동은 아먼트라웃을 포함하는 서부해안 시인들이 집단의 자
서전으로 써낸 『그랜드 피아노』(The Grand Piano)의 경우에서처럼 공동
작업으로 이뤄지기도 하지만 여기에 참여하는 시인들이 그들 사이에 크
고 작은 차이를 드러내는 것은 필연적이다. 아먼트라웃은 언어의 한계
성을 문제시한다는 점에서 언어시와 가깝지만 그 언어로 여전히 뭔가
지시하고픈 내적 욕구를 드러낸다는 점에서 서정시의 영역을 벗어나지
는 않는다.

첫 시집 『궁여지책』에 실린 동명의 시는 아먼트라웃이 일생에 걸쳐 처
하게 될 어떤 곤경을 간결하게 함축한다.

사막으로 향하는 것은
옛 말대로

'무(無)의 풍경' 탓

가장자리들의 반짝임 탓

이 칼날들에 접근하는
눈길을 다시 사로잡는구나!

선들, 그 경계 저쪽에
존재들이 사라진다 / 타오른다

마법에 걸린 현존의 변두리

Going to the Desert
is the old term

'landscape of zeros'
the glitter of edges

again catches the eye
to approach these swords!

lines across which
beings vanish / flare

the charmed verges of presence (*Veil* 3)

시인의 마음이 사막에 끌리는 것은 그것이 옛 말대로 "무의 풍경"을 이루기 때문이다. 화자는 모든 것이 제로의 상태로 돌아가는 풍경에 매료된다. 사막의 가장자리를 이루는 선들은 반짝이면서 칼날이 되어 화자의 시선을 위협한다. 그 선들은 시인에게 존재의 사라짐과 불타오름이 교차하는 어떤 경계선으로 인식된다. 마지막 행에서 시인은 사막의 가장자리를 "마법에 걸린" 것으로 파악한다. 시적 경력의 출발점에서 시인은 무엇보다 존재가 형성되는 방식에 관심을 보이고 있다. 사막이 형성하는 제로의 풍경은 세상에 대한 부정을 상징할 수 있다. 세상은 그것에 대한 관습적 개념을 통해 구성되고 그렇게 쉽게 인식되어 왔다. 시인은 세상에서 이 통념을 제거함으로써 그것을 아무것도 없음 혹은 어떤 것도 알 수 없음의 상태로 환원시킨다.

아먼트라웃은 의미의 "현존"의 출처를 중심에서 변두리로 옮김으로써 세상에 대한 기존의 개념을 근본적으로 부정하고 있다. 그것은 "속임수"(trick)이거나 "구실"(pretext)일 가능성이 높다. 그녀가 여성주의자의 관점을 명확히 하는 것 또한 남성 중심의 세계 인식을 전복하려하기 때문이다. 그렇지만 이러한 세상의 사막화를 통해 그녀가 마법적으로 직면하는 "현존"은 타오름과 사라짐을 오가는 변두리의 경계선에 있다. 그것은 속임수를 벗어난 것이지만 그 실체를 알 수 없는 어떤 것으로서 기존의 언어로써는 접근할 수 없다.

당대 미국시인들에 대한 간략한 평을 제공하는 『전후미국시인들』(*American Poets Since World War II*)은 아먼트라웃을 언어시 계열에 쉽게 편입시키는 범주화의 부당성을 지적한다. "아먼트라웃은 친숙한 것과 알려지지 않은 것 사이의 잡아당김을 지속적으로 탐구한다. 여기서 의미는 개인적 생각과 사회적 과정 사이 어딘가를 움직여 다니는 것으로 종종 해석된다." 우리에게 친숙한 것은 어떤 의미에서 사회적 규범에 따라 해석되는 것들이다. 그것은 개인의 차원에서 접근될 때 그 규범의 허구를 벗고 미지의 것으로 드러날 수 있다. 그녀의 언어는 사회의 통념과 개인의 경험 사이에 발생하는 이 근본적 불일치를 독자와 함께 관찰하는 장을 마련한다.

II

스탠턴(Rob Stanton)은 1997년 시작된 온라인 잡지 『재킷』(*Jacket*)의 2010년 39호에 아먼트라웃의 『조예가 깊은』에 대한 서평을 「이것」("This")의 제하에 싣고 있다. 여기서 그는 그녀의 시가 첫 시집 『궁여지책』 이후 10권에 달하는 시집들에서 주로 "숫자나 별표에 의해 짧은 부분으로 갈라지고 분리된, 짧은 시행으로 된, 짧은 시들로" 구성된다는 사실을 지적한다. 이러한 문체에서 그녀의 시는 지면(紙面)에서 대할 때 "최소한 첫눈에 약간 누렇게 뜨고 영양실조에 걸린 것으로 보일 수 있다."

이러한 외관상의 "허약성"은 한편으로 서정시 자체 내에서 기인한다. 아먼트라웃이 써내는 시는 그 자체에서 내적으로 그리고 형식적으로 쉽게 부서진다. 그녀는 「샌프란시스코, 1975-1980」라는 제하에 동료 시인들과 집단적 기억을 표현하는 가운데 서정시를 "의심할 여지없이 하지만 독단적으로 제한적인 실체"로 정의하면서 그 내부에서 "소리의 공명들과 반향들 그리고 친숙한 것들과 의미들의 귀환적 환상선(環狀線)이 전개해 나온다"라고 하였고 또한 그것을 "그 작은 시, 반향으로 가득 찬 거품"이라고 한 적도 있다. 그녀에게 있어서 시는 어떤 권위의 목소리가 청자에게 확신을 전달하는 매개체가 아니다. 시의 공간은 거품처럼 쉽게 터지고 반향과 공명들이 끊임없이 순환하는 곳이다.

다른 한편으로 아먼트라웃의 시가 보여주는 허약성은 외적 요인에 의한다. 그녀의 시에서는 종종 개인적인 것이 사회적인 것과 함께 놓이고 사적인 것이 그것에 작용하는 공적 압력을 읽어내는 관찰의 대상으로 다뤄진다. 전통적으로 서정성은 개인화자의 감정을 청자에게 진솔하게 전달하는 데서 강화된다. 시인은 이러한 목소리의 권위가 (내)외적 압력에 의해 그 주체성의 환상을 깨뜨리게 되는 경우를 자주 진단한다.

2010년의 『시』(*Poetry*)에 실린 「나란한 글」("Paragraph")에서 개인의 목소리는 문화의 규범과 대립관계에 있다. 이 시에서 별표에 의해 구분되는 네 개의 부분은 일차적으로 각자 다른 세상에 있다.

기록을 경신하는 『스릴러』 춤
동시참가 시도

      *

울프만 잭의 스타일
비디오 게임 속 디제이가 말하길,
"이곳은 웨이스트랜드 방송국,

당신을 위해 여기에 존재합니다"

      *

당신은 여기에 존재한다.

머릿속에 있는
목소리들 사이에
긴장완화를 유지하면서.

직접성이 재유행이에요, 라고
라이틀이 말한다.

      *

향수에 젖은 / 미래파적

장면 그 속에서

우리는 신호법을 읽을 수 있다—

녹색으로
흘러내리는 알고리듬들.

우리는 거의
바로 빠져들 수 있다.

Record breaking Thriller
dance attempt.

　　　　*

Wolfman Jack style
DJ in the video game says,
"This is Wasteland Radio

and we're here for you"

　　　　*

You are here

maintaining détente
between the voices
in your head.

Immediacy is retro,

says Lytle.

       *

Nostalgic / futuristic
scene in which

we can read the code—

green
flowing algorithms.

We can almost
slip right in. (15)

시인은 이 시에 딸린 편집자와의 대화에서 시의 제목 "Paragraph"가 시에서의 연의 개념을 뜻하지 않는다고 일부러 지적한다. 그녀는 연의 개념이 한 편의 시 안에서 여러 부분들이 어떤 방식으론가 이어지는 것을 전제하는데 "paragraph"은 앞의 것을 이어갈 필요 없이 그냥 옆에 (para-) 있는 글(graph)을 뜻한다고 말한다. 이것은 그녀의 시에서 자주 발견되는 특색이기도 하다. 그녀는 종종 대중문화의 텍스트를 시 속에 들여와 여기에 지역적이고 개인적인 세부를 병치시킨다. 이 부분들은 동떨어져 있으면서 각자 간결하고 단단하다. 시인은 그것들이 하나의 구조로 통합되지 않으면서 서로 대비되고 그럼으로써 어떤 의미가 그것들 사이의 간격에서 방출되기를 의도하는 것 같다. 그녀는 어떤 내적 구조에 대한 추구에 대해 의식적으로 저항하고 있다.

아먼트라웃은 미국 대중문화의 단면들을 논평 없이 제시하면서 시를 시작한다. 세 개의 별표에 의해 나뉜 네 개의 부분들 중에서 앞 두 개는 실제 일어난 일들에 대한 기록이다. 첫 부분에서 시인은 대중가수 마이클 잭슨(Michael Jackson)의 팬클럽이 주도하여 그를 기념하기 위해 벌인 행사를 언급한다. 이 행사의 목표는 앨범 『스릴러』의 노래에 맞춰 잭슨 의상을 입고 춤을 추는 데 참여하는 사람들의 수를 기록적으로 갱신하는 데 있었다. 2009년 10월 25일 자 행사에는 대략 37개 국가가 참여하여 인터넷 등을 통해 각자의 거리공연을 중개하기도 했다.

두 번째 부분에서 화자의 관심은 1960년대와 70년대에 세계적 명성을 누렸고 1989년에 발매된 한 아케이드 게임에서 디제이 보이(DJ Boy)의 이야기를 진행하는 역을 맡았던 미국 디스크자키 울프먼 잭을 향한다. 그의 이름을 딴 연예대행업체가 미국 동부 지역에 여러 개 사무소를 두고 연예인들의 관리 업무를 보고 있다. 시인은 그의 스타일에 주목한다. 이 스타일은 개인의 것이 아니다. 그것은 한 시대에 어느 집단의 유행에 의해 유지되는 종류의 것이다. 인기를 누리는 자의 스타일은 집단의 유행을 대변한다. 그것의 영향을 받는 "당신"은 집단의 일원으로서의 개인이다. 시인의 관심은 집단의 유행과 그 안의 개인 사이의 관계를 향한다.

두 번째 부분의 마지막 단어와 세 번째 부분의 첫 단어는 둘 다 "당신"이다. "당신"은 "여기에" 있다. "당신"은 내면의 복잡한 소리들 사이에서 갈등을 겪는 가운데 화해에 이르지 못하고 다만 긴장을 완화하면서 살아가고 있다. 그런데 "당신"이 처한 이 직접성의 상태는 "재유행"의 속성을 띤다. 아먼트라웃은 라이틀이라는 사람이 어느 누구일 수도 있지만 실제 그녀의 동료 교수라고 밝힌다. 그녀가 시에서 취하고 있는 소재들은 관념과 추상에 앞서 지역적이고 구체적이다. 시인은 특징적으로 그것이 무엇이냐를 말하기보다 그것의 텍스트를 제시하고 독자에게 그것을 관찰하고 생각하게 하는 자세를 취한다. 여기서 직접성은 첫째와 둘째 부분에서 제시한 대중문화의 단면들을 떠오르게 한다. 유행은 항상 "여기에" 있으면서 우리를 둘러싸고 직접적으로 영향을 주는 어떤 것이다.

유행은 일회적으로 지나치는 것이 아니라 "재유행"의 방식으로 되살아나는 어떤 것이다. 이 방식에서 그것은 과거의 동경에서 "향수에 젖은" 것이고 "미래파적"이며 또한 현재의 것이기도 하다. 그것은 영원한 시간 속에서 은밀하고 깊숙하게 우리의 짧은 인생을 움직이는 "신호법"으로 작용하고 있는 것이다. 마지막 부분에서 시인은 장면의 단순한 제시에 그치지 않고 그 장면의 이면에 작용하는 힘을 관찰한다. 시인은 신호법으로서의 스타일 혹은 유행에 대해 비판적 의식을 드러낸다. 시의 화자는 비록 저항의 목소리를 표출하지는 않지만 복종하지 못하는 자의 자세를 취한다. 화자는 "우리"가 유행을 대상화하여 관찰하고 그 "신호법을 읽을 수 있다"고 말한다. 그렇지만 화자는 마지막 두 행에서 우리가 신호법의 알고리듬 속으로 "거의 / 바로 빠져들 수 있다"고 말함으로써 우리가 신호법의 음모를 경계하더라도 그 강력한 위세에 저항하기가 쉽지 않다는 인식을 드러낸다.

아먼트라웃은 "나는 내가 규범에 대항하여 글을 쓰지 않았다면 아예 쓰지 않았을 것이라고 생각한다"고 언급한 바 있다. 또한 그녀는 자신의 작업을 "자본주의가 의식 속으로 끼어든 사례들에 대한 초점"으로 설명하기도 한다. 그녀의 관심은 미국시의 한 축을 이뤄온 고백주의의 경향을 등지고 보다 의식적으로 사회 혹은 문화 그리고 그것을 지배하는 언어의 문제에로 향하고 있다.

III

아먼트라웃의 시는 문화에 내재하는 지배적 가치들의 허구성을 관찰하고 그 영향 속에 있는 개인의 삶의 문제를 다루는 경우가 많다. 2006년 『미국시평』(The American Poetry Review)에 게재된 그녀의 시 「조예가 깊은」("Versed")은 근대사회의 통념 속에 자리한 인간의 개별성에 대한 환상을 관찰한다.

각 세포의
자기감시 기능이
"보다 명백한 방식으로 표현되면"

인격이 주어지면―
한 인간.

"오늘의 문제들"은
대리인들에 의해
견실하게 숙고되고 있다.

은유가 형성하는
껍질
그 아래
각 경험의 균열.

로봇식의 측량기사들이
가로질러 가고

어머니가 고함친다, "잘했어요!"
그가 막대기를 떨어뜨릴 때

"잘했어요!"
그가 그녀 쪽으로 걸어갈 때

The self—monitoring function
of each cell
"writ large,"

personified—
a person.

The "Issues of the Day"
are mulled steadily
by surrogates.

Metaphor forms
a crust
beneath which
the crevasse
of each experience.

Traversed
by robotic surveyors.

Mother yells, "Good job!"
when he drops the stick.

"Good job!"
when he walks in her direction (46)

인간의 본질은 이미 세포 속에 새겨져 있는지 모른다. 인격은 우리가 선택하고 노력하여 성취하는 고매한 정신이 아니라 유전인자처럼 생득적으로 결정되어 있는지 모른다. 여기서 개인의 주체성 혹은 정신의 초월성이란 한낱 환상에 불과하다. 신문이나 방송에서 매일 떠들어대는 "오늘의 문제들"은 우리 자신에 의해서가 아니라 "대리인들에 의해" 처리되고 있다. 그것들은 사회가 정한 법률의 제약에 따라 "견실하게" 다뤄진다. 시인에게는 해결의 실마리가 보이지 않는 문제들도 대리인의 견지에서는 어떤 방식으로든 결론에 이를 것이다. 세상을 지배하는 것은 은유이다. 사실 그 자체가 아니라 그것을 대신한다고 말해지는 어떤 것이다. 그래서 어떤 사실에 대한 은유는 사회 속에서 통념화의 과정을 거친 이후에 그 사실에 대한 개별적 경험과 일치하지 않을 수 있다. 이 경우 은유는 사회화의 안전망을 구축하면서 동시에 개인의 경험에 압력을 가하여 "균열"을 일으킨다. 시인의 비판적 시선은 측량기사들이 사물을 재는 방식에까지 "로봇식"의 기계적 메커니즘이 작용하는 것을 추적한다. 어머니는 측량기사가 (측량)막대를 떨어뜨려 일을 마무리하고 그녀에게 다가오자 연신 "잘했어요!"를 외친다. 이 장면은 지극히 세부적인 삶의 순간을 제시할 따름이지만 우리가 익히 알고 있고 그래서 "조예가 깊은" 것들의 "껍질"을 깨뜨리고자 하는 시인의 욕구를 함축하고 있다. 시인은 단단하게 굳어진 은유의 껍질을 깨고 균열을 일으키고 싶다. 이 시가 침묵의 언어로 전하는 것은 바로 이 욕구이다.

아먼트라웃의 시에서 부분들이 지역성과 구체성에 의존하면서 통합적 구조의 형성을 억제하는 것은 사실이다. 이 방식에서 시인의 내적 중심에서 나오는 목소리를 분명하게 듣기는 어렵다. 하지만 이런 가운데서도 시인은 개인의 욕구를 표현한다는 점에서 서정적이다. 그녀는 서정시가 사회적 맥락에 의해 위협 받고 있는 상태를 누구보다 첨예하게 의식한다. 그녀의 서정성은 세상이 강요하는 관념의 해체 과정에서 개인과 사회 사이의 대립 속에서 위태롭게 유지된다.

IV

아먼트라웃은 서정성과 실험성 사이에서 작업을 하고 있다. 이러한 위치는 시인에게 양진영 어디에도 수용될 수 없을지 모른다는 불안을 일으킨다. 그녀의 시는 주류 서정의 목소리에 비해 너무 이상한 목소리를 낸다. 그렇지만 언어시의 실험성을 선도하는 동료 시인들에 비하면 아직 충분히 이상하지 못하다. 그런데 역설적이게도 바로 양진영 사이에 포위되어 이것도 저것도 아닐 수 있는 위태로움에서 그녀는 힘을 얻고 있다. 그녀는 자신의 『산문집』(Collected Prose)에 실린 두 평론, 「주류의 변경성(邊境性)」("Mainstream Marginality")과 「여성주의 시학과 명료한 의미」("Feminist Poetics and the Meaning of Clarity") 등에서, 순전히 고백적인 목소리로 시를 쓰는 것에 대한 자신의 견해를 밝힌 바 있다.

> 오늘날 전통적인 시 혹은 주류의 시는 그 목소리가 단일하거나, 다소 명백하거나, 자주 일종의 현현(顯現)에서 절정에 달한다. 그러한 형식은 그것이 말하는 것이 무엇이든지 간에 마감과 완전의 인상을 전달해야 한다. 하지만 내가 생각하기에 여성이 처한 상황의 핵심은 여성이 내적으로 분리되어 있다는 것, 그녀 자신에 대하여 분리되어 있다는 것이다. (CP 39)

아먼트라웃의 자아분열은 사회적으로 교육받은 것과 개인적으로 경험한 것 사이에서 일어난다. 그녀는 주류와 변경 사이에서 목소리를 내고 있다.

당대 미국시에서 실험적 시와 전통적 시 사이의 거리가 점차 좁혀지고 있다. 이 거리 좁힘은 양진영이 서로의 도구와 기교를 받아들이기 시작하면서 가능해졌다. 실험적인 것으로서 변방으로 밀려났던 여러 방식들 예컨대, 초현실주의, 언어의 불확정성, 언어에 작용하는 사회 및 정치의 압력에 대한 의식, 장르 간 융합, 파편화 등이 이제 당연하게 받아들여지는 상태에 이르렀다. 아먼트라웃은 초기에 언어시 계열로 분류되었다. 이제 그녀는 그러한 배경에도 불구하고 각종 사화집이나 계간지에 지속적으로 이름을 올리는 주류의 구성원이 된 느낌을 준다. 주류의 외연이 언어시의 영향으로 넓어진 결과라고 여겨진다.

노튼 출판사가 2009년 70명이 넘는 당대 시인들의 새로운 시를 모아 출판한 한 사화집의 제호는 『미국의 혼종』(*American Hybrid*)이다. 미국시는 동질성 / 정체성을 향해서뿐만 아니라 혼종성 / 개방성을 향해서도 나가고 있다. 나의 정체성을 찾아가는 탐색은 본질을 구하는 것이 아니라 혼종성을 확인하는 것일 수 있다. 나의 가능성은 존재하지도 않는 동질성으로 나를 고정하려는 내적 욕구 및 외적 세력과 싸우는 데서 열린다. 아먼트라웃의 퓰리처상 수상소식이 우리에게 일으키는 반향은 아무래도 이것인 것 같다.

11
작은 시가 맵다
— 캐이 라이언

I. 나는 "낙오자" 시인이었다

2011년 퓰리처상 시 부문의 영광은 1945년생 여성 시인 라이언(Kay Ryan)에게 돌아갔다. 수상작은 전년도에 간행된 신작 및 시선 시집 『최상의 것으로』(*The Best of It: New and Selected Poems*)였다. 그녀는 2008-2009 그리고 2009-2010 두 기간에 걸쳐 미의회도서관이 선정하는 계관시인을 지낸 바 있다. 또한 그녀는 2006년 이후 6년 임기로 미국시인협회(The Academy of American Poets) 의장단의 일원으로 활약하고 있기도 하다. 협회의 공식 웹페이지에 따르면 의장단은 "사상의 한 흐름이나 문학 도당 혹은 파벌이 아니라 하나의 전체로서의 국가를 대변하는" 역할을 요구받는다. 1946년에 구성된 의장단은 12명에서 20

명 사이로 유지하되 임기 종료 후 3년 경과시에 재임이 가능하고 매년 3명 정도가 교체될 수 있게끔 짜여 있다. 이러한 운영방식은 미국시의 대표성과 정통성을 확보하기 위한 노력을 반영한다. 수상경력과 활동상에서 라이언은 당대 미국시에서 확고한 자리를 차지하고 있는 것으로 보인다.

하지만 라이언이 오늘날 비평계와 독자로부터 호의적 관심과 주목을 끌기까지는 오랜 시간이 소요되었다. 1994년 세 번째 시집 『홍학(紅鶴) 바라보기』(*Flamingo Watching*)로 가까스로 세상에 알려지기까지 그녀는 10년 넘게 거의 무명으로 지내면서 종종 "국외자"(outsider)나 "낙오자" (underdog)로 불리기까지 하였다. 그녀는 1983년에 38세의 나이로 첫 시집을 내기까지 8년여에 걸쳐 스스로 정한 도제과정을 통해 숱한 습작을 써냈다. 그녀의 존재가 오랜 무명에서 늦은 유명으로 바뀌는 과정은 당대 미국에서 좋은 시의 척도가 얼마나 유연할 수 있는가를 보여준다는 점에서 흥미를 끈다. 그녀의 시적 경력은 주류의 전통시가 알게 모르게 소중하게 간주하던 어떤 권위로부터 여러 측면에서 벗어나 있다. 그녀가 오랜 시간 "낙오자"가 될 수밖에 없었던 요인은 단지 비평계의 무지에 국한되지 않고 그녀 자신의 생활방식과 언어관 자체에도 잠재하는 것으로 보인다. 그녀의 경력은 현재의 공적 지위와는 사뭇 어울리지 않는 양상들을 품고 있다.

1. 캘리포니아 주 모하브 사막 내 먼지 날리는 소도시 로사몬드에서 석유시추 노동자 아버지와 주부 어머니 밑에서 성장했다. 그녀가 고립과 적막에서 편안함을 느끼는 것은 타고난 성격 외에 성장환경의 탓도 있다.
2. 캘리포니아 대학(UCLA)에서 수학했고 박사과정에 진학했으나 학위논문을 써내지 않았다. "고정시킬 수 없는 어떤 것의 박사"가 된다는 생각이 그녀를 섬뜩하게 한 나머지 논의를 좋아하면서도 문학을 "공부"하려 하지는 않았다. 박사구두시험에 통과하기 위해 지인이 윌리엄스(William

Carlos Williams)의 모든 시를 순서대로 암송하고 다니는 것을 보고 학위준비를 "그냥 내던지고 싶어지게" 되었다. 학부수업 또한 다수의 학생들 사이에서 그녀에게 재능과 흥미를 그다지 유발시키지 못했다. 그녀는 "문학을 먹이치우는 비평"에 넌더리가 났고 시 쓰기를 계속해야 할지 진지하게 고민하게 되었다.

3. 개국 200주년이 되던 1976년에 오리건에서 캘리포니아까지 4천 마일에 달하는 자전거 여행을 떠났다. 작가가 되기를 원하는지 스스로에게 묻고자 떠난 여정이었다. 시인은 콜로라도 후저(Hoosier) 고갯길을 지나면서 글쓰기가 "다른 어떤 것과도 견줄 수 없는 기쁨"을 준다는 사실에서 "레이저 빛처럼" 마음의 날을 세웠다. 시 쓰기의 매력에 대해 "다른 어떤 것과도 다르게 생각하는 방식"을 꼽는다. "시를 쓰지 않고서는 가장 심오한 방식으로 생각할 수 있는 방도가 내게 없다"고 단언하는 시인에게 시는 감정의 표현이기보다 생각의 도구이다. 우리는 시인이 무엇보다도 생각하는 사람이라는 것을 잊는 경우가 있다.

4. 시인은 마린 카운티(Marin County)에서 30년 넘게 함께 해온 동반자 캐럴(Carol Adair)과 고양이 우부(Ubu)와 살고 있다. 캘리포니아 혼인법 탓에 캐럴과의 동성결혼을 두 번 치러야 했다. 캐럴은 암 진단을 받고 화학요법 치료를 받고 있지만 삶을 지속해 나가는 일의 중요성을 시인과 함께 인식하고 이로써 시인으로 하여금 계관시인의 직을 포함한 모든 것을 받아들이고 진행하도록 하고 있다.

5. 유명해진 정도에 관해 시인은 계관시인이 된 후에도 "우체국이나 다른 어떤 곳에서도 내가 새치기하는 것을 아무도 용납하지 않는다"고 자신의 불가시성을 당연시 한다.

6. 시인은 마린대학(College of Marin)이 산 퀜틴(San Quentin) 형무소에서 운영 중인 한 프로그램에서 재소자들을 대상으로 영어를 가르쳐오고 있다. 그녀는 30년 넘게 자신의 직업의 책무를 "교정영어"(remedial English) 시간강사직에 국한하였다. 시인이 계관시인의 역할에서 중점을 두었던 곳은 자신이 몸담고 있는 곳과 같은 "지역 전문대학"(community college)이었지 저명한 대학이 아니었다.

7. "내가 돌을 빠뜨리면 진짜 빠르게 텅하고 바닥에 떨어지는 소리가 들리

는 사람들이 있었어요. 하지만 캐럴에게 돌을 떨어뜨리면 바닥 치는 소리를 결코 들을 수 없었지요."

8. 시인은 굳이 자신의 두 얼굴을 감추지 않는다. 그녀는 한편으로 어머니의 영향을 받아 "조용하게 살아가는 것"을 좋아한다. 하지만 다른 한편의 아버지의 영향으로 "술 마시고 파티에 가는 것"을 좋아하고 사람들과 만나 시끄럽게 떠드는 것을 좋아한다. 그녀는 혼자만의 시간과 거리두기를 전제함으로써 타인에 대한 접근이 용이해진다고 고백한다.

9. "삶의 사치는 마음에 일어날 수 있는 사치에서 에너지를 앗아간다"고 함으로써 평범한 삶의 중요성을 확인한다.

10. 위대한 시인이 되려면 어떻게 해야 하느냐는 질문에 대해, "낸들 어찌 알겠어요?"라고 퉁명스럽게 답한다.

— 2008년 『파리 평론』(*The Paris Review*)과 가진 면담을 바탕으로

라이언은 당대의 대표적 시인들 다수가 저명 대학의 교수이면서 시인으로 활동하고 있는 것과는 대조되게 지역 전문대학에서 그것도 소도시한 곳에서 동성의 동반자와 함께 30년 넘게 생활하고 있다. 그녀는 전위를 일삼는 실험시의 대가가 아니고 정통과 권위의 후광을 입고 있지도 않으며 이론으로 무장되어 있지도 않다. 그런 그녀가 시 관련 최고의 상이랄 수 있는 퓰리처상을 수상했다. 당대의 미국시가 그녀에게 대표성을 부여한다는 것은 그녀로서 상징되는 어떤 것들이 유의하다고 판단한 결과일 것이다.

II. 작은 시가 맵다

라이언의 시가 보여주는 가장 큰 특성은 간결성이다. 분량이 한 쪽을 넘지 않을 뿐 아니라 시행 자체가 두세 단어로 처리되는 경우가 많아서 전체적으로 매우 작다는 인상을 준다. 「나쁜 날」("Bad Day")은 23행으로

구성된다.

모든 날이
좋은 것은 아니에요.
어떤 날은
옷감을 도둑맞은 탓에
그걸로 무얼 만들려 했는지
깨닫게 되요.
단정한 여성용 조끼거나
꼬마요정 선원의
조끼.
어떤 날은
재봉사가
마음속
재킷을 보고서
직물을 찾아
나서려 해요.
그러나 어떤 날은
착상도
소재도
떠오르지 않아요.
이런 날이
재봉사 꼬마요정에게는
힘들지요.

Not every day
is a good day
for the elfin tailor.
Some days
the stolen cloth

reveals what it
was made for:
a handsome weskit
or the jerkin
of an elfin sailor.
Other days
the tailor
sees a jacket
in his mind
and sets about set
to find the fabric.
But some days
neither the idea
nor the material
presents itself;
and these are
the hard days
for the tailor elf. (*Say Uncle* 50-51)

살다보면 맑은 날도 있고 흐린 날도 있다. 흔하게 듣고 또 말하게 되는
상투적 명제가 시의 제재가 되어 있다. 진부한 것이 독자의 마음을 움직
일 수는 없다. 심오한 진리를 담고 있다고 해도 화자의 진정성이 확보되
지 않으면 언어는 전달에 실패한다. 그런데 왜일까? 시인 라이언의 어
법에서 상투적인 것은 찬찬히 관찰되고 고려됨으로써 근본의 의미가 되
살아난다. 절제의 미덕이 주는 효과가 아닐까 싶다. 화려하고 웅장한 언
사로써 전달했으면 시큰둥하게 반응할 수밖에 없었을 것이 새롭게 다가
온다.

　독자의 마음을 끄는 것은 내용보다 화자가 말을 이끌어가는 어투다.

화자는 서로 다른 "어떤 날"을 세 번 열거한다. 좋은 날도 나쁜 날도 있다. 풀어쓸 이유가 없을 정도로 간명하다. 조용한 어투를 통해 인생은 정리되어 관조된다. 두세 단어로 처리되는 행의 구분은 독자의 호흡과 생각을 느리게 심지어 순간순간 정지하게 함으로써 일상생활의 거칠고 빠른 리듬에서 해방시키는 것으로 보인다. 화자는 천을 도둑맞은 날조차 좋은 날에 포함시킨다. 천의 부재가 상기시키는 천의 목적이 인생을 감내할 힘을 준다.

화자가 재봉사의 일상에서 깨닫는 것은 인생의 흥망성쇠와 같은 진부한 관념이 아니다. 세상에 대한 상투적 이해가 어느 순간 존재의 아픔에 대한 자각으로 바뀌고 있다. 그래서 화자는 일할 이유에 대한 착상과 그 착상을 구현할 소재가 없는 때가 힘든 날이라고 말하게 된다. 화자는 힘겨운 인생도 일할 이유와 일할 거리가 있다면 참을 만하다는 것을 역설적으로 말하고 있는지 모른다. 인생에 관한 숱한 시적 관념들 가운데서 이러한 통찰은 실용주의적 양상마저 띤다. 그래서 그것은 다시 보통의 삶을 살아가는 자의 견실한 자세와 연결된다.

화자의 시선이 내면을 향해 있지 않다. 많은 서정시가 개인의 내적 고통과 상실을 토로하는 것과는 사뭇 다르다. 시적 제재를 일상에서 취하면서 관념에 휘말리지 않고 말을 극도로 절제한다. 라이언은 시에 의한 현실의 재구성에서 심각한 목소리를 내지 않는다. 그러면서도 그것은 독자와 코드를 맞추는 순간에 삶의 단면에서 단번에 핵심으로 파고드는 통렬함을 드러낸다. 간결한 언어에 내재된 통찰의 힘에서 라이언은 19세기 미국 여성시인 디킨슨(Emily Dickinson)에 비유되기도 한다. 라이언의 시는 작은 시가 맵다는 것을 확인해주는 한 방식을 구현한다.

III. 가벼운 것이 무겁다

　라이언의 시가 지니는 큰 매력 중의 하나는 가벼움의 무게이다. 우선 인생을 대하는 태도 혹은 접근법이 경쾌하다. 또한 그런 세상을 표현하는 시의 언어가 그러하다. 가볍다고 해서 무게가 없는 게 아니다. 라이언의 시는 가벼운 웃음 끝자락에 무거운 서늘함이 따라오는 경우가 많다. 시 「보금자리 찾아 집으로」("Home to Roost")는 새떼의 움직임을 희화화함으로써 시작한다.

　새 새끼들이
　선회하면서
　하룻날을 더럽히고
　있어요. 해는
　밝은데
　새 새끼들이
　막고 있어요. 그래요,
　하늘이 새 새끼들로
　어둡게
　조밀해졌어요.
　그놈들이 돌고
　그리고 또 다시
　돌아요. 이놈들은
　한 번에 하나씩
　당신이 놓아주었던
　조그만 새 새끼들—
　다양한 혈통을 지녔지요.
　이제 그놈들이
　보금자리 찾아
　돌아왔어요—모두가

똑같은 종류로
똑같은 속도로.

The chickens
are circling and
blotting out the
day. The sun is
bright, but the
chickens are in
the way. Yes,
the sky is dark
with chickens,
dense with them.
They turn and
then they turn
again. These
are the chickens
you let loose
one at a time
and small—
various breeds.
Now they have
come home
to roost—all
the same kind
at the same speed. (*The Niagara River* 2)

화자의 시선은 아직 밝은 해가 떠있는 하늘에 가있다. 그 하늘은 떼를
지어 날아다니는 새 새끼들로 까매져 있다. 새 새끼들의 움직임은 원형

으로 돌고 도는 방식을 취한다. 화자의 눈에 그것은 밝은 하늘을 "더럽히고" 그것으로 나아가는 길을 "막고 있"는 것으로 비친다. 첫 13행에 걸쳐서 화자의 시선은 고집스럽게 새떼에게 주어져 있다. 그녀가 그려내는 자연은 압도적이거나 처절한 힘을 품고 있지 않다. 예컨대 서산의 석양이거나 먼 바다의 고요함 혹은 연이어 뻗어가는 산맥과는 거리가 멀다. 비에 젖은 한 송이 꽃이나 바람 속에 선 한 그루 나무의 느낌과도 다르다. 둘 혹은 서너 단어로 구성된 짧은 행에서 주요단어로 제시되는 "선회하고," "더럽히고," "막고" 등은 대상의 움직임을 핀셋으로 집듯이 묘사하면서 어쩐지 그것을 다소 경망스럽게 대하는 느낌마저 준다. 여기서 새떼는 화자에게 동정과 동화의 긍정적 반응을 일으키지 않는 게 분명하다. 그냥 "그놈(것)들" 혹은 "이놈(것)들"로서 관찰의 대상으로 다뤄지고 있다. 이러한 거리감이 낭독자의 약간의 짓궂은 어조와 결합하면 청중에게 작은 웃음을 불러일으킬 가능성이 높다.

그렇지만 웃음은 시의 후반부로 나아가면서 잦아질 수밖에 없다. 새 새끼들이 보금자리로 돌아가는 모습은 평화로운 풍경이 아니다. 그것은 원어민 독자에게 시의 제목과 전반부의 내용이 중의적으로 암시하는 속담을 상기시킬 게 분명하다. 영어권 독자가 "욕은, 새 새끼들처럼, 보금자리로 돌아온다"(Curses, like chickens, come home to roost)는 속담을 떠올리는 것은 어렵지 않을 것이다. 사전 상으로도 "새 새끼들(/병아리들)이 보금자리로 돌아온다"(Chickens come home to roost)는 표현은 과거에 행했던 바보스런 혹은 잘못된 일의 결과가 오랜 시간 후에 다시 자신에게 돌아와 나쁜 영향을 끼치는 것을 비유적으로 설명한다. 그것은 우리말에서 "하늘 보고 침 뱉기" 혹은 "누워서 침 뱉기"로 번역될 수 있는 상투적 문구에 해당한다. 시인 라이언은 우리가 흔하게 대하는 진부한 표현과 그것에 상응하는 어느 현실에서 새 의미를 일궈내는 작업을 하고 있다.

새 새끼들은 중의적 맥락에서 화자와 독자가 과거에 행했던 자잘한 과실 혹은 거짓 등을 뜻할 수 있다. 그것들이 여하히 해결되었다고 생각하는 것은 오산이었다. 그것들은 한 번도 아니고 수차례 반복하여 아니 끊임없이 되돌아와 우리를 짓누른다. 낮은 벌겋게 밝은데 어느새 그 놈들에 의해 시커멓게 가려지고 만다. 놓아 보낸 새 새끼는 당시에 작았으려니와 "한 번에 하나씩" 내보낸 것인데 이제 떼거리로 한꺼번에 몰려온다. 내보낼 때는 "다양한 혈통"이었는데 돌아올 때는 한 가지 종류로 바뀌고 속도 또한 한꺼번에 달려드니 같다고 할 수밖에 없다. 종류와 속도가 같다는 것은 되돌아오는 과거의 유령들이 한꺼번에 뒤섞여 달려들면서 구분할 수 없게 되었다는 것을 뜻한다. 이러한 종류의 압박이 독자에게 전달되는 순간 그의 웃음이 무겁게 서늘해지지 않는다면 오히려 이상할 것이다.

인생은 과거의 결과로서 현재 그리고 그 결과로서 미래에로 이어져가는 어떤 고리를 내포하고 있는지 모른다. 화자는 시간의 압박에 대한 복잡한 생각을 새떼에 대한 간략한 보고로 마감한다. 그래서 라이언의 시는 가볍고 무겁다.

IV. "빈 여행가방"을 채워주세요

라이언은 『크리스천 사이언스 모니터』(*Christian Science Monitor*) 지와 가진 면담에서 그녀의 시 쓰기 방식과 관련한 질문을 받고 자신의 일상을 단순하게 하면 할수록 자신의 생각이 그만큼 더 복잡해진다고 설명한 적이 있다. "아주 조용하게 살려고 노력해왔고 그래서 행복할 수 있었다." 그녀는 이런 방식으로 유지되는 일상에서 매일 글을 쓰고자 했다. 아침식사 후에 뇌를 자극하기 위해 "복잡한 책"을 읽고 나서 서너 시간씩 글을 썼다고 한다. 첫 두 시집들이 비평계의 호평과 관심을 끌지 못하는 처지에서도 시인은 이러한 습관을 고집했다.

라이언의 초기시가 오랜 시간 주목받지 못했던 이유의 일단은 그녀의 시가 쉽게 읽히면서 그럼으로써 비평가의 긴장을 이렇다 할 정도로 지속시키는 데 실패한 데서 찾을 수 있다. 새롭고 뛰어난 목소리를 기대하는 비평가의 입장에서 보면 간결하고 명징한 것이 주는 시의 기쁨에만 만족하기는 어려울 것이기 때문에 그러하다.

그렇다고 최근에 라이언에게 쏟아지는 관심이 시인이 새 방향을 모색한 결과인 것 같지는 않다. 『홍학 바라보기』 이후 그녀의 시 언어와 작시법은 크게 변하지 않는 연속성을 드러냄으로써 그녀의 독특성을 강화해 왔다. 변화는 시인이 아니라 독자에게서 일어났다고 판단된다. 라이언의 시 언어에 대한 독자의 접근법이 달라진 것이다. 그녀의 시는 간명하여 쉽게 읽히지만 일독으로 그 바닥이 드러나지 않는 깊이를 드러내는 경우가 많다. 진부하다고 할 정도로 상투적인 소재와 주제를 다루면서(도) 그 안에 재치에 의존하는 복잡한 사유를 담음으로써 독자로 하여금 그 장면을 그냥 스쳐가지 못하게 하는 힘을 지니고 있다. 라이언의 이러한 어법에 대한 이해와 그녀의 시에 대한 각광은 궤를 같이 한다.

라이언은 자신의 시가 독자의 참여에 크게 의존하는 종류의 것이라는 사실을 토로한 바 있다. 그녀의 시는 독자에 따라 쉽게 읽혀져 버려질 수도 있고 파고들수록 새로워질 수도 있다. 그래서 그녀는 시가 "비워내기를 멈출 수 없는" 여행가방 같아야 한다고 여긴다. 그것은 열 때마다 수많은 것이 쏟아져 나오는 "광대의 여행가방"이어야 한다(*The Paris Review*). 그녀의 시 쓰기는 내용을 완전히 담고 있지 않고 독자의 읽기에 따라 채워질 빈자리를 남긴 채 완성된다.

라이언의 시 「보금자리 찾아 집으로」에서 우리는 "새 새끼들"의 구체성을 경험하면서도 그것이 뜻하는 바를 한정할 수 없고 규정할 수 없다.

시인의 어법은 그 뜻의 형성을 조장하되 내용을 풀어주지 않는 방식으로 독자의 상상력을 자극한다. 그녀의 시 「상어 이빨」("Sharks' Teeth") 또한 날카롭게 물린 자국을 언급할 뿐 그게 무엇을 뜻하는지는 의도적으로 독자의 몫으로 넘긴다.

> 모든 것에는 어느 정도
> 침묵이 들어있지요. 소음은
> 그 안에 구부러져있는 휴식의
> 상어 이빨
> 모양을 한 작은 파편들에서
> 그 묘미를 자아내요.
> 도시생활 한 시간은 아마
> 일분어치의 이러한
> 세월의 자취를
> 포함하고 있을 거예요
> 그 세월을 지배하는 침묵은
> 상어처럼
> 꽉 짜여 있고 위험해요. 가끔은
> 한 조각 꼬리나
> 지느러미를 아직도
> 공원에서 감지할 수 있어요.

> Everything contains some
> silence. Noise gets
> its zest from the
> small shark's-tooth-
> shaped fragments
> of rest angled
> in it. An hour

of city holds maybe
a minute of these
remnants of a time
when silence reigned,
compact and dangerous
as a shark. Sometimes
a bit of a tail
or fin can still
be sensed in parks. (*The Niagara River* 4)

우리는 소음에 둘러싸여 산다. 사람이 몰리는 공원에서는 더욱 그러하다. 그렇지만 화자는 이러한 도시의 잡음 속에서 낚시 바늘처럼 "구부러져있는" "휴식" 혹은 "침묵"을 발견한다. 잡소리가 그나마 묘미를 지니는 것은 그 안에 웅크리고 있는 침묵에 의해서다. 모든 것에 침묵이 존재한다는 발견은 화자에게 위안을 주는 것으로 보인다. 하지만 안타깝게도 그 침묵은 아주 소량으로 존재한다. 한 시간 분량의 소음에는 기껏해야 일분여의 침묵이 존재한다. 침묵은 "세월"의 잔유물을 지배하는 속성을 띤다. 화자가 의지하는 것은 오랜 현실 가운데 짧게 침묵으로 존재하는 과거의 흔적인 것이다.

소음 속의 정적을 낚아 올리는 것은 시인의 감각이지만 그 짧은 시간의 "꽉 짜인" 응집성과 "위험한" 깨어있음을 통찰하는 것은 재치이다. 그리고 그것을 더 이상 설명하지 않는 억제는 지혜가 아닐 수 없다. 숱하게 널려있는 모래알 틈새에서 잠깐 일렁이다 사라지는 사금파리의 빛의 난사를 포착하는 것 같다. 그 빛은 한 순간이나마 모래사장 전체를 휘감을 수 있다. 그렇지만 침묵은 시끄럽고 무미건조한 공간을 뒤흔드는 것이면서도 아름답고 미더운 어떤 것은 아니다. 과거의 잔유물은 "상어 이빨 모양을 한" 파편들로서 위험하다. 공원길을 걷는 화자의 감수

THE NIAGARA RIVER

KAY RYAN

WINNER OF
THE RUTH LILLY POETRY PRIZE

GROVE PRESS POETRY SERIES

성은 혹여 감지될 수도 있는 상어의 꼬리나 지느러미의 조각을 향해 열려 있다. 그녀는 그것이 아무리 위험하다고 해도 자신에게 살아있는 느낌을 확인해 줄 것이라고 믿고 있다.

시인의 여행가방 안에는 일상의 이면을 뒤집어 보여주는 순간이 들어있다. 가방을 훔쳐본 독자는 자신이 이제껏 잊고 지내던 어느 감각이 새롭게 자극받는 것을 느낀다. 시인은 그렇게 일어난 호기심으로 독자가 시인의 가방 속에서 자신의 가방 속으로 들어가기를 바란다. 라이언의 시는 독자가 자신의 가방을 뒤집어 시인의 가방을 채움으로써 완성될 수 있다.

다른 시 「나이아가라 강」("The Niagara River")은 시인이 애써 언어로써 구성하는 것이 뜻이 아니라 체험이라는 것을 다시 확인해 준다. 시인은 독자에게 건너가는 규정과 설명의 다리 이쪽 경계에서 의도적으로 멈춰서 있다.

강이
바닥이기나
한 것처럼 그 위에
식탁과 의자를 놓고
식사를 하고 또
이야기를 나눠요.
그것이 흘러가는 대로
강변 따라 바뀌는 장면들을
─식당의 그림들이
바뀌어 걸리고 있다는

듯이 고요하게—
바라보고 있어요. 우리는
알고 있어요. 알고
있지요. 이것이 바로
나이아가라 강이라는 것을. 하지만
기억이 잘 나지 않아요
그것이 무엇을 뜻하는지가.

As though
the river were
a floor, we position
our table and chairs
upon it, eat, and
have conversation.
As it moves along,
we notice—as
calmly as though
dining room paintings
were being replaced—
the changing scenes
along the shore. We
do know, we do
know this is the
Niagara River, but
it is hard to remember
what that means. (*The Niagara River* 1)

이 시는 간단하다면 간단하고 복잡하다면 복잡한 속성을 잘 보여준다.
도대체 시인이 하고자 하는 말은 무엇인가? 우선 액면 그대로 읽어도 좋을 듯하다. 하지만 짧은 행 처리와 너무나 무사한 진행이 오히려 더 길고 더 천천히 말귀를 살피게 하는 측면이 있다. 화자가 던지는 마지막 언급은 질문에 가깝다. 우리가 알면서도 그러니까 내내 알아오고 있는데도 그 의미를 쉽게 떠올리지 못하는 경우는 무엇이고 언제인가? 시인은 나이아가라 강을 따라 선상 여행을 하고 있다. 강의 여행에서 화자는 사실 강과 유리된 선상 식탁에 앉아 있다. 음식을 먹으면서 담소를 나누고 그림 보듯이 주변풍경을 대한다. 그리고 눈에 비치는 그런 것들을 익히 알고 있다고 생각한다. 이 낯익은 일상의 경험에서 시인의 뒤집어보기가 시작된다. 이와 유사한 경우들이 우리의 생에서 얼마나 자주 생의 의미를 앗아가고 있는 것일까, 시인의 사유는 철학적이기까지 하다. 그렇다고 시인이 관념을 도덕적으로 주입하고 있지는 않다. 그녀가 던지는 것은 질문이고 생각의 완성은 독자에게서 이뤄진다. 여행의 시간이 만화의 컷처럼 한 면씩 느리게 제시된다. 일상은 정지된 주목에서 감춰진 이면을 슬쩍 들추지 않을 수 없다. 라이언은 이 재주에서 탁월하다. 차려입은 일상의 들춰진 속옷을 훔쳐보는 눈길은 당연히 시인만의 것이 아닐 것이다.

독창적인 시인을 제대로 읽어내려면 우리가 익숙해져 있는 눈과 귀의 측정방식을 재조정할 필요가 있다. 라이언의 시는 쉬우면서 어렵다. 어려움은 기교적 실험이나 언어의 지시성에 대한 근본적 부정에서 기인하지 않는다. 그녀의 언어는 지시성의 측면에서 상식적인데도 쉽게 지나치기 어렵고 멈춰 서서 바라보게 하는 요소를 지니고 있다. 그녀의 침묵은 언어와 세상 사이의 괴리나 허용되지 않는 초월과의 간극을 표현하지 않는다. 다만, 상투적인 것을 살짝 비틀어 삶의 내면을 들추되 쉽게 교훈에 빠지지 않는 데서 비범함을 드러낸다. 라이언의 시는 작은 목소리의 절제된 사유에서 흡인력을 발휘한다.

12
몸의 질문에 답하다
— 트레이시 K. 스미스의 「글자 Y로서의 자아의 초상」

스미스(Tracy K. Smith)는 아프리카계 미국 여성 시인으로서 세 번째 시집 『화성의 삶』(*Life on Mars*)으로 2012년도 퓰리처상을 수혜했다. 1972년생 만 40세의 나이에 단 세 권의 시집 상재 후에 시 부문에서 가장 명망 있는 상을 거머쥔 것은 이례적이다. 첫 시집 『몸의 질문』(*The Body's Question*)은 그녀에게 2002년도 "케이브 캐넘 시문학상"(Cave Canem Poetry Prize)을 안겨줬고 두 번째 시집 『악마』(*Duende*)는 미국시인협회가 수여하는 "제임스 래플린 상"(James Laughlin Award) 수상집이다. 뉴욕 브루클린에 거주하면서 프린스턴 대학에서 창작을 지도하고 있다. 경력의 초기에서부터 그녀에게 쏟아진 비평계의 호평은 그녀의 현재의 완성도와 내재적 가능성을 함께 평가한 결과일 것이다. 이 글은 첫 시집의 대표시 한 편에 대한 완역과 평론을 통해 그녀의 신세대 감수성을 한국의 독자가 다소간에 직접적으로 경험할 수 있도록 돕는 데 작은 뜻을 둔다.

I

스미스의 시는 단순에 가까운 경험의 직접성과 상상력의 경쾌한 휘발성에서 신세대 감수성을 드러낸다. 그녀의 시의 발화점은 철학적 사변이 아니라 "식욕"이나 "허기"와 같은 육체적 욕망인 경우가 많다. 그녀의 시가 내는 목소리는 거리에서 건너오거나 자신의 내면에서 올라오거나 간에 몸의 반응을 통해 울려나온다는 특성을 지닌다. 선배 시인 영(Kevin Young)은 스미스의 첫 시집의 들머리에서 그녀의 시에 대해 소개하면서 그녀가 "비애와 상실, 욕정과 공복, 그리고 기쁨과 욕구"에 대해 말하는 데 전혀 어색함이 없다고 말한다(xi). 그녀의 자연스러움은 그런 것들에 대해 다른 시인들보다 더 많이 알아서가 아니라 더 정직하게 몸으로 느끼기 때문일 수 있다. 첫 시집『몸의 질문』은 거리의 목소리들과 자신의 내면의 목소리에 정직하게 반응하는 방식에서 매우 직접적이다. 첫 시집의 제목 "몸의 질문"은 시의 언어가 어떻게 형성되어야 하는가에 대한 시인의 의문을 함축하고 있다. 시인은 대상의 목소리를 몸의 반응에 의존하는 감각성 혹은 직접성을 통해 얼마나 잘 구현할 수 있는가에 대해 탐색하고 있다.

사물과 원초적 만남을 꾀하는 태도는 기존의 관념에 의해 고착된 사물을 해방시킴으로써 그것의 본래의 모습을 용이하게 대하도록 해준다는 점에서 시인을 가장 당대적이게 만들어 줄 수 있다. 현재의 감각에 집중함으로써 스미스는 당대의 사회적 및 개인적 문제들에 대해 선배 시인들보다 더 진실하게 접근할 수 있는지 모른다.

그래서인지 그녀의 시에는 최소한의 이 야기를 형성해주는 혹은 그것을 암시적으로 제시하는 장면이 도입되는 경우가 많다. 경험의 직접성은 구체적 장면이 제공하는 현장의 느낌에서 보다 잘 구현될 수 있다. 그녀의 시는 이 장면의 구체성 덕에 상대적으로 쉽게 읽히기까지 한다. 그렇다고 이 장면이 정통적 이미지즘의 시에서처럼 응축과 충전에서 효과를 발휘

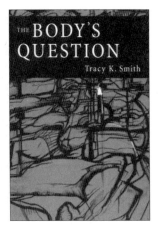

하는 방식으로 제시되는 것은 아니다. 그것은 빠르게 돌아가는 필름에 서처럼 한 장면에서 다음으로 이어지는 방식으로 매순간 던져진다. 한 장면의 인상이 다음 장면에 겹치거나 물러서거나 뒤엉키면서 흘러간다. 한 장면과 다른 장면의 연결이 전체나 관념의 틀로 얽매이지 않는다. 여기서 그녀의 시는 휘발성의 특성을 띠게 된다. 세상의 이모저모에 대한 경쾌한 눈 돌림은 그녀가 구세대와 다르게 하나의 논리나 구조 혹은 초월적 존재들에 덜 구속되어 있다는 것을 반증한다. 그렇다고 그녀의 시가 아방가르드 시처럼 파편화와 전복을 의도적으로 꾀하는 것은 아니다. 그녀에게 세상은 순간의 인상으로 드러나고 또 사라지는 가운데도 몸의 직접성을 통해 구체적이고 가깝게 포착되는 존재의 양상을 띠고 있다.

II

스미스의 첫 시집 4부의 들머리에 실린 시 「글자 Y로서의 자아의 초상」("Self-Portrait As the Letter Y")은 시인이 추구하는 경험의 직접성과

상상력의 휘발성에서 신세대 감수성의 적절한 예시를 이룬다. 제1시편에서 화자는 화가 나 있다.

> 총을 휘둘렀다. 지난밤
> 옛 로스앤젤레스 같은 어느 도시에서.
> 저물녘이었다. 사과를 받아내고 싶었던
> 두 계집이 있었지만
> 총 따위는 소용없었다.
> 곁눈질로 서로 바라보더니
> 나를 달래려 했다. 화가 났다.
> 소리를 지르고 싶었다. 권총을 묻어버리고자 했어도
> 수 마일은 걸어야 했을 것이다.
> 달아나는 법을 배웠어야 했을 것이다.

> I waved a gun last night
> In a city like some ancient Los Angeles.
> It was dusk. There were two girls
> I wanted to make apologize,
> But the gun was useless.
> They looked sideways at each other
> And tried to flatter me. I was angry.
> I wanted to cry. I wanted to bury the pistol,
> But I would've had to walk miles.
> I would've had to learn to run. (57)

여섯 시편으로 구성된 이 시의 첫 장면은 돌연하다. 독자의 관심을 끌기에 충분히 자극적이다. 그것은 생각의 결정화를 꾀하기보다 독자의 궁금함을 촉발하는 순간에서 멈춰버리는 재주를 부린다. 화자의 목소리는 길거리를 배회하는 거친 자의 것이다. 뒷골목 박명 속에서 한 사람이 권총을 휘두르며 거리의 여인들에게 협박을 하고 있다. 그자의 요량은 사과를 받아내는 것이었는데 일이 뜻대로 풀리지 않았다. 요조숙녀가 아닌 게 분명한 여인들 또한 총의 위협에도 떨지 않고 서로 동조하여 오히려 그자를 달래려 들었다. 분통이 터진 그 사람이 무슨 짓이든 저질렀을 것이다. 그렇지만 사건 당시도 그렇고 하룻밤이 지난 지금도 그이는 후회하고 있다. 그이는 총을 땅 속에 묻고자 했지만 아무래도 성공하지 못한 것 같다. 총을 버리는 일이 후회의 결과인지 은폐의 시도인지 분명하지 않지만 그이는 그 일을 위해 수 마일을 걸어서라도 현장을 빠져나갔어야 했는데 그러지 못(안)했다. 달아나는 법조차 터득하지 못한 자신을 돌아보고 있다.

이러한 장면의 구성 방식은 영화나 드라마 혹은 소설의 기법을 차용한 것으로 보인다. 이렇게 독자의 관심을 끈 후 좀 더 자세한 설명이 보따리 풀리듯 플래시백으로 따라올 듯싶다. 그런데 시인의 의도가 사건의 배후나 원인을 밝히는 데 있는 것 같지 않다. 인과관계나 개연성의 법칙에 따르는 어떤 결과 혹은 통찰에도 관심이 없어 보인다. 그것은 한 장면이 불러일으키는 그 즉각적 인상으로써 다른 장면들을 대변함으로써 현실을 압축하는 것 같다. 시인의 세상에 대한 반응은 현장에 대한 이해에 의해서보다 감각에 의존하는 경험의 직접성에 의해서 더 확실하게 정해지고 있다. 이런 방식의 접근에서 세상의 부분들은 논리의 구조에 의해서보다는 숱한 인상들의 흐름에 의해서 서로 연결된다. 총을 쥐고 소리 지르다가 뒷감당 못하는 건달의 이미지는 앞뒤 이야기의 문맥에서가 아니라 그 자체의 인상에서 제 역할을 다하고 있다.

그래서인지 제2시편의 장면은 전혀 다른 별개의 시공으로 독자를 내던진다.

마침내 그 여자아이가 되었어요.

당신이 간직하고 있는 물건들 사이 그 사진 속
작은 배 이물에서 자세 고정하고 있는 그녀가 되었어요.
이곳은 언제나 여름이에요.
당신 사진기 렌즈 속을 항상 응시하고 있어요.
그건 아직 도난당하지 않았지요. 항상
이렇게 똑같은 표정을 하고 있지요. 내 뜻은
사진기의 눈 뒤 당신의 눈을 내가 바라본다는 것.
내 뜻은 작은 단두대가
열렸다 떨어져 닫히는
그 시간 안에 내가 마음을 굳혀
바야흐로 당신을 사랑하게 되리라는 것.

I have finally become that girl
In the photo you keep among your things,
Steadying myself at the prow of a small boat.
It is always summer here, and I am
Always staring into the lens of your camera,
Which has not yet been stolen. Always
With this same expression. Meaning
I see your eye behind the camera's eye.
Meaning that in the time it takes
For the tiny guillotine
To open and fall shut, I will have decided
I am just about ready to love you. (57)

앞선 시편의 화자가 건달에 가까운 사내라면 이 시편의 주인공은 사랑
의 화신에 가까운 여자아이다. 어조 또한 청자 "당신"의 등장과 함께 다
소 애절하기까지 하다. 급변한 장면에서도 시인은 역시 충분한 문맥을
제공하지 않는다. 전체의 이야기를 상상하기 어려운 가운데 하나의 인

상이 집중적으로 강화된다. 흔들리는 작은 배에서 좀 더 아름다운 모습을 보이기 위해 사랑에 빠진 한 여자아이가 한 사내의 사진기 앞에서 자세를 취하였다. 그 모습이 찍힌 사진 한 장이 "당신이 간직하고 있는 물건들" 사이에서 발견된다. 여자아이는 이미 여인이 되어 있을 수 있다. 두 연인이 어떤 관계를 거쳐 어떤 단계 혹은 상태에 이르렀는지 파악하기 어렵다. 유일하게 알 수 있는 것은 화자가 사진 속 여자아이의 마음가짐을 확인하고 바로 그 상태로 나아가고 있다는 사실이다. 사진 속 장면은 항상 여름 풍경을 담고 있다. 사진기의 눈 너머 "당신의 눈"을 바라보고 있는 여자아이의 "이렇게 똑같은 표정" 또한 언제나 그 자리에 있다. 사진의 셔터가 단두대의 칼날처럼 열렸다 닫히는 짧은 순간에 사진 속 소녀는 외치고 있다. 난 당신을 사랑할 거야, 라고. 화자는 모든 것이 변하고 사라지는 세상에서 렌즈 속 "당신의 눈"을 바라보는 자세를 "아직 도단당하지 않"음으로써 "마침내 그 여자아이가 되"고 있다. 사진 속 피사체 여자아이의 표정, 특히 사진 속에 없는 사진가의 눈을 응시하는 그녀의 시선이 장면을 압도하면서 그 밖의 주변적 세부들을 불필요하게 만든다. 이렇게 형성되는 장면은 화자가 육체적 감흥의 직접성으로 현장에 몰입하고 있다는 것을 보여준다.

시인의 상상력은 장면과 장면 사이의 분방한 전이에서 자유를 뽐낸다. 뿐만 아니라 그것은 한 장면의 구성 자체에서도 배경의 세부 묘사에 얽매이지 않고 감정의 흐름을 따라가는 방식에서 휘발성의 특색을 드러낸다.

제3시편에서 장면은 다시 완전히 바뀐다. 이제 화자는 도시 한 모퉁이에서 또 다른 두 연인을 목격하고 있다.

인접 환기구 가로질러
햇살이 예리한 각도로 잘려나간다.

그들이 입맞춤한다. 다시 입맞춤한다.
희미한 구름들이 지나가다, 흩어진다.

비상구 바닥에
누군가 거울을 남기고 떠났다.

그들이 내려다본다. 입맞춤한다.

그녀는 두려워하는 탓에
결코 자유롭지 못할 것이다. 그는

결코 자유롭지 못할 것이다.
왜냐하면 항상

자유로웠으므로.

Sun cuts sharp angles
Across the airshaft adjacent.

They kiss. They kiss again.
Faint clouds pass, disband.

Someone left a mirror
At the foot of the fire escape.

They look down. They kiss.

She will never be free
Because she is afraid. He

Will never be free

Because he has always

Been free. (57–58)

화자와 두 연인은 밖이 유리창을 통해 내다보이는 상당한 높이의 건물 복도에 있는 것 같다. 그 복도에는 환풍구가 있고 계단으로 이어지는 비상구가 있다. 다소 외진 그곳에서 두 연인이 입맞춤을 나누고 있고 화자는 휴식 차 사무실을 나온 참인지 바깥 구름도 구경하면서 그들의 사랑을 바라보게 된다. 이 장면에서 화자는 역시 "몸의 질문"에 답하고 있다. 환풍구 사이로 쪼개져 들어오는 햇빛에 몸이 반응한다. 누군가 버리고 간 혹은 떨어뜨리고 간 거울이 화자의 시신경을 자극한다. 저기에 서 있었을 누군가, 급하게 화장을 고치고 누군가를 그리며 잠시 표정을 지어보았을 누군가, 이렇게 누군가가 계속 연상되는 가운데 화자는 창가 모퉁이에 혼자 서 있는 자신을 확인했을 수 있다. 이렇게 화자가 여러 인상들이 불러일으키는 불확실한 느낌들 사이를 오가는 동안 두 연인이 입맞춤을 반복한다. 입맞춤은 필시 접촉과 분리를 전제한다. 만남과 헤어짐 사이에서 존재하는 것이다. 두 연인의 입맞춤이 어떤 미사여구도 배제된 채 "입맞춤한다"는 행위 자체로서만 제시된다. 그것은 화자에게 밀려들어오는 인상들 가운데 세 차례나 반복됨으로써 핵심적인 것이 된다. 그런데 화자의 관심은 두 연인에 대해 외부로 향하고 있기보다 그들 그리고 주변의 다른 인상들이 자신에게 불러일으키는 어떤 것에 대해 내부로 향하고 있다. 자연스러운 육체적 반응의 흐름이 화자에게 사랑 그 자유와 속박에 관한 자신의 소회를 떠오르게 하고 있다. 여자는 사랑을 잃을까 두려워한다. 남자는 그런 두려움이 없으므로 자유의 가치를 모른다. 둘 다 자유롭지 못하다. 이것이 화자의 마음에 담긴 오래

된 생각이고 현재 처해 있는 상황인 것 같다.

그런데 이런 생각 자체보다 더 흥미로운 것은 그것에 도달하고 그것을 표현하는 시인의 방식이다. 화자가 툭 던져놓은 사랑의 방정식은 도시의 한 모퉁이 어느 구체적 시공에서 화자의 몸의 반응을 통해 도출되고 있다. 장면의 구체적 세부들은 반드시 그 자리에 있어야 하는 것들이 아니다. 우연하고 일시적인 것들과의 즉흥적 교우에서 몸이 말하고 있다. 아무래도 이런 방식이 스미스에게서 우리가 신세대 감각을 느끼게 되는 요소들 중 하나인 것 같다.

화자의 사랑의 방정식이 이 시의 다른 시편들과 어떤 관계로 맺어져야 할지가 확실하지 않다. 시인이 어떤 구조화의 목적에서 이 부분을 들여온 것 같지 않기 때문이다. 여섯 시편들 모두가 각자의 초점을 형성하고 있지만 서로간의 연결에서는 여러 인상들의 유입 혹은 흐름의 방식으로 이어지고 있다. 이러한 연결에서 각 부분은 독립되어 있으면서 그 나름의 인상으로써 어느 전체의 모호한 그림그리기에 기여할 수 있다.

제4시편은 다시 부랑자의 목소리를 낸다. 이 목소리가 제1시편의 그것을 떠오르게 하지만 동일인의 것이라고 단정할 수 없다. 스미스가 거리에서 들려오는 여러 목소리들에게 각자의 통로를 내주는 것일 수 있기 때문이다. 어쨌거나 시인의 귀가 도시의 고급문화를 향해서가 아니라 뒷골목의 애환을 향해 쫑긋 열려있는 것은 분명해 보인다. 새 장면에서 화자는 반(反)사회조직에 가담했던 적이 있는 자로 등장한다.

그땐 말하자면 모반자였다.
차를 두 대 취했고 잘못 된
충고를 받아들였다. 사람들의 엉덩이를
쳐다보았고 머리 냄새에 코를 킁킁거렸다.

그냥 탈퇴해버린 나머지 그게

절반쯤 설익은 그런 야외요리들,
껍질 벗겨낼 작정이 결코 아니었던
짐승고기들 같아 보여서, 아무런 의미도 없었다.

약속했다. 계속 나아갔다.
기적을 기원했다. 푼돈을 구하려고
몸을 굽혔다. 그게 필요했다.
가족이란 말에는 두 가지 정의가 있었다.

가족이 둘 있었다. 기웃거리며 다녔다.
쉽게 잊었다. 글쎄, 잊었던 것은
아니지만, 기억하는 게 언제 안전한지는
알고 있었다. 몇 날 밤은

젖은 베개에 기대어 또 몇 날 밤은
불 켜둔 채 깨어있으면서
속삭였다. 가장 진실한 일들을
수화기에 대고.

Was kind of a rebel then.
Took two cars. Took
Bad advice. Watched people's
Asses. Sniffed their heads.

Just left, so it looked
Like those half-sad cookouts,
Meats never meant to be
Flayed, meant nothing.

Made promises. Kept going.

Prayed for signs. Stooped
For coins. Needed them.
Had two definitions of family.

Had two families. Snooped.
Forgot easily. Well, didn't
Forget, but knew when it was safe
To remember. Woke some nights

Against a wet pillow, other nights
With the lights on, whispering
The truest things
Into the receiver. (58–59)

화자가 과거에 저질렀던 반사회적 행위들이 묘사된다. 차를 훔치고 범
죄의 유혹에 넘어갔다. "엉덩이"를 바라보고 "머리 냄새"를 맡아대는 화
자에게서 건달이 약자를 세워두고 빙 돌아가면서 눈빛을 부라리고 위협
하는 몸짓이 느껴진다. 그런 그가 범죄조직으로서의 가족과 자신의 가
족 둘 사이를 오가다가 조직 탈퇴를 결행했다. 그가 뒤에 남겨두고 떠나
온 일은 껍질째 구워버린 설익은 짐승고기처럼 먹을 수 없는 것이어서
이제 그에게 "아무런 의미도 없었다." 그리하여 남게 된 단 하나의 가족
을 지키는 일에서 그는 "푼돈"을 위해 굴욕을 감내하는 자로 변했다. 그
러나 그것은 "기적"을 기도하는 일과 비슷해서 쉽지 않다. "기웃거리며
다녔"던 기억 밖으로 빠져나오는 일은 "땀에 젖은 베개"의 시간과 "수
화기에 대고" "가장 진실한 일들"에 대한 이야기를 밤새 나눠줄 수 있는
누군가의 사랑이 필요하다.

　이 시편의 화자는 모든 언급에서 주어를 생략하고 있다. 그 주어는 길
거리의 누군가일 수 있고 그런 모습의 화자 자신일 수 있다. 생략된 것

이 "그이"인지 "나"인지 의도적으로 알 수 없게 만들어놓았다. 한국어의 문형과 달라서 영어는 주어 없이 문장을 이룰 수 없다. 이 의도적 비우기 혹은 지움에서 시인은 그것을 채우는 일을 독자에게 맡기고 있다. 사실 목소리의 주인공이 3인칭이든 1인칭이든 시 전체의 목소리가 하나로 통일되어 있지 않은 상황에서 마찬가지일 수 있다. 그렇지만 생략된 주어의 공간은 오히려 그 자리를 차지하는 자의 존재를 더 의식적으로 고려하게 하는 역할을 하고 있다. 제4시편은 길거리의 얼굴 없는 사람 모두가 기억의 처형으로부터 안전할 수 있는 순간을 모색하고 있는 셈이다.

제5시편의 주인공은 생계를 위해 지적 재산권을 침해한 모조품 판매상이다.

개 한 마리 허둥지둥, 보이지 않는 끈에
가발 끌려가듯, 지나갔다. 봄이다.
모조품 판매상들이 마침내
사람들을 끌어 모았다. 여대생들이
신의를 갖고 맨살을 보여준다. 빛나는 핸드백 더미 위에
몸을 숙이고, 웃고
기꺼이 지불한다. 걸어 나갈 때
그들의 팔이 앞으로 흔들리면서
벗은 어깨에 걸쳐진 저 새로운 무게에 균형을 잡아준다.
특허권 침해자들 또한 웃는다,
한 여자 한 여자 햇살 속으로 미끄러져 들어가면서
허벅지 한 쌍 한 쌍이 그늘 속에 새겨지는 걸 지켜보면서.

A dog scuttles past, like a wig
Drawn by an invisible cord. It is spring.
The pirates out selling fakes are finally

Able to draw a crowd. College girls
Show bare skin in good faith. They crouch
Over heaps of bright purses, smiling,
Willing to pay. Their arms
Swing forward as they walk away, balancing
That new weight on naked shoulders.
The pirates smile, too, watching
Pair after pair of thighs carved in shadow
As girl after girl glide glides into the sun. (59)

때는 봄이다. 주인이 털 깎기를 게을리 했을 혹은 오래 방기된 개 한 마리가 긴 털을 질질 끌며 거리를 지나간다. 봄볕에 성급히 맨살을 들어내기 시작한 여대생들이 모조품 가방 가판대 앞에 소란스럽게 몰려든다. 손님도 웃고 장사치도 웃는다. 맨살의 어깨에 가방끈을 드리우고 균형 잡아 걸어 나가는 여대생들 하나 둘 그리고 그들이 대낮의 햇살 속에 남긴 허벅지 그림자 한 쌍 또 한 쌍이 장사치의 시선을 오래 붙잡는다.

이 시편의 목소리는 제1시편의 분노와 후회의 목소리와 크게 대비된다. 제2시편의 애절한 사랑의 목소리와 다르고 제3시편의 사랑의 염세주의자의 우울한 목소리와도 다르다. 이 목소리에는 과거의 기억에 시달리는 제4시편의 모반자의 고통 또한 담겨져 있지 않다. 지적 재산권 침해나 생계형 장사치의 고난 등에 관한 문제의식이 눈곱만치도 직설적으로 표면화되지 않는다. 이 시편은 차라리 아름답기까지 하다. 즐거울 정도로 소란하고 봄볕처럼 따뜻하다. 생계를 위해 위법한 일을 하고 있는 장사치에게 조그만 소득과 햇살 그리고 과분하지 않을 정도의 욕정까지 허용되고 있다. 이 분위기는 역시 시인의 특별한 감수성에서 생성된 어떤 것이다. 그것은 몸의 질문에 정직하게 답한 결과이다.

스미스의 시는 감각적이다. 현장의 감각, 다시 말해 구체적 장면의 세부에 대한 몸의 반응이 시를 이끌어간다. 감각이 우선하고 사유가 뒤따른다. 이렇게 그려지는 장면은 처음부터 잘 짜여 진 논리의 구도보다 매 순간 감각의 흐름에 자연스럽게 따라간 결과로서 형성된다. 그렇다고 거기에 사유가 배제되는 것은 아니다. 현장의 세부에서 촉발된 느낌들이 연속적으로 일어나는 가운데 뒤따라 이뤄지는 생각에 의해 그 흘러가는 방향이 정해지는 것으로 보인다.

마지막 제6시편에서 화자는 자신과 "당신"이 속해 있는 어느 조그만 세상이 "욕구"에 의존한다고 천명한다.

당신은 순수한 욕구. 나는 순수한
욕구. 당신은 유령, 사는 데는
저 멀리 떨어진 도시, 햇살이
훔친 벽돌 한 장씩 성당 벽 타고 오르는 곳.
난 이곳에서 보이지 않아요, 내가 그걸 좋아하는 그대로.
당신이 내게 가르친 언어가 둘둘 말려 들어와요,
당신 입에서 내 입으로
아이들이 서로 마리화나 건네주는 방식으로.
당신은 그걸 내게 먹여요,
내 심장에 살이 오를 때까지. 나는 당신에게
자그마한 검은 알들을 먹여요. 나는 당신에게
바로 내 자신의 부드러운 진실을 먹이지요. 우리는 믿어요.
우리는 자지 않고 일어나 온갖 무가치한 것들을 얘기하지요.

You are pure appetite. I am pure
Appetite. You are a phantom
In that far-off city where daylight
Climbs cathedral walls, stone by stolen stone.
I am invisible here, like I like it.
The language you taught me rolls

From your mouth into mine
The way kids will pass smoke
Between them. You feed it to me
Until my heart grows fat. I feed you
Tiny black eggs. I feed you
My very own soft truth. We believe.
We stay up talking all kinds of shit. (59-60)

욕구가 "순수한" 것은 그것이 육체적인 것으로서 도덕률이나 이데올로 기 등과 같은 사회적 초자아에 의해 더럽혀지지 않았기 때문이다. 순수한 욕구를 구현하는 화자와 청자는 옛 로스앤젤레스와 같은 구식 시가지에 살고 있다. 그곳에서 "당신"은 "유령"이고 나 또한 "보이지 않"는다. 그들의 불가시성은 그들이 사회적 신분에서 두드러지지 않다는 것을 말해준다. 그런데 그들은, 특히 화자는, 그렇게 사는 것을 좋아하고 있다. 화자가 사용하는 언어는 "당신의 입에서 내 입속으로 둘둘 말려들어온다." 그것은 성적 자극까지 함축하여 육체적일 게 분명하고 마리화나를 나눠피듯 불온할 것이다. 화자는 자신의 마음을 이만큼 살찌운 게 "당신이 내게 가르친 언어"라고 믿는다. 화자 또한 그런 "당신"에게 "바로 내 자신의 부드러운 진실"로서 상어 알을 연상시키는 "자그마한 검은 알들"을 먹인다.

 이 시의 화자와 청자는 시인 스미스가 첫 시집에서 담아내고자 했던 (자신의 목소리를 포함하는) 거리의 목소리들을 대변한다. 스미스의 시 속에서 그들은 낡은 도시의 뒷골목에서 유령처럼 살고 있지만 그들만의 몸의 언어로써 서로의 진실을 주고받는 가운데 "온갖 무가치한 것들"을 밤새 이야기하면서 씩씩하게 살아갈 것으로 보인다.

III

스미스는 우리에게 알려진 미국 시인들 가운데서 매우 젊은 세대에 속한다. 그래서 우리의 궁금증은 그녀가 미국의 젊은 시인들의 신세대 감수성을 어떻게 구현하느냐에 모아지기도 한다. 그녀의 신세대 감수성은 경험의 직접성과 상상력의 경쾌한 휘발성에서 발휘된다.

경험의 직접성에 대한 존중은 시인에게 필수적으로 요구되는 자질일 수 있다. 특히 관념을 우선시하지 않고 경험의 가변성과 다양성을 의미 있게 혹은 그 자체가 전부인 것으로서 취급하는 시학에서 그러하다. 이런 입장에서 보면 시인에게 다가오는 장미는 백과사전 상의 의미로 드러나지 않고 그이가 어느 구체적 장미와 대면하게 되는 개별적 상황 속에서 그것과 맺게 되는 관계의 양상에 따라 달라질 수 있는 어떤 것이다. 그렇다고 이러한 접근법이 대상의 무한성이나 상대성을 무책임하게 조장하는 것은 아니다. 사물을 직접적 경험을 통해 파악하려는 시도는 그 사물에 이미 덧씌워진 관념을 제거함으로써 그것을 원래의 모습으로 돌려보내려는 노력을 함축한다. 경험의 직접성에 대한 존중은 사물을 있는 그대로 대하려는 도덕적 추구와 연결되어 있는 것이다.

사물은 그것에 대한 기존의 관념이 배제된 후에 역설적이게도 다시 시인의 관념을 통해 드러날 수밖에 없는데 미국의 근대 시인 스티븐스 (Wallace Stevens)는 이것을 "최초의 개념"(first idea)이라고 불렀다. "최초의 개념"은 시인과 대상 사이의 새로운 관계에 의해 늘 새롭게 제시되는 탓에 영속성이 허용되지 않는다. 피할 수 없는 관념화를 거치면서 그래서 다소 주관화될 수밖에 없는 가운데서도 사물은 본래의 모습에 대한 지향을 통해서 그 자체의 사물다움을 유지할 가능성을 허용 받는다. 사물다움에 대한 추구는 미국시의 경우에 역사적으로 튼튼한 뿌리를 내리고 있다. 스티븐스가 후배 시인들에게 끼친 영향들 가운데 하나가 바로 그것이기도 하다.

미국의 대표적 근대 시인으로서 윌리엄스(William Carlos Williams) 또한 사물다움을 위해 자신의 시에서 상징주의를 배격하려고까지 했다. 상징주의는 사물 그 자체보다 그것에서 촉발되어 넌지시 비추게 되는 그 이상 혹은 너머의 것을 중시한다. 상상력은 사물을 아름답거나 숭엄하게 만드는 힘으로 또는 혼돈에서 질서를 찾아가는 지적 구조화의 힘으로 작용할 수 있다. 하지만 상상력은 그렇게 만들어진 사물을 원래대로 돌려놓는 힘으로 작용할 수도 있다. 스티븐스가 "decreation"으로 표현한 이 역(逆)창조 혹은 해체의 힘은 시인의 정신이 섣부른 감정이입이나 낭만주의적 감상 그리고 무한한 상대주의나 유아론의 미망에 빠지는 것을 경계한 것이다.

스미스가 몸의 질문에 대한 답을 통해 새 언어의 방향을 잡아가려 하는 노력은 그녀를 길러낸 문화 속에서 배태된 것이라고 말할 수 있다. 그녀가 첫 시집에서 던진 "몸의 질문"은 경험의 직접성에서 현장의 목소리를 담아냄으로써 답을 찾았다. 미국시는 "고백파 시인들"(confessional poets)의 경향에서 한 맥을 이어가고 있다. 그런데 스미스의 시는 시인의 내면보다 거리의 타인들에게 귀를 기울이고 있다. 몸의 질문은 그들의 목소리를 어떻게 진실하게 다시 말해 어떻게 몸이 저절로 반응하는 방식으로 들어줄 수 있느냐에 관한 것일 수 있다. 그래서 그녀의 시는 그 안에 다양한 목소리들이 등장한다고 해도, 자아의 부정이나 정체성의 불안을 토로하는 시들과는 다르게, 통제할 수 없는 의식의 혼란상을 보여주지는 않는다. 그녀의 시는 현장에서 몸의 반응을 통해 일어나는 느낌과 생각을 간결한 언어로 정직하게 압축한다.

몸의 질문에 답하는 방식은 장면의 전환에 휘발성을 부여한다. 구조의 틀을 유지하는 것은 형식을 추구하는 지적 노력의 결과이다. 하지만 몸은 현장이 바뀔 때마다 주어진 장면의 구체적 세부에 반응하여 저절로 감흥하기 마련이다. 관념이 고정적이라면 몸은 그 감흥의 방식에서 동물적이고 즉흥적이다. 시인이 몸의 언어를 좇을 때 그의 상상력은 순식간에 기화하는 휘발성으로 현장의 장면을 넘겨버린다. 이 상상력의 휘발성 혹은 즉흥성이 그녀의 시에 신세대 감각의 활력을 더해준다.

그런데 스미스의 시에서는 이런 장면의 전환이 돌연하고 비약적이면서도 멀리 떨어져 바라보면 각각의 인상이 서로에게 엉기는 현상을 보여준다. 「글자 Y로서의 자아의 초상」 역시 여섯 시편이 서로 다른 목소리를 내면서도, 유기적으로 잘 짜인 어느 내재적 구조까지는 아닐지라도, 어떤 방식으론가 서로 연관될 수 있는 가능성이 느껴진다. 이것은 스미스의 관심이 파편화된 세부에 꽂혀 있지 않고 도시의 거리와 골목 여기저기에 대해 전체적으로 주어지기 때문이라고 판단된다. 그녀가 육체적 반응의 직접성을 통해 접하는 대상은 유아론적 내면의 공간이 아니라 공동체의 현실인 것이다. 공동체에 대한 관심은 시인을 비판적이거나 정치적으로 만들어놓기 쉽다. 하지만 스미스가 성력의 출발점에서 보여주는 공동체적 관심은 거대한 담론이나 공허한 이념으로 빠지지 않는다. 몸의 질문에 답하는 자세에서 공동체는 관념이 아니라 현장의 실체로서 다가온다. 경험의 직접성에 대한 존중과 공동체에 대한 관심은 묘한 균형을 형성하면서 그녀의 시에 매력적인 특색을 선사하고 있다.

13
"아이쿠, 온통 별이에요"
— 트레이시 K. 스미스의 우주

　스미스(Tracy K. Smith)는 아프리카계 미국 여성 시인으로서 세 번째 시집 『화성의 삶』(*Life on Mars*)으로 2012년도 퓰리처상을 받았다. 만 40세의 나이에 미국에서 가장 권위 있는 시문학상을 수혜한 것은 상당히 이례적이다. 그녀는 미국의 생존 작가들 가운데서도 1970년대 및 80년대의 문화에서 배태된 신세대 감수성을 가장 잘 표현할 수 있는 시인들 중의 한 명이다. 그녀의 상상력은 대항문화와 공상과학 영화 그리고 우주의 신비에 의해 고무되는 종류의 것이지만 저항의 외침이나 자기도취적 망상에 빠져들지 않는다. 그녀의 우주에 대한 관심은 대중의 흥미나 자극을 추구하는 대신에 현실의 상실과 고통에 대한 숙고를 밤하늘의 무한한 어둠속에 투사하는 방식으로 진행되고 있다. 이 글은 스미스의 『화성의 삶』에 실린 시들 중에서 두 편 「아이쿠, 온통 별이에요」("My

God, It's Full of Stars")와 「그것 그리고 그 무리」("IT & CO")에 대한 번역과 분석을 통해 그녀에게 특징적인 우주의 개념을 엿보는 데 목적을 둔다.

『화성의 삶』은 인생과 사물을 바라보는 관점을 지상에서 우주로 확대하는 방식에서 주목을 끈다. 소설이나 영화 분야에서 미래의 시간과 우주는 더 이상 희귀한 주제가 아니다. 또한 우주가 고대부터 인간의 상상력을 자극해온 것도 사실이다. 그렇지만 그것이 대다수 흥미 위주의 공상과학 소설이나 영화와 다르게 지상의 현실에 대한 반추의 척도로서 그리고 영적 가능성의 영역으로서 다뤄지는 것은 특이할 만한 하다. 시집 제목 "Life on Mars"는 과학 탐사의 관점에서 보면 "화성의 생명체"라고 번역해야 할 듯하다. 하지만 시인의 관심은 화성에 혹은 우주에 외계인이 있느냐 없느냐의 문제에 주어져있지 않다. 우주는 알려진 것보다 알려지지 않은 것이 절대적 우위로 많은 미지의 영역이다. 그곳은 확인할 수 없는 혹은 확인되지 않은 상대에서 시적 상상력에 의해 가능성의 공간으로 발전한다. 스미스에게 있어서 우주는 그 가치가 과학적 분석에 의해서가 아니라 별과 별 사이 어둠의 심연을 채워줄 상상력에 의해 더 잘 드러날 수 있는 대상이다. 그렇게 발휘되는 상상력이 그려내는 "Life on Mars"는 지상의 삶이 충족시켜줄 수 없는 어떤 것들을 가능태로서 품고 있어서 "화성의 삶"이라고 번역하는 게 좋겠다. 지상에는 더 이상의 개척지가 존재하지 않는다. 미지의 것에 대한 동경과 경배 그리고 두려움은 더 이상 지상에서 발견하기 어렵고 있다고 해도 그 위세가 현저하게 줄어들었다. 스미스의『화성의 삶』은 인간 중심의 문명이 부닥친 이러한 한계에서 그 너머를 꿈꾸는 정신이 깃들어 있다. 더군다나 이 시집은 시인의 반인본주의적 상상력이 문화연구나 생태학과 같은 이론의 관점에서 조장되지 않고 수년전에 작고한 아버지에 대한 애도를 통해 발휘됨으로써 더 큰 호소력을 지닌다.

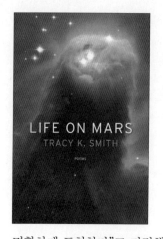

스미스의 상상력은 우주를 향해 비상의 날개를 펼치는 가운데 지상의 현실을 반영하면서 인생의 한계를 성찰하는 심각성을 지닌다. 졸리모어(Troy Jollimore)는 스미스의 세 번째 시집에 특징을 부여하는 시들 중에 특히 두드러진 것으로서 「아이쿠, 온통 별이에요」를 꼽으면서 그 시의 화자가 "과학과 공상과학소설에서 빌려온 이미지를 이용해서 인간의 욕망과 비애를 명확하게 표현한다"고 지적했다. 브로우에르(Joel Brouwer)는 동일한 시에 대해 논하면서 "[우주의] 심연은 망각의 공간이면서 또한 그만큼 가능성의 공간이기도 하다"고 썼다. 그는 스미스가 "비범한 범위와 야망의 시인"으로서 "거대한 몸짓과 한 접시 소박한 달걀요리에 대한 공손한 사색" 둘 다를 설득력 있게 발휘하는 드문 재주를 지녔다고 평가한다. 그에 따르면 시집 『화성의 삶』은 "상상력의 장엄한 서늘함 속으로" 우리를 내보내고 그렇게 함으로써 "변화되고 위로받기도 한 상태로" 우리를 우리 자신에게 되돌려 보낸다(15). 스미스에게 우주는 흥미와 호기심을 자극하는 공상의 제재에 그치지 않고 지상의 한계와 고통을 승화시킬 수 있는 매개체의 역할을 수행하고 있다.

스미스는 시 「아이쿠, 온통 별이에요」의 제목이 클라크(Arthur C. Clarke)의 소설 『우주 오디세이 2001』(2001: A Space Odyssey)의 한 부분을 수정한 것이라고 시집 말미의 주석에서 밝히고 있다. 그녀는 클라크의 소설 중에서 "저 건 공허해요—영원히 계속돼요—그런데—아이쿠—온통 별이에요!"라는 주인공의 언급을 차용하고 있다. 또한 그녀는 이 언급이 하이암스(Peter Hyams)의 영화 『2010』(2010)의 첫 대사라는 것을 지적하고 있기도 하다(73). 시인의 이러한 주석 달기는 우주가 동시대인에게 불러일으키는 어떤 종류의 상상력을 삶에 필수적인 것으로 파악하고 그것의 형상화에 매진했던 예술가들이 자신에 앞서 있어왔고 자신이 그러한 이해 혹은 감각을 의도적으로 발전시키고 있다는 것을 밝힌 것이라고 할 수 있다.

「아이쿠, 온통 별이에요」는 다섯 시편에 달하는 상당한 길이 속에 우주에 대한 그녀의 특징적 사유를 보여주면서 그것을 매개로 해서 타계한 아버지에 대해 애도의 제재를 다루고 있어서 시집 전체의 주제와 분위기를 압축한다고 할 수 있다. 제3시편에서 우주는 우리의 삶과 직접적 관계가 없는 먼 공간이 더 이상 아니다.

세상에 우리만 있다고 생각하는 것은,

다른 존재들이—순간의 광점으로—왔다 가버렸다고 여기는 것은, 아마도
큰 실수

모두 함께라면, 우주란 交통량이 넘칠 텐데

느낀 적도 본 적도 없는 에너지로

솔기가 터질 텐데, 그 존재들은 우리에게 왈칵 쏟아졌다가

살다가, 죽다가, 결심하다가, 모든 혹성들에 굳건한 발길을 내딛다가,

그들의 모든 위성들에게 돌을 던져대다가,

굽어보는 위대한 별들에게 고개 숙이고 있을 텐데. 그들은 혹시 자신들이
유일한 존재가 아닐까

궁금해 하고 있어요, 알고 있는 것이라고는 단지, 알고자 하는 욕구와

그들이—우리가—훌쩍 뛰어드는 거대한 암흑의 거리(距離) 뿐이므로.

Perhaps the great error is believing we're alone,

That the others have come and gone—a momentary blip—

When all along, space might be choc-full of traffic,

Bursting at the seams with energy we neither feel

Nor see, flush against us, living, dying, deciding,

Setting solid feet down on planets everywhere,

Bowing to the great stars that command, pitching stones

At whatever are their moon. They live wondering

If they are the only ones, knowing only the wish to know,

And the great black distance they—we—flicker in. (10)

우주는 "우리"만의 공간도 "그들"만의 공간도 아니다. 시인은 우리가 그리고 그들이 이제 "큰 실수"를 극복하고 우주의 별과 별 사이 "거대한 암흑의 거리" 속으로 뛰어들어야 한다고 여긴다. 화자가 우주에서 허용받는 것은 어떤 전망이나 약속이 아니다. 우리는 "알고자 하는 욕구"를 알 수 있을 뿐 우주의 비의를 확인할 도리가 없다. 그렇지만 화자는 우주가 "그들"이 존재할 가능성만으로 충분하다고 생각한다. 화자는 "느

긴 적도 없고 본 적도 없는" 에너지로 온갖 혹성의 존재들이 북적대는
혼잡지대에 있다.

어쩌면 망자(亡者)들은 알고 있어요, 마침내 눈을 크게 뜨고

백만 은하계가 박명 속에 상향등을 켜는 걸

바라보고 있어요. 누그러지지 않는 경적, 존재의 광란,

엔진들이 훨훨 격화되는 소리를 듣고 있어요. 나는 그것이

다이얼이 없는 라디오처럼, 대소동에 진배없는 것이라면 좋겠어요.

활짝 열려 한순간 모든 게 흘러들어요.

꽉 닫혀 아무것도 빠져나가지 못해요. 시간마저도 나갈 수 없어요.

시간이란 제 속으로 말려들어가 연기 띠처럼 맴돌아야 하므로.

그리하여 내가 지금 아버지 곁에 앉을 수 있도록

1959년 겨울, 파이프 담배 불붙이려 성냥불 치켜든 아버지

내 생애 처음으로 바라볼 수 있도록.

Maybe the dead know, their eyes widening at last,

Seeing the high beams of a million galaxies flick on

At twilight. Hearing the engines flare, the horns

Not letting up, the frenzy of being. I want it to be

One notch below bedlam, like a radio without a dial.

Wide open, so everything floods in at once.

And sealed tight, so nothing escapes. Not even time,

Which should curl in on itself and loop around like smoke.

So that I might be sitting now beside my father

As he raises a lit match to the bowl of his pipe

For the first time in the winter of 1959. (10)

우주는 대소동 직전의 공간이다. 경적 울려대며 서로 으르렁대는 교차로 체증 구간이다. 백만 은하계의 공간은 상상을 초월하는 광대무변이다. 하지만 화자는 무한한 시간과 공간의 거리(距離)를 혼잡하다 못해 다이얼 없는 라디오처럼 온갖 소리가 뒤엉키는 어느 시공으로 축약한다. 그곳은 "한순간 모든 게 흘러"들고 완전히 봉인되어 "아무것도 빠져나가지 못한" 곳이어서 모든 시간과 공간이 함께 하고 있다. 이렇게 함으로써 그곳은 화자의 어린 시절이 존재하는 곳이기도 해서 어린 소녀로서의 화자가 파이프 담배에 불을 붙이는 아버지를 난생 처음으로 올려다보고 있다. 이러한 우주의 작동방식은 단순히 기억의 한 양식을 함축하는 것 같지 않다. 우주는 기억보다 더 강렬하고 확실한 방식으로 아버지의 존재를 되살리고 있다. 기억은 아버지의 죽음을 전제하고 생전의 과거를 떠올리는 것이다. 하지만 "백만 은하계"가 법석대는 우주는 현재의 이곳과 과거의 저곳이 공존하는 곳이다. 그것도 서로 으르렁댈 수 있는 가까이에 함께하고 있는 곳이다. 스미스는 별과 별 사이 암흑의 심연에 지상에서는 이룰 수 없는 것들에 대한 갈망을 투사한다. 광대한 우주는 지상의 한계를 넘어서고자 하는 근원적 충동을 구현하는 공간으로 화하고 있다. 타계한 아버지는 사라져 없어지지 않고 무엇인가로 바뀌어 그 존재가 미지의 우주 속에 이어지고 있다. 스미스의 애도는 이렇게 완성된다.

제4시편은 클라크의 소설을 쿠브릭(Stanley Kubrick) 감독이 1968년에 영상화한 동명의 영화 『우주 오디세이 2001』 마지막 장면들을 다룬다.

쿠브릭의 영화 『우주 오디세이 2001』의 마지막 장면에서
오르가즘에 달한 빛의 오로라가 펼쳐지는 우주 한가운데로
데이브가 잽싸게 옮겨지는 순간에
그 우주가, 사랑의 열병에 걸린 벌을 잡으려는 정글 난초처럼,
활짝 열렸다가 물에 풀린 페인트로 액화되고
그러다가 밖으로 멀리 부동(浮動)하면서 아련해지기 전에
마침내 밤의 물결이 모호하게 냉광을 발하다가 소용돌이쳐 들어와
이어지고 또 이어지기 전에… .

그 마지막 장면들에서
목성의 거대한 골짜기와 바다들 위로
얼음에 싸인 평야와 산에 용암이 흘러가는 위로 둥둥
떠다니면서, 그 모든 시간 내내, 그가 눈조차 깜작이지 않고 있어요.
나눠지지 않는 시간의 광폭 화면을 가로질러
잽싸게 움직여지면서, 가야할 곳 모른 채 타고 있는 작은 우주선에서
무엇이 그의 마음을 관통해 불타오르고 있는지 누가 알겠어요?

그가 여전히 자신의 생명을 뚫고 지나가고 있을까요, 아니면
그것이 그가 이름 지을 수 있는 것의 끝에서 끝나는 걸까요?

세트장에서 촬영이 계속돼요, 쿠브릭이 만족할 때까지,
그러다 의상이 옷걸이에 다시 걸리고
거대하게 반짝이는 세트가 어두워져요.

In those last scenes of Kubrick's 2001
When Dave is whisked into the center of space,
Which unfurls in an aurora of orgasmic light
Before opening wide, like a jungle orchid
For a love-struck bee, then goes liquid,
Paint-in-water, and then gauze wafting out and off,
Before, finally, the night tide, luminescent
And vague, swirls in, and on and on⋯ .

In those last scenes, as he floats
Above Jupiter's vast canyons and seas,
Over the lava strewn plains and mountains
Packed in ice, that whole time, he doesn't blink.
In his little ship, blind to what he rides, whisked
Across the wide-screen of unparcelled time,
Who knows what blazes through his mind?
Is it still his life he moves through, or does
That end at the end of what he can name?

On set, it's shot after shot till Kubrick is happy,
Then the costumes go back on their racks
And the great gleaming set goes black. (11)

화자는 영화 속 주인공 데이브의 눈을 통해 우주를 본다. 화자는 시간의 분할이 불가능한 곳, 너무 광대하여 그 안에 모든 것이 한꺼번에 들어 있는 곳, 그곳에 휙 내던져져서 "눈조차 깜작이지 않고" 그 심연을 들여다보고 싶어 한다. 쿠브릭 감독은 영화의 마지막 장면을 통해 우주에 대한 인간의 가장 순수한 상상력을 표현하고자 했을 것이다. 거의 모호하다고 할 마지막 장면의 완성을 위해 그는 세트장에서 열정을 불태웠다. 데이브의 우주 유영은 "그가 이름 지을 수 있는 것의 끝에서 끝나는" 생명을 극화한다. 우주에 대한 의문에서 우주 한가운데에 생명을 던진 자의 마음에 무엇이 불타고 있을까? 화자의 질문은 우주를 향한 자신의 마음을 반영하고 있다.

시인의 우주를 향한 열정이 동시대 소설가와 영화감독의 영감에 힘입어 더욱 강화되고 있다. 하지만 그녀의 우주에 대한 생각에 보다 더 근원적으로 영향을 끼친 존재는 아버지였다. 허블 망원경 공학자였던 시인의 아버지는 "신탁의 눈앞에서 허리를 구부리고, 그것이 발견하게 될 것에 굶주려서 / 사계절을 보냈다"(12). 제5시편의 마지막 부분에서 어린 시절의 화자와 그녀의 아버지는 망원경으로 찍은 우주 사진에 열광하고 있다.

첫 사진 몇 장은 흐리게 나왔어요. 환호하는 그 모든 공학자들,
내 아버지와 그의 족속에 대해 창피하게 느꼈어요. 두 번째는,
광학 기기가 다른 쪽으로 돌려졌지요. 우리는 존재하는 모든 것의 모서리에
　주의를 기울였어요—

너무나 야만적이고 생동적이어서 그것은 우리를 충분히 되받아 파악해주는
　듯 보였어요.

The first few pictures came back blurred, and I felt ashamed
For all the cheerful engineers, my father and his tribe. The second

time,

The optics jibed. We saw to the edge of all there is—

So brutal and alive it seemed to comprehend us back. (12)

두 번째 시도에서 얻은 사진이 우주의 끝을 보여준다. 화자와 아버지 모두는 그 끝 너머를 향해 바라보고 있다. 우주는 알 수 없기에 위험하고 잔인하지만 바로 그 야만성에서 가장 생생하게 살아있다. 화자의 우주관은 철학이 제공하는 어떤 체계를 지니고 있지 않다. 기독교나 불교의 심원한 가르침이나 깨우침을 담고 있는 것도 아니다. 그것은 알 수 없는 것으로서 인간의 알고자 하는 욕구만을 허용하는 공간이다. 그것은 어쩐지 지상에서 쏘아올린 우리의 모든 열망을 "충분히 파악하는 듯" 보이기까지 한다.

우주는 광대한 어둠의 심연이 자리하고 있고 동시에 숱한 별들이 반짝이고 있기도 하다. 그녀의 우주는 현실이 안고 있는 고통과 한계의 대척점에 위치하고 있다. 그것은 우선적으로 아버지에 대한 애도의 시학이 성취되는 공간이지만 보다 포괄적으로 그 밖의 여러 초월의 가능성들에 대해 열려 있는 신비의 공간이다.

그녀가 시에서 종종 "그것"(It)으로 표현하는 것은 대상의 구체성이 부족하고 "확신할 수 없는" 어떤 것으로서 끝내 실체를 드러내지 않는 경우가 많다. "그것"은 그녀에게 특징적인 어떤 우주를 가리키는 것 같다. "그것" 속에 들어올 수 있는 것은 무궁하다. 그녀의 시 「그것 그리고 그 무리」("IT & CO")는 제목에서부터 "그것"으로 표현되는 어떤 것이 홀로 있지 않고 비슷한 성격의 일당과 무리 짓고 있다는 것을 알려준다.

우리는 그것의 일부예요. 하객이 아니지요.
그것은 우리인가요, 우리를 포함하는 어떤 것인가요?

어떻게 개념이 아닌 다른 뭐가 될 수 있겠어요?
그것은 허수 단위 i의 척추를
오르내리는 어떤 것일 따름이에요. 그것은 우아하지만
수줍어해요. 우리가 손으로 가리킬 때
손가락의 뭉툭한 끝을 회피하지요. 우리는
그것을 찾아 어디든 다녔어요.
경전이나 지력(知力)이 닿는 모든 곳에서
대양의 밑바닥에서 상처처럼 피어나는 그것.
하지만 그것은 진위의 문제에 저항해요.
그것은 우리의 열정이 확신할 수 없지만
또한 진정시킬 수도 없는 것. 그것은 소설들이 더러 그러하듯
광대하고 읽어낼 수 없어요.

We are a part of It. Not guests.
Is It us, or what contains us?
How can It be anything but an idea,
Something teetering on the spine
Of the number i? It is elegant
But coy. It avoids the blunt ends
Of our fingers as we point. We
Have gone looking for It everywhere:
In Bibles and bandwidth, blooming
Like a wound from the ocean floor.
Still, It resists the matter of false vs. real.
Unconvinced by our zeal, It is un-
Appeasable. It is like some novels:
Vast and unreadable. (17)

화자는 인간과 그것의 관계에 대해 생각한다. 여기서 그것은 다른 글자
들과 다르게 문두에서뿐만 아니라 문중에서도 대문자로 표시된다. 이

렇게 특별한 그것에 대해 우리는 "하객"처럼 남이 아니고 가족처럼 가깝다. 화자는 인간을 한 구성원으로 포함하는 어떤 가족을 상정한다. 여기서 화자는 한 가족 내에 인간과 밥상을 함께하는 다른 존재들을 전제하고 있다. 그런데 그이는 그것이 실체라기보다 "개념"이라고 말해버린다. 그것은 수학자들이 상상으로 만들어낸 허수 "i"와 비슷한데 그나마 "i" 그 자체인 것도 아니고 그것의 "척추를 / 오르내리는 어떤 것"으로 파악된다. 그것은 우리의 규정화의 노력에도 불구하고 모습을 쉽게 드러내지 않는 것으로서 우아함과 수줍음으로 우리의 시선을 끌고 또한 외면한다. 인류는 그것의 의미에 대한 추구의 흔적을 여러 경전들과 지력의 부산물들 속에 남기고 있다. 그렇지만 그 흔적은 성취나 완성을 기록하기보다 "대양의 밑바닥에서 상처처럼" 피어났을 뿐이다. 그것은 우리가 대상의 평가에 흔히 사용하는 "진실 혹은 거짓"의 잣대를 거부한다. 우리는 진위의 차원을 넘어서 존재하는 그것을 끝내 확신할 수 없다. 하지만 우리는 그것을 향한 마음을 "진정시킬 수도 없"다. "광대하고 읽어낼 수 없"는 그것이 항상 우리를 끌어당기고 있는 탓이다.

개척자 정신은 미국문학에서 매우 중요한 모티프를 이룬다. 그런데 스미스는 우주에 대해 미개척지의 흡인력을 느끼지만 개척해야할 대상으로 접근하지 않는다. 그것은 너무나 광대하고 깊어서 아예 측정을 거부하는 느낌을 준다. 우주는 발견하고 만들어 갈 수 있는 부분이 너무나 작아서 우리의 알고자 하는 열망에도 불구하고 그냥 요지부동의 "그것"일 따름이다. 우주에 대한 상상력이 종교나 (유사)철학 혹은 낭만주의적 환상에 의존해 신비화되고 숭고화되는 경우들이 있다. 하지만 스미스의 상상력은 우주에 대해 부모와 함께 나눴던 경험에서 그리고 1970년대와 80년대의 문화 속에서 동시대인들과 함께 누렸던 경험에서 몸의 반응을 통해 발휘되고 있다는 느낌을 준다.

에필로그
— 감각은 열려있다

I

시는 무엇인가? 이 질문에 정답이 있는 것은 아니다. 그렇지만 시에 지나치게 많거나 적은 게 있다면 그 치우침을 잡아줄 어떤 균형이 어떻게 가능한지 살필 필요가 있다. 이것은 균형의 미학을 보편적 가치로 관념화하자는 게 아니다. 균형이 아름다운 것은 인간이 개인과 전체, 자유와 질서, 현상과 본질, 감정과 이성, 이런 것들 사이에서 영원히 부유하는 존재이기 때문일 것이다. 어느 하나에 궁극적 귀착점이 있는 게 아니라면 우리는 늘 어디로 나아갈지 고려해야 하므로 방향의 탐색에서 균형의 미덕에 의존하지 않을 수 없다. 오늘 내가 개인이나 자유 혹은 현상이나 감정을 중시하는 데는 다 까닭이 있다. 내일 내가 전체나 질서 혹은 본질이나 이성을 내세우는 데는 다 이유가 있을 것이다. 그래서 섣부르게 어떤 통합이나 균형을 이야기하는 것만큼 무책임한 일도 드물다. 하지만 우리가 당장 이곳에서 어떤 타당하게 보이는 흐름 속에 있더라도 좀 더 넓은 범주와 좀 더 긴 역사의 맥락에서 우리 자신을 쳐다봄으로써 어떤 균형의 가능성을 가늠해보는 것은 아무리해도 무해하고 유익할 것이다. 그렇다고 통합이나 균형이 과거의 모범에 대한 회귀를 뜻할 수는 없다. 오늘 우리가 살아가는 삶은 그저 우리의 것일 따름이기 때문이다. 그래서 우리가 구하고자 하는 균형이 있다면 그것은 이미 밝혀진 어떤 황금 비율이나 공식이 없는 상태로 우리 각자의 대응을 기다리고 있는 어떤 것일 것이다.

II

오늘날 젊은 세대의 가장 큰 특성 중의 하나는 감각의 발현이다. 세련된 감각의 요소는 의상은 물론 주거환경에서 생활용품 전반에 이르기까지 실용성에 못지않게 혹은 그 이상으로 중요하게 강조되어 왔고 그만큼 발전하였다. 굳이 구세대를 거론할 필요가 있는지 모르겠지만 멋보다는 쓸모가 우선시 되던 때가 있었다. 그런데 오늘의 젊은이는 무엇보다 감각이 주도하는 문화의 한 가운데서 감수성을 키우고 성장하고 있다. 한국 팝송의 세계 진출 또한 뛰어난 감각의 발휘와 무관하지 않을 것이다. 여기서 감각은 보다 기발하고 보다 충동적이며 보다 즉흥적인 것에 대한 재빠른 이끌림을 뜻한다. 그것은 역사 감각이나 영적 감각을 말하지 않는 것이다. 대중문화를 견인하는 힘은 역시 소비자의 욕구를 최대로 자극하고 충족시키는 방향에서 찾아야 할 것이다. 그것이 진리나 도덕이라고 말한다면 거짓이다. 그것은 과장하고 각색하며 포장함으로써 현실을 벗어나고자하는 우리의 갈망을 부추기는 쪽으로 커갈 것이다. 그것은 우리가 권위나 구속에 대해 갖는 억누를 수 없는 불만을 폭발시키는 쪽으로 충동질 할 것이다.

오늘날 시가 뛰어난 감각에서 큰 성과를 거두고 있는 것은 이런 시대의 변화를 반영한 결과일 수 있다. 젊은 시인들에게 그리고 그들의 감수성을 뒤좇고자 하는 기성 시인들에게 시는 광고 문구처럼 재기 넘치고 감각적인 어떤 것이어야 할 것 같은 인상을 준다.

III

근대후기성에 관한 여러 문학 및 문화 이론들 또한 감각의 가치를 높이는 데 한몫을 한 것으로 판단된다. 예컨대, 바르뜨(Roland Barthes)와 푸코(Michel Foucault)는 작가의 주체성의 개념이 근대적인 것에 불과하며 본시 작품은 한 개인으로서의 창작자에서 기원하지 않고 여러 층위의 원인들이 복잡하게 작용한 결과라고 하였다. 소위 "작가의 죽음"의 개념은 시인들에게 우리의 의식과 언어에 작용하는 온갖 세력들, 개인으로서 통제할 수 없고 또한 책임질 수도 없지만 우리가 인내하면서 떠안고 갈 수밖에 없는 것들, 다시 말해, 부지불식간에 우리의 머릿속과 생활 모두에 침투해 활동하고 있는 역사적, 문화적, 이데올로기적, 심리적 세력들을 보다 분명하게 인식하게 해주었다. 시인이 세상의 재구성에 관여하는 정신의 역할에 자신을 잃게 될 때 세상은 그에게 의식적 통제 이전의 직접적 감각을 통해 쏟아져 들어올 수 있다.

시인이 스스로의 주체성 혹은 자율성에 대해 점차 의혹을 품게 되는 사이에 우리를 지탱해주던 온갖 권위들 또한 무너지고 사라지는 운명을 맞았다. 해체주의, 여성주의, 포스트모더니즘 등은 공히 우리가 절대적인 것으로 믿었던 가치들에서 그 초월성을 제거해버렸다. 예컨대, 신, 이성, 정신 등은 인간, 감정, 육체 등에 대해 더 이상 예전의 우월적 지위를 누리지 못한다. 또한 후기구조주의의 입장에서 언어는 진리를 전달하는 충직한 매체가 더 이상 아니고 차이와 지연이 만들어내는 흔적에 의해 의미를 지향할 수 있을 따름이다. 이런 상황에서 시인이 쉽게 의존할 수 있는 것들 중의 하나는 감각일 수 있다.

오늘날 모든 시인이 최신의 이론을 따라가는 것은 아니고 그럴 필요도 없다. 하지만 최근의 담론들이 형성해 가는 어떤 세계관 및 언어관에서 시인은 불쌍해 보이기까지 한다. 그는 의식의 주인도 아니고, 자신도 모르게 자신을 조정하는 온갖 영향들을 다 이해할 수도 통제할 수도 없으며, 게다가 어떤 진리나 가치도 그 자체의 내재성 혹은 초월성으로 현존하지 못하는 세상에서 살고 있다. 그런데 시인은 사는데 그치지 않고 숙명적으로 뭔가를 말해야하는 입장에 있다. 그가 할 수 있는 일이라는 게 이제 예언자의 역할이나 셸리(Percy B. Shelley)의 "비공인 입법자"의 그것이 아닌 것은 분명하다. 이런 시인에게 감각은 세상의 수용과 그에 대한 대응에서 이성과 초월적 상상력을 대신하는 효과적 수단이 될 수 있다.

위기는 기회일 수도 있겠다. 이제 시인은 진리를 발견하고 그것을 제대로 전달하는 의무가 역사상 그 어느 때보다도 가벼워진 시대를 맞았다. 모두에게는 아니라도 대다수에게 옳다고 또는 아름답다고 여겨지는 것을 구현하는 것은 가치와 미에 관한 보편적 척도를 전제한다. 그런데 그러한 보편성에 대한 확신이 무너진 혹은 의혹에 처한 시대에서 시인은 이제 외적 기준의 눈치를 살피지 않고 자신의 것을 보다 쉽게 관철할 수도 있는 것이다. 그는 역사상 어느 때보다 어떤 숭고한 뜻을 구현해야한다는 압박으로부터 자유롭다. 하지만 이것이 진정한 자기실현을 기약하는 것일지는 별개의 문제이다.

오늘날 젊은 시가 보여주는 감각적 세련과 재치는 그것을 부추기고 강조하는 우리 시대의 분위기를 반영한다. 감각의 요소가 중요하게 대두된 데는 대중매체의 진화에 따라 기록의 방식이 문자에서 소리나 영상으로 바뀌어가는 것 또한 큰 원인으로 작용했을 것이다. 문자의 해독 과정은 소리와 영상이 촉발하는 즉각적 반응에 비해 너무 느리고 지난하기까지 하다. 이해에 앞서 전달되어버리는 감각의 특성이 문자에는 상대적으로 부족하다. 오늘날 시가 감각적이 되는 것은 대중 예술이 지배하는 문화의 풍토에서 살아남기 위한 적응의 부산물일 수 있다.

IV

플라톤은 철학자가 통치하는 이상적 국가의 전망에서 시인이 청년에게 끼칠 악영향을 우려하였다. 그의 견지에서 시인이 표현하는 것은 이데아로부터 세 단계나 떨어져 있는 어떤 것이다. 그것은 원본에 대한 어떤 모방을 다시 모방한 것에 불과하다. 그는 시인이 대중의 기호에 편승한 나머지 감각을 통해 받아들인 것을 확실하고 믿을만한 것으로 제시하는 존재이므로 도덕적 국가에서 추방해야 마땅하다고 여겼다. 플라톤이 추구했던 절대관념은 초월적인 것으로서 오늘날 우리가 믿고 의지하는 실증적 사실과 분석적 이성에 의해서는 도달할 길이 없다. 우리가 발을 딛고 살아가는 지구는, 비록 경험과 인식의 차원에서 무수하게 다른 모습으로 받아들일 수밖에 없다고 해도, 유일한 하나라는 것을 부인할 수 없다.

그런데 우리는 함께 살아가는 단 하나의 지구에 대해 그 동일성을 추구하기보다 그 무수한 차이를 추구하는 데 진력하고 있다. 우리는 생각의 방식에서 언제부턴가 절대자에 대한 관념보다는 자신의 주장을 펼치기 위한 논증적 사유를 발전시켜왔고 느낌의 방식에서도 현상 너머에 있는 것에 대한 비논리적 조응보다는 지금 이곳의 감각에 충실해 왔다.

우리는 지금 이곳의 감각이 새로운 시대를 반영하는 것으로서 그 방식대로 의미가 있다고 믿는다. 19세기 낭만주의 시인에게 감각은 사실과 이성 너머에 대한 열림을 뜻하기도 했다. 하지만 요즘 시인의 감각은 초월적 의미에로 나아가지 못하고 오감의 충족에 그치는 경우가 많다. 초월성의 제거는 역설적으로 우리에게 자유를 부여하여 시간과 공간을 넘어서려 애쓸 필요 없이 매 순간 매 장소의 흔들림에 흔쾌하게 흔들릴 수 있게 했는지 모른다. 젊은 시인의 시에 감각이 넘치는 것은 이렇게 문화가 바뀌어, 심지어 문명이 바뀌어, 일어난 결과일 수 있다.

그렇지만 감각이 그 자체로서 절대선이냐고 묻는다면, 누구라도 바로 그렇다고 답하지는 않을 것 같다. 뛰어난 감각은 그것이 언어적인 것이든 세상을 읽어내는 재치이든 시에 유익한 것이다. 다만 그것은 그 자체로서는 부족하고 무엇과 연계되어, 무엇을 향하여 움직여야할 것 같다. 플라톤의 예시에서 곧은 막대는 세숫대야 물 아래에서 구부러진다. 시인의 감각이 감각 너머에 있는 것과 균형을 이루려하지 않는 한 그것은 독자에게 착시를 조장하는 결과를 낳을 수 있다. 그게 아무리 재미있고 무릎을 치게 하는 재치를 지니고 있다하더라도 그것만으로 시가 존재해야할 이유를 충족시킨다고 할 수 없다. 플라톤을 살려낼 수는 없다. 그가 추구한 정신의 높이는 더 이상 지상에 허용되지 않는다. 하지만 그의 유령이라도 가끔 우리 주변에 출몰해야 하지 않을까 싶다.

V

19세기 영국의 낭만주의 시인 콜리지(S. T. Coleridge)은 1817년의 시와 시론집 『문학평전』(Biographia Literaria) 제13장에서 제2차 상상력을 창조행위의 원동력으로 설명한 바 있다. 상상력이라는 용어가 여러 맥락에서 숱하게 다른 뜻으로 사용되고 있는 가운데 콜리지의 그것은 대다수 시인 지망생 그리고 상당수 시인들이 여전히 금과옥조로 삼고 실행하고 하는 어떤 정신작용을 대변하는 것으로 보인다. 그것은 세상을 있는 그대로 받아들이는 데 그치지 않고 그것을 이상화하고 통합하고자 시인 자신의 의식과 의지를 최대한 발휘한다. 그것은 완결을 상정하지 않는 "영원한 창조의 행위"다. 창조의 방식을 설명한 이론들 중 가장 오래된 모방론이 기원 혹은 원본을 재현하는 데 목적을 두는 것과 달리, 콜리지의 상상력은 받아들인 현실을 분해하고 흩뜨리고 재조합하여 새 것으로 재창조하려 한다. 그것은 세상의 재현보다 창조에 무게를 두는 측면이 강하다. 이러한 창조의 힘을 시인 자신에게 돌린 탓일까, 낭만주의 시대의 시인은 자신을 지칭하여 "명명자," "예언자," "비공인 입법자" 등의 이름으로 부를 수 있었다.

상상력이 불활성 사물에 입김을 불어넣어 생명을 부여하는 것은 시인의 입지를 드높이고 그래서 그의 존재를 고유하고 숭고하게 만들어주는 것으로 비칠 수 있다. 하지만 그것은 다른 극단에서 바라볼 때 시인이 자신의 중심에서 이상화와 통합의 과정을 임의적으로 진행함으로써 세상을 재편하는 것일 수 있다. 콜리지는 「아이올로스 하프」("The Eolian Harp")에서 상상력을 "내 안에 있으면서 밖에 있는 유일한 생명"(the one Life within us and abroad)이라고 했다. 그는 자연계와 자신이 하나로 이어져 있는데 그것을 가능하게 해주는 힘이 상상력이고 세상은 바로 그 힘에 의해 의미를 띠게 된다고 말하고 있다. 이러한 능력은 하느님의 그것에 버금가는 것이어서 한 개인에게 이런 능력을 허용하는 것이 과연 진리의 구현에 도움이 될까 의심하지 않을 수 없다. 그래서 콜리지 자신조차도 시 안에서 청자 사라(Sarah)의 눈빛에서 "부드러운 책망"을 감지하고 있다. 그 눈빛은 상상력에 한껏 고양되어 있는 시인의 "거듭나지 않은 정신의 이 형성물들"과 "헛된 철학의 샘에서 … 터지는 거품들"을 경건하게 비난하고 있다.

상상력은 시에서뿐만 아니라 생활에서도 그것 없이는 뭔가 고착되고 활기가 없어져버리는 어떤 것이어서 그 중요성은 논할 필요조차 없다. 하지만 그 상상력이 어떻게 작용해야 하는가에 대해서는 문학의 역사가 여러 목소리로 주의를 환기하고 가르치는 바가 있다. 콜리지의 제2차 상상력은 시인과 세상의 어떤 일치에서 시인에게 무게중심을 둠으로써 바깥세상을 지나치게 관념화하게 된다. 그렇게 재창조된 세상은 질서와 조화에서 현실을 능가하여 한편으로 우리에게 위안을 줄 수 있지만 다른 한편으로 그것을 외면, 훼손, 왜곡할 수 있다. 물론, 예술지상주의의 입장에서 보면 이런 논의는 무의미하다. 하지만 이러한 자기중심적 세계는 그것이 아무리 대단하다고 해도, 아니 대단하면 할수록 그만큼 더, 복잡성과 다양성과 변화 속에 있는 세상에 대한 우리의 감각을 무디게 할 가능성이 크다. 근대 이후 난해시가 등장하는 것은 세상이 난해하기 때문일 수 있다. 이러한 문제의식에서 낭만주의 시인 키츠(John Keats)조차 콜리지와 함께 시집을 출판했던 워즈워스(William Wordsworth)의 시를 가리켜 "자기중심적 숭엄미"가 있다고 하면서 자신은 그런 부류의 시인에 끼고 싶지 않다고 한 바 있다. 키츠가 셰익스피어의 뛰어난 자질로서 언급한 "부정적 수용능력"(Negative Capability)은 자기의 중심에서 섣부르게 세상에 이름을 부여하지 않고 세상이 정해지지 않은 모습으로 드러나도록 그대로 놓아두는 불확정, 불확실의 정신 상태를 뜻했다.

오늘날 소위 젊은 시가 혹 콜리지 식의 상상력의 발휘를 찬미하는 분위기에서 생산되고 있는 것은 아닌지 반성할 필요가 있다. 사물에 대한 감정이입은 창작에서 필수적이지만 거리두기 또한 그에 못지않게 필수적이라는 것을 되새겨야 한다. 이렇게 말하는 것은 젊은 시의 감각의 발현이 날개 날린 상상력과 함께 가고 있다고 여겨지기 때문이다. 새로운 것이 항상 좋은 것은 아니다. 그것은 대상의 진면목을 새롭게 들춤으로써 이해의 지평을 넓히는 한 좋은 것이다. 새롭다는 것이 감각에 치우칠 경우 그것은 더 강한 자극을 향한 몸부림에 그치게 된다. 사실 콜리지의 상상력은 날개를 달고 힘차게 비상하는 종류의 것이었지만 어떤 전체의 조화를 항상 의식하는 상태에 있다. 그는 상상력과 공상의 차이를 일부러 설명했는데 공상은 단일한 효과를 향한 부분들의 상호연계가 결여되어있는 무분별한 자유연상을 뜻했다. 감각을 위한 감각의 추구에 관여하는 것은 상상력이 아니라 공상일 가능성이 높다.

VI

20세기의 시인들은 공상을 경계함은 물론 콜리지의 상상력마저도 경계해야할 이유가 있다고 여겼다. 이미지즘이 1910년대에 등장한 것은 낭만주의가 도달하게 되는 자기중심의 "감정의 풀어헤침"을 통제하기 위한 것이었다. 이미지즘의 이론적 토대를 제공한 파운드(Ezra Pound)는 20세기 초에 "새롭게 하라"(make it new)의 기치 아래 전혀 새로운 언어를 시인들에게 요구했다. 이미지즘은 시인이 자신의 감정이나 생각을 직접 표출하지 않고 대신에 이미지를 제시함으로써 그것이 스스로 말하게 혹은 독자가 그 뜻을 헤아리게 하는 시를 써야한다고 선언했다. 이미지즘은 시인이 세상에 대해 의미를 규정하는 일을 그만 둘 것을 요구한다. 시의 언어는 대상을 직접적으로 다루면서 "정확한"(precise), "단단한"(hard) 것으로 제시해야 한다. 이러한 방식에서 시인은 사물 그 자체에 대한 존중을 최고의 미덕으로 삼고 주관적 감정이나 생각의 발현을 최대한 억제하려 노력한다. 이렇게 자신을 억제하는 일은 자신을 표출하는 것보다 더 많은 지적 긴장과 자기규율이 필요하기 마련이다. 19세기 낭만주의 초기에만 해도 시인은 보다 나은 세계의 전망을 위해 펼치고 싶은 꿈이 있었고 확신이 있었다. 하지만 20세기의 시인은 신의 죽음과 더불어 온갖 구시대의 가치들이, 특히 영적이고 무형적인 가치들이, 물질적 욕망에 의해 무참히 죽임을 당하는 것을 목격하고 몸소 겪은 상태에 있다. 그래서 사물성은 시인이 사라진 신에 대신하여 진리의 표준으로서 믿고 의지할 수 있는 유일한 것이 되었다. 사물 그 자체는 신의 것도 아니고 한 개인의 것도 아니어서 우리가 각자의 중심을 벗어나 공동체의 일원이 될 수 있게 도움을 줄 수 있다. 그래서 그것에 대한 지향은 진리의 상대성을 어쩔 수 없는 것으로 수용하는 가운데 인간성을 보존하고 발휘하기 위한 도덕적 노력이라고까지 말할 수 있다.

이러한 맥락에서 감각은 이미지의 제시에 공헌하는 것이면 좋을 것이다. 이미지는 상징이나 알레고리와 달라서 그 자체에 그치고 그 자체로서 족하지 그 밖의 다른 것을 뜻하거나 암시하지 않는다. 이미지는 사전상의 정의에서 우리의 다섯 가지 감각에 자극을 주어 감흥을 불러일으키는 모든 것을 가리킨다. 이미지즘은 원래 주관성의 억제를 위한 것이었다. 그리고 그것은 우리의 다섯 감각에 의존하는 바가 클 수밖에 없다. 젊은 시의 감각이 사물성의 제시에 기여하는지 아니면 주관적 비상과 즉흥적 변덕에 따라 생동하는지 살피는 것도 유익할 것이다.

문예사조로서 짧은 수명을 누렸던 이미지즘에서 시의 영원한 잣대를 구해서는 안 될 것이다. 하지만 그것의 이면에 작용하고 있는 철학으로서 주관과 감정의 통제는, 모든 것이 상대화되어가는 세상에서, 그래서 근본이나 본질보다 현상과 감각이 강조되는 세상에서, 역설적으로 되돌아볼 가치가 있다. 우리의 감각이 순간과 즉흥을 추구하는 경우에도, 대척점에 있다고 가정되는 어떤 지속적인 것에 대한 감각 혹은 그것의 부재에 대한 감각에서, 우리의 젊은 시는 더욱 생동하게 될 것이기 때문이다.

VII

오늘날 미국의 젊은 시인들에게 가장 큰 영향을 끼친 모더니스트 시인을 꼽으라면 엘리엇(T. S. Eliot)보다 스티븐스(Wallace Stevens)나 윌리엄스(William Carlos Williams)를 택할 가능성이 높다. 엘리엇이 1919년의 강연 「전통과 개인의 재능」("Tradition and the Individual Talent")에서 시인이 천재의 재능보다 전통의 질서에 따르는 "역사 감각"(historical sense)을 지녀야 한다고 한 것은 세기말 시인들이 너무 큰 목소리로 주관성을 드러내는 것을 경계한 것이다. 그에게 모두가 잘 났다고 떠드는 세상은 볼썽 사나운 것이었다. 이런 면에서 그는 20세기 모더니스트 시학의 첨병 역할을 충실히 수행했고 후배 시인들에 대한 영향 또한 막대했다. 하지만 그의 지향점은 기독교 문화의 전통과 정통성이 형성하는 높은 정신 혹은 가치였다. 그의 "자기굴복"과 "자기희생"은 타자에 대한 겸손이 아니라 "보다 가치 있는 어떤 것"에 대한 끝없는 추구였다. 이 때문에 그는 개별성과 개척의 문화를 선호하는 미국 시인들에게 차차 호소력을 잃게 되었는데 그의 빈자리를 차지한 두 대시인이 바로 스티븐스와 윌리엄스였다.

그런데 두 시인은 공히 상상력의 가치를 높게 천명하는 가운데 사물 그 자체에 대한 추구를 특징적으로 보여준다. 그들이 말하는 상상력은 콜리지의 그것과 확연히 다르고 서로 간에도 미묘한 차이를 드러낸다. 스티븐스는 상상력이 빛처럼 작용해야 한다고 했다. 빛이 비치자 어둠에 가려졌던 사물이 모습을 드러낸다. 여기서 빛은 사물에 어떤 것을 더한다거나 사물에 작용하여 그것을 바꾼다거나 하지 않고 다만 보이지 않던 것을 보이게 하는 작용만을 하고 있다. 스티븐스는 "역창조"(decreation)라는 개념을 사용하기도 했는데 그것은 사물에 덧씌워진 기존의 관념을 제거하고 사물을 원래의 모습으로 돌려놓는 것을 뜻했다. 콜리지의 상상력이 사물을 재창조한다면 스티븐스의 그것은 재창조의 해체를 통해 역방향으로 사물을 본래대로 위치시킨다.

사물을 제대로 보기 위한 노력은 윌리엄스도 마찬가지여서 그는 자신의 시에서 상징을 구하지마라고 하였다. 상징으로 사용된 사물은 그 자체로서가 아니라 그것 외의 어떤 것을 암시하는데 사용될 따름이다. 그는 시에서 사물의 구체적 세부에 주목하는 경우가 많은데 그러한 세부 혹은 부분을 전체의 틀로 조직화하는 의식을 의도적으로 견제하는 언어를 구사한다. 이 방식에서 그는 인간의 관념화의 버릇을 차단함으로써 순간과 부분이 그 자체가 전부인 것으로서 취급한다. 그렇게 함으로써만 사물이 인간의 관념화로부터 자유로울 수 있다고 여기기 때문일 것이다.

스티븐스와 윌리엄스에게 있어서 감각은 사물 그 자체의 단단함을 향해 열려 있다. 그들의 감각은 관습이나 문화나 기질이나 주관이 작용하여 대상에 끼었은 관념을 제거하고 그리하여 알 수 없는 대상으로 물러앉은 그것과의 첫 만남을 준비하는 자의 것이다. 그것은 관념 이전의 대상이 보유하는 단단한 실체에 나아가고자 섣불리 논리와 이성과 사실에 의존하지 않는 가운데 그것에 대한 최초의 개념을 포착하기 위해 펼쳐놓는 다섯 감각의 어망이다. 이러한 감각이 말초신경의 자극을 좇는 감각과 다를 것은 분명하다. 엘리엇의 "역사 감각" 역시 즉흥적이고 일시적인 것에 대해서가 아니라 무시간적이면서 시간적인 어떤 것을 지향한다.

시가 반드시 역사 감각이나 영적 감각을 유지해야 하는 것은 아니다. 시는 지금 이곳의 사물에 감각을 집중함으로써 현실에 대한 인식을 새롭게 하는 데 기여할 여지도 크다. 그런데 오늘날 대중매체가 주도하는 문화에 휩쓸려 시의 감각이 욕망을 확대하고 신경을 자극하는 데 그치거나 그 자체가 족한 것으로 다뤄지는 방식은 삶에 대한 시의 개방성을 훼손하는 것이 아닐까 우려된다. 젊은 시의 감각은 삶의 잠재성에 대한 탐문에서 미지의 것과의 최초의 대면을 위해 활짝 열려있는 종류의 것이면 좋겠다. 영미시의 역사는 상상력과 감각의 과잉에 대한 억제의 노력을 보여준다. 상상력과 감각은 그 자체로서 좋은 어떤 것이 아니고 어떻게 발휘하느냐에 따라 선도 되고 악도 될 수 있다. 돌아보고 둘러봄으로써 내다보게 되는 균형의 미학이 있다. 그 균형은 감각이 감각에 머물지 않고 그 너머에 있는 것에 대해 열려 있을 때 유지될 수 있다. 삶에 던지는 질문 없이 감각은 한낱 구름이다. 구름의 변화무쌍도 좋지만 바위산의 부동과 푸른 하늘의 심원이 없다면 어찌 그리 좋을 수 있겠는가?

인용문헌

프롤로그 — 중심에서 와중으로

Allen, Donald M., ed. *New American Poetry: 1945-1960*. New York: Grove P, 1960.

_____ and George F. Butterick, eds. *The Postmoderns: The New American Poetry Revised*. New York: Grove P, 1982.

Barone, Dennis and Peter Ganick, eds. *The Art of Practice: 45 Contemporary Poets*. Elmwood: Potes & Poets, 1994.

Hoover, Paul, ed. *Postmodern American Poetry*. New York: Norton, 1994.

Messerli, Douglas, ed. *'Language' Poetries: An Anthology*. New York: New Directions, 1987.

_____, ed. *From the Other Side of the Century: A New American Poetry 1960-1990*. Los Angeles: Sun and Moon P, 1994.

Perloff, Marjorie. "Whose New American Poetry? Anthologizing in the Nineties." *Diacritics*. 26.3-4 (Autumn-Winter 1996): 104-23.

Rothenberg, Jerome and Pierre Joris, eds. *Poems for the Millennium*. Vols. I, II, III. Berkeley: U of California P, 1995, 1998, 2009.

Silliman, Ron, ed. *In The American Tree: Language, Poetry, Realism*. Orono: National Poetry Foundation, 1986.

Weinberger, Eliot, ed. *American Poetry Since 1950: Innovators and Outsiders*. New York: Marsilio, 1993.

01 통합의 장을 꿈꾸다 ─ 조리 그레이엄

Costello, Bonnie. "Art and Erosion." *Jorie Graham: Essays on the Poetry*. Ed. Thomas Gardner. Madison, Wisconsin: U of Wisconsin P, 2005. 13-33. ["Art"로 표기함]

_____. "The Big Hunger—Region of Unlikeness by Jorie Graham." *The New Republic* 206.4 (Jan 27, 1992): 36-39. ["Hunger"로 표기함]

Frost, Elizabeth. "Countering Culture." *Women's Review of Books*. 11.6 (March, 1984): 11-12.

Gardner, Thomas. "An Interview with Jorie Graham." *Denver Quarterly* 26.4 (1992): 81.

Graham, Jorie. Erosion. Princeton: Princeton UP, 1983.

_____. *Hybrids of Plants and of Ghosts*. Princeton: Princeton UP, 1980.

_____. *Materialism: Poems*. Hopewell: Ecco P, 1993.

_____. *Region of Unlikeness*. Hopewell: Ecco P, 1991.

_____. *The Dream of the Unified Field: Poems 1974-1994*. Hopewell: Ecco P, 1995.

_____. *The End of Beauty*. Hopewell: Ecco P, 1987.

Kirsch, Adam. "Jorie Graham." *The Modern Element: Essays on Contemporary Poetry*. New York: Norton, 2008. 25-40.

Longenbach, James. "Jorie Graham's Big Hunger." *Jorie Graham: Essays on the Poetry*. Ed. Thomas Gardner. Madison, Wisconsin: U of Wisconsin P, 2005. 82-101.

Spiegelman, Willard. "Jorie Graham's 'New Way of Looking.'" *How Poets See the World: The Art of Description in Contemporary Poetry*. New York: Oxford UP, 2005.

Stevens, Wallace. *Opus Posthumous*. New York: Knopf, 1989.

Vendler, Helen. "Ascent into Limbo—Materialism by Jorie Graham." *The*

New Republic* (Jul. 11, 1994): 27–30. *ProQuest Research Library.* Web. 29 Feb. 2012.

Zinnes, Harriet. "Review of The Dream of the Unified Field: Selected Poems 1974–1994." *Hollins Critic.* 34.3 (June 1997): 16.

02 암청색 우울 — 찰스 라이트

Wright, Charles. "A Conversation with Stan Sanvel Rubin and William Heyen." *Charles Wright in Conversation: Interviews, 1979–2006.* Ed. Robert D. Denham. Jefferson: McFarland & Company, Inc., 2008.

_____. *Country Music: Selected Early Poems.* 2nd ed. Middletown: Wesleyan UP, 1991.

_____. *Halflife: Improvisations and Interviews, 1977–87.* Ann Arbor: U of Michigan P, 1988.

_____. *The World of Ten Thousand Things.* New York: Farrar Straus Giroux, 1990.

03 한 눈 뜨고 잠들다 — 마크 스트랜드

Birkerts, Sven. "The Art of Absence." *The New Republic.* 203.25 (Dec. 1990): 36–38.

Kirby, David. "And Then I Thought of the Monument." *Mark Strand and the Poet's Place in Contemporary Culture.* Columbia: U of Missouri P, 1990. 27–57.

McClanahan, Thomas. "Mark Strand." *American Poets Since World War II.* Ed. Donald J. Greiner. *Dictionary of Literary Biography* Vol. 5. Detroit: Gale Research, 1980. *Literature Resource Center.* Gale. KING COUNTY LIBRARY SYSTEM. Web. 2 Apr. 2009 .

Strand, Mark. *New Selected Poetry.* New York: Alfred A. Knopf, 2007.

[NSP로 약하여 표기함]

04 장행에 세상을 담다 — C. K. 윌리엄스

"Three Mile Island Accident." *Wikipedia*. Web. 15 Jan. 1012.

Chiasson, Dan and Averill Curdy. "The Big Three: An Exchange on This Year's Prizes." *Poetry* 185.1 (Oct. 2004): 53–61.

Deresiewicz, William. "To Tell the Truth." *New York Times Book Review* (Feb. 15, 2004): 7.16.

Norris, Keith. "An Interview with C. K. Williams." *New England Review* 17.2 (Spring 1995): 127.

Williams, C. K. *Collected Poems, 1963–2006*. New York: Farrar, Straus and Giroux, 2006.

_____. *Wait*. New York: Farrar, Straus and Giroux, 2010.

05 욕망의 고삐를 늦추다 — 스티븐 던의 모호한 도덕성

"Stephen Dunn." *The Poetry Foundation*. Web. 7 Apr. 2012.

Dunn, Stephen. *Landscape at the End of the Century: Poems*. New York: W. W. Norton & Company, 1991.

_____. *New and Selected Poems 1974–1994*. New York: W. W. Norton & Company, 1994.

06 쓸모 있는 신을 찾아서 — 칼 데니스

"Carl Dennis." *Poetryfoundation.org*. Web. 24 Oct. 2012.

Burt, Stephen. "The Call of the Mild." An Online Review at *The New Republic. Tnr.com*. Web. 24 Oct. 2012.

Dennis, Carl. "The Voice of Authority." *Poetry as Persuasion*. Athens: U of Georgia P, 2001.

_____. *Practical Gods*. New York: Penguin Poets, 2001.

Gilbert, Roger. "Awash with Angels: The Religious Turn in Nineties Poetry." *Contemporary Literature* 42.2 (Summer 2001): 238–69.

Peradotto, Nicole. "A Poet's Poet: A Conversation with Carl Dennis." *UBToday* (Fall 2002). *Buffalo.edu*. Web. 24 Oct. 2012.

07 서정시의 역사성 — 폴 멀둔의 「흑마의 표지, 1999년 9월」

Muldoon, Paul. *Moy Sand and Gravel*. New York: Farrar, Staus and Giroux, 2002.

08 잔인한 사진가 — 나타샤 트레써웨이

Petty, Jill and Natasha Trethewey. "An Interview with Natasha Trethewey." *Callaloo* 19.2 (Spring 1996): 364–75.

Rowell, Charles Henry and Natasha Trethewey. "Inscriptive Restorations: An Interview with Natasha Trethewey." *Callaloo* 27.4 (Autumn 2004): 1022–34.

Tretheway, Natasha. *Domestic Work*. Saint Paul: Graywolf P, 2000.

_____. *Bellocq's Ophelia*. Saint Paul: Graywolf P, 2002.

_____. *Native Guard*. Boston: Houghton Mifflin Company, 2007.

09 기억과 자연 — W. S. 머윈의 『시리우스의 그림자』

Bryson, J. Scott. "Seeing the West Side of Any Mountain: Thoreau and Contemporary Ecological Poetry." *Thoreau's Sense of Place: Essays in American Environmental Writing*. Ed. Richard J. Schneider. Iowa City: U of Iowa P, 2000. 133–45.

Eliot, T. S. *Selected Essays*. London: Faber, 1980. [SE로 표기함]

Felstiner, John. "Between the Earth and Silence." *World Literature*

Today 82.4 (July/August 2008): 54–58. Academic Search Premier. *EBSCO*. Web. 11 Apr. 2011.

Frazier, Jane. "Lost Origins: W. S. Merwin's Poems of Division." *Weber Studies* 14.2 (Spring/Summer 1997). Web. 11 Apr. 2011

_____. "Writing outside the self: the disembodied narrators of W. S. Merwin: Rhetoric and Poetics." *Style* (Summer 1996). Web. 11 Apr. 2011

Merwin, W. S. *The Shadow of Sirius*. Port Townsend: Copper Canyon P, 2009.

_____, and Ed Rampell. "An Interview with W. S. Merwin, Poet Laureate (raw script)." *The Progressive* (November 2010). Web. 24 Mar. 2011.

Selden, Raman, ed. *The Theory of Criticism: From Plato to the Present*. London: Longman, 1988.

10 서정시의 실험성 혹은 실험시의 서정성 — 레이 아먼트라웃

Cole Swensen & David St. John, ed. *American Hybrid: A Norton Anthology of New Poetry*. New York: W. W. Norton, 2009.

Rae Armantrout. "Paragraph." *Poetry* 196.1 (April 2010): 15–17.

_____. *Collected Prose*. San Diego: Singing Horse P, 2007.

_____. *Veil: New and Selected Poems*. Middleton: Wesleyan UP, 2001.

_____. "Versed." *The American Poetry Review* 35.4 (July–August 2006): 46.

Vickery, Ann. "(Mary) Rae Armantrout." *American Poets Since World War II: Sixth Series*. Ed. Joseph Mark Conte. Detroit: Gale Research, 1998. *Dictionary of Literary Biography* Vol. 193. *Literature Resource Center*. Web. 17 Apr. 2010.

11 작은 시가 맵다 — 캐이 라이언

"Chancellors of the Academy of American Poets." *The Academy of American Poets*. Web. 21 Jul. 2011.

"Kay Ryan, The Art of Poetry No. 94." *The Partisan Review* 187 (Winter 2008). Web. 21 July 2011.

"Poet Kay Ryan: A Profile." *The Christian Science Monitor*. Web. 25 Aug. 2004.

Ryan, Kay. *Flamingo Watching: Poems*. Providence: Copper Beech P, 1994.

_____. *Say Uncle: Poems*. New York: Grove P, 2000.

_____. *The Niagara River*. New York: Grove P, 2005.

_____. *The Best of It: New and Selected Poems*. New York: Grove P, 2010.

12 몸의 질문에 답하다 — 트레이시 K. 스미스의 「글자 Y로서의 자아의 초상」

Smith, Tracy K. *The Body's Question*. Minneapolis: Graywolf P, 2003.

_____. *Duende*. Saint Paul: Graywolf P, 2007.

_____. *Life on Mars*. Minneapolis: Graywolf P, 2011.

13 "아이쿠, 온통 별이에요" — 트레이시 K. 스미스의 우주

Brouwer, Joel. "Poems of Childhood, Grief and Deep Space." *The New York Times Book Review* (Aug. 28, 2011): 15.

Jollimore, Troy. "Book World: Tracy K. Smith's 2012 Pulitzer-winning Poems Are Worth a Read." *Washington Post* 18 Apr. 2012: C4. *eLibrary*. Web. 19 Aug. 2012.

Smith, Tracy K. *Life on Mars*. Minneapolis: Graywolf P, 2011.

에필로그 ─ 감각은 열려 있다

Barthes, Roland. "The Death of the Author." *Image─Music─Text*. Ed. and Trans. Stephen Heath. London: Fontana, 1977. 142─48.

Coleridge, S. T. *Biographia Literaria*. Ed. George Watson. London: Dent, 1965.

Culler, Jonathan. *The Pursuit of Signs: Semiotics, Literature, Deconstruction*. London: Routledge, 1981.

Foucault, Michel. "What is an Author?" Trans. Donald F. Bouchard and Sherry Simon. *Language, Counter─Memory, Practice*. Ed. Donald F. Bouchard. Ithaca, NY: Cornell UP, 1977. 124─27.

Graham, Jorie. *The Dream of the Unified Field: Poems 1974─1994*. Hopewell, NJ: Ecco P, 1995.

Shelley, Percy Bysshe. "Defence of Poetry." *English Essays: Sidney to Macaulay*. Bartleby.com. Web. 14 Apr. 2012.

Wordsworth, William. "Preface to Lyrical Ballads." *Critical Theory Since Plato*. Ed. Hazard Adams. New York: Harcourt Brace Jovanovich, 1971. 437─46.

찾아보기

[ㄴ]

[ㄷ]

[ㄹ]

[ㅁ]

[ㅂ]

[ㅇ]

[ㅈ]

[ㅌ]

[ㅍ]